九州

NovoLand ·

云之彼岸

唐缺

著

北京联合出版公司
Beijing United Publishing Co.,Ltd.

图书在版编目（CIP）数据

九州·云之彼岸 / 唐缺著 . -- 北京 : 北京联合出
版公司 , 2021.11

ISBN 978-7-5596-5571-4

Ⅰ . ①九… Ⅱ . ①唐… Ⅲ . ①长篇小说—中国—当代
Ⅳ . ① I247.5

中国版本图书馆 CIP 数据核字 (2021) 第 188941 号

九州·云之彼岸

作　者：唐　缺
出品人：赵红仕
责任编辑：徐　樟
封面设计：吴黛君

北京联合出版公司出版
（北京市西城区德外大街83号楼9层 100088 ）
北京新华先锋出版科技有限公司发行
涿州汇美亿浓印刷有限公司印刷　新华书店经销
字数260千字　787毫米×1092毫米　1/16　18印张
2021年11月第1版　2021年11月第1次印刷
ISBN 978-7-5596-5571-4
定价：49.00元

楔　子

清越吾兄：

　　身体还好吧？上次和你说过少喝点酒的事情，不然再喝得酩酊大醉去调戏女夸父，可没人来救你了。

　　你见到这封信的时候，我应当已经到达雷州毕钵罗港。鉴于疟峣泽横亘于雷、云两州之间，其内弥漫的瘴气比我母亲大人的唠叨更具杀伤力，我决定选择海路，从毕钵罗出发，入滁潦海，然后沿海岸绕行西北，最终登陆云州。当然这只是一个理想化的进程，有极大的可能性我会随着颠覆的海船葬身鱼腹，成为历史上无数自不量力的倒霉蛋中的一员，妄图一探云州秘境而最终丢了小命。

　　但请你不要劝我了，你知道我的脾气，用六角牦牛都拉不回来。我决意要去云州，这一点和你鼻尖上的痣一样，不曾改变。

　　回信仍然请用凌风，谢谢你替我驯养了它，等我出海之后，全靠它和你联络了。

　　顺颂安康

离轩

清越兄：

　　船已出海，目前还算风平浪静，水手们也都经验丰富，对这一片海域很熟悉，当然我并没有告诉他们我要去云州——不然他们肯定不会同意我上船。这艘船原本是要到西滁潦海的陌路岛，那是距离云州禁航区最近的个有人定居的岛屿，到了那里我再想办法吧。

这艘船是一些商人包下来的，打算在陌路岛的渔村中低价收购一些珠铭拿回去贩卖，我不过是搭个顺风船；还有一些专程到岛上游玩的年轻人，我看到他们嘻嘻哈哈的，完全不把这趟旅程当回事，殊不知，即便只是接近云州，这一条航道也是很危险的。

船上的生活很无聊，除了站在船舷边看着千篇一律的海水与天空，大概就剩下胡思乱想了。这些日子里，一切关于云州的记载在我的脑子里翻来覆去地打滚，可惜除了那些死亡数字是真切的，剩下的都是夸张多于事实，想象多于来历。目前唯一对我有帮助的是那些海难记录，它们真实地告诉了我，云州沿岸的气候有多么恶劣，再加上频繁出没的巨大海兽，我至今还没有想到有什么好办法去登陆。但我一定不会放弃。

哦，对了，我还遇到了一个有意思的人，那是一个曾在瘴气中侥幸逃生的商人。他年轻时和我一样不安分，试图穿越疟峣泽进入云州。当然了，结局注定以惨败告终，但他是所有同伴中唯一逃得性命的。据这个胆小如鼠的家伙说，当瘴气刚刚飘起时，他就迅速地甩掉其他人转身逃离，但在逃跑的过程中，他无意间回望了一眼，发现迷雾中隐隐有什么巨大的生物显现，他不敢停留，一溜烟逃出了沼泽。他很肯定地说，那东西绝不比狰的块头小，而且行动极其迅速，幸好当时没去追他，不然铁定跑不掉。

这个小故事再度激发了我对云州的向往，那一片神秘未知的谜一样的大陆，不知道隐藏了多少惊世骇俗的秘密啊！纵使我不能完全将它们发掘出来，至少也要努力去窥其一斑。

又及：你在上封信中提到了我们两家的恩怨，我建议你不要去掺和，大丈夫生于世间，应当做一些有意义的事情。现在既然已非战争年代，这样的家族仇杀实在是无聊兼可笑，也并不适合你。我已经躲出来了，即使你不愿意逃避，也最好能洁身自好。

此致

离轩

清越兄：

意想不到的事情发生了，一艘海盗船盯上了我们，沿路一直追踪着，毫无疑问海盗们已经得知船上有许多商人，必然会有很多金钱。我猜我们当中极有可能有内奸。

船老大和商人头子吵了起来。船老大说，海盗是惹不起的，要商人们交出财物，舍财免灾；商人们当然不同意，要船老大全速撤离，可是一艘民船怎么和海盗们装备精良的战舰比拼速度？年轻人们还咋咋呼呼，要和海盗决一死战，简直可笑。

要是在陆地上，我想我自保应当不难，但在这浩瀚海洋之中，我这点三脚猫的功夫实在是无用武之地，只能见机行事。在我的视野里，海盗船上张牙舞爪的旗帜都已经很清晰了，他们只是在等待动手的最佳时机而已。

心情有些沉郁，就此搁笔。为了这些无聊的俗事而打乱我的计划，真是令人不快。

祝好

离轩

清越：

他们动手了，船上有内奸，破坏了风帆和舵，船已不受控制。

来不及说了，风暴，大漩涡，估计无幸。凌风托付给你，如果我侥幸还活着，它就能回到这里找我。

轩

目 录

第一章

三十六号

作为一个恪尽职守的人，黄大方总会在每天傍晚准时出现在清江路，这令这条著名商业街上的所有人都禁不住大皱眉头，但他们还不得不笑脸相迎。当然，黄大方也会还以友好的笑容。

"怎么样，今天的份钱都准备好了吧？"他亲切地拍着大家的肩膀，"没有麻烦是最好的，和气生财，和气生财！"

偶尔有人一下子拿不出份钱来，他也绝不生气，而是体现出人如其名的大方："没关系，明天补上就行了，外加三成利息。"

"与人方便，就是与自己方便嘛！"他补充说。不过另一方面，此人也极有职业道德，保护费就是保护费，除此之外，他连别人一个鸡蛋都没拿过。因此当天晚上，他提出要借地休息一下时，泰丰酒楼的汪掌柜显得颇为惊讶。

"快，送黄大爷到最好的雅间，"他赶忙冲着伙计吼道，"招呼老郑做一桌……"

黄大方疲惫地摆摆手："不用了，我就是有点累，借你这里休息一下，随便给我找个地方就行。"他脸色蜡黄，看起来的确状况不佳。汪掌柜不敢多言，仍然命令伙计将他送进了雅间，然后悄悄地掩上门。

此后黄大方一直没有从雅间里出来过，汪掌柜也不敢去惊动他老人家。但外间的客人走了一桌又一桌，月上中天，到了打烊的时候，他终于忍不住了，亲手捧了壶茶去敲门："黄大爷，您要不要换壶茶？"

但黄大爷没有应声。汪掌柜壮着胆子轻轻推开门，探头一望，随即连楼下正在打扫的伙计都听到他撕心裂肺的惨叫声。

蛮虎一直偷偷喜欢着隔壁摊位那个每天清早过来卖花的小姑娘，但他也很清楚，夸父和人不可能在一起，所以只能在心里默默地想一想而已。两人的摊位挨在一起，一个卖菜一个卖花。两个月了，他只知道对方的名字叫小翠，知道这姑娘住在城南的贫民地带，每天天不亮就过来，很晚才回家，经常天都黑了，她还看着眼前剩下的几枝花发愁。而最近天气越来越冷，卖花的生意更不好做。每当这时候，蛮虎就很同情：菜卖不出去大不了带回去自己吃，反正夸父饭量大，可是花卖不掉怎么办呢？他有时会在街边招来几个小孩，偷偷塞给他们几个钱，让他们把剩下的花买走。

但是今天她没有来。蛮虎心里始终被不安的情绪所笼罩，这不是她的作风。他等了好一会儿，直到太阳的热度已经让他的额头微微出汗，他终于觉得自己无法再等下去了，于是匆匆收拾好摊子，走向城南。

夸父在这样的和平年代虽然不算罕见，但走在路上依然引人瞩目，但蛮虎顾不上去在意。走到城南才反应过来，他压根不知道小翠住在哪儿，城南那么大，却到哪里去找？正在踌躇时，他突然发现前方乱哄哄的，好像发生了什么事。人们脸上挂着惊惶而略带兴奋的表情，叽叽喳喳地谈论着什么。

一些捕快模样的人一面喝散人群，一面向前疾奔。突然之间，他心里有了一种很不祥的预感，好像有什么滑腻冰冷的东西在心里爬动。他深吸一口气，慢慢跟了上去，每跨出一步，那种恐惧感就加深一层。

牛阿四双目圆睁，牙关咬得咯咯作响，手里的木棍几乎要被捏断了，身边的牛阿二慌忙按住他的胳膊。

"捉奸在床！兄弟！"他说，"你现在进去，他们俩什么事都还没做呢，随便编个借口就能跟官府搪塞过去，你就变成恶意行凶了！"

"我他妈的怎么能忍得住！"牛阿四近乎咆哮着说，"这要换了是你老婆，你怎么做？"

牛阿二恼了："你明知道我没老婆还那么说！"

牛阿四知道自己说错了话，不敢再多言，但心中冲将进去把这对奸夫淫妇痛打一顿的念头仍然没有消减。他强忍着怒火，耐心等待着，耳畔隐隐传来男女二人的调笑声，这让他充分体会到了什么叫作痛不欲生。他的身上不断有蚊虫飞来爬去，留下一个个红肿的疙瘩，这更增添了他的火气。

但是这对狗男女似乎就是不着急，还在啰啰唆唆地说些什么。牛阿四眼睛都快喷火了。正当他按捺不住准备先打一顿再说时，却突然听到老婆的尖叫声。

"你怎么了？喂，说话啊！"此时，他老婆的声调已经完全变了，"妈呀！救命啊！"

牛阿四顾不得其他，从地上跳起来，破门而入。牛阿二叹了口气，只好跟进去，但刚到门口就被狠狠地撞了一下，摔倒在地。

撞到他的是弟弟牛阿四。只见牛阿四面色惨白、五官变形，嘴唇颤抖着半句话也说不出来，他不理会哥哥的叫喊，好似一只受了惊的兔子，一溜烟地就没影了。

牛阿二揉着胸口慢慢站起来，嘴里咒骂着发疯的弟弟，之后，他扶着门框往屋里看了一眼，然后便晕死了过去。

以上事件均发生于十二个对时之内，发生于某一个微寒的深秋，发生于黄金港口淮安城。淮安城是一座了不起的城市，这座城市的与众不同之处在于，人们都忙碌于赚钱，通常对一般的市井流言缺乏足够的热情。对于他们而言，与其去关心谁谁谁家的地窖里藏了多少金子，倒不如自己踏踏实实想办法从别人口袋里榨出点钱来。一位著名的叫邢万里的旅行家——据说全九州的旅行家都叫邢万里，以便形成品牌效应，不知道是不是跟淮安人学的——曾在书里说：

"我很惊叹于淮安的忙碌与充实。人们像奔流的海水一样永远不知疲倦，连行走的速度都比其他城市的人要快。这里的人总是精明而务实，虽然关注各种细节，却绝不会把一丁点儿注意力放在与自己生计无关的事物上。当我走在淮安城里，向人们打听淮安的风土人情时，他们的反应往往是冷漠而敷衍的。后来我换了一种方法，有意无意地流露出对他们营生的些许兴趣，他们会立即转变得很热情。"

但在这一天，这一个看似再平常不过的清晨，整个淮安陷入了一种无法遏制的恐慌中。这种恐慌上一次蔓延的时候，还得追溯到早已结束的乱世时代。那是在朝不保夕的战火阴云下，人们终觉生意上的事没有太多好关心的了，还是自己的命最值钱。

现在，这样一个类似的时期似乎又悄然来临了。人们都在交头接耳、窃窃私语，传递着同样的担忧：下一个会轮到我吗？

"说不定下一个就会轮到我呢，"传令使喃喃地说，"这是我这一生所见到的最诡异的事件。"

"轮到你？只怕你还没这么好的运气。"三十六号一边说，一边抓着一颗干果往嘴里送，"一般而言，不经过几个月到一年的时间，不可能形成如此完美的干尸。"

传令使看着三十六号津津有味地咀嚼，强忍着胃部的剧烈不适，低下头看着这具干尸。诚如三十六号所言，这具干尸的确堪称完美，连表皮都几乎毫无破损，然而一丁点血肉都没有了，全部的水分都已消失，整块皮紧绷绷地包裹在骨头上，呈现出灰黄的色泽。这样的尸体谁看了都会不寒而栗，三十六号却依然能满不在乎地吃东西，而且恰好吃的是脱水的干果。传令使禁不住仔细看了这个人两眼，他面部的线条棱角分明，带着一种桀骜不驯的气质，眼神却始终散散的，并不露锋芒。

组织把这件事交给他做，果然不是没有道理的，传令使想。

"而且必须要在极高温、极干旱的条件下，才能达到这样的效果，"三十六号补充说，"宛州不可能找出这样的地方。你真的确定，这家伙是在三个对时之内变成这样的？"

传令使摇摇头："确切地说，两个多对时。他是当地黑帮对淮安城的商铺进行勒索敲诈的小头目，至少有十七个人看到他活着走进一家酒楼的雅间，但此后再也没出来，等打烊时被发现，就变成了这副德行。"

他想了想，小心翼翼地问："我对药物这种东西不是太熟悉，不过，是不是有某些特殊的毒药可以达到这种效果呢？"

"我也不是太熟悉，"三十六号说，"在我的印象里，只能想到十一种配方可以让人迅速脱水，可是……这些药物都无法解释这个问题。"

他伸出手，指向干尸的头颅。这具干瘪而毫无生气的尸体上，那颗头颅却令人不寒而栗地保持着栩栩如生的姿态。确切地说，它比一般人的头颅看上去更加唇红齿白、娇艳欲滴，色彩鲜明得不正常，倒像是精雕细琢的蜡像的头部。任何人看到这颗头，都会担心它什么时候会突然睁开眼睛，冲着自己龇牙一笑。这一刹那，传令使有一种古怪的感觉：似乎是那死尸身躯里的所有精魄都被头颅吸走了。

"真漂亮，不是吗？"三十六号说，"我觉得这简直就是雕塑家心目中的完美作品。"

传令使叹了口气："怪不得上头要把这件事情交给你，你的神经果然和一般人不一样。"

"好吧，那么你告诉我，一个黑帮的小混混被杀了，干吗要来请我出手？我的业务范围什么时候变得跟那些游手好闲的游侠一样广泛了？"三十六号问。

"因为这小子其实是组织里的人，"传令使简洁地说，"更何况，一夜之间发生那么多起一模一样的惨剧，上头也很希望弄明白缘由，说不定会找到一些对我们有用的东西。"

三十六号的脸上终于出现了一丝惊奇的意味："哦？发生了很多起？"

传令使点点头："目前已发现二十三起，这个数字大概还在不断上升。我说，从昨天到今天，这件事情已经在淮安城传得沸沸扬扬了，你居然一点不知道？"

三十六号懒洋洋地回答："在需要用到它之前，我从来不对任何消息感兴趣。"

传令使离去后，三十六号在这具尸体前坐了一会儿，为自己将要采取的行动厘清了头绪，然后在中午的时候出门。这座城市于他而言不过是个驿站，没有任何温情存于其间，但他仍然对整个淮安的结构了如指掌。这不过是出于一种职业习惯：要杀一个人，先要了解这个人身边的一切。

但这一次的任务并不是杀人，而是寻找杀人凶手——如果存在的话——这很出乎他的意料。加入组织三年多来，他还没想过有一天接到的任务并不是去把活人变成尸体，而是对着一具尸体坐上半天。虽然这具尸体的脑袋看上去像一件艺术品，但这个任务仍然让他不愉快。从心底里，三十六号还是比较喜欢杀人。当他的箭准确地穿透敌人喉咙时，内心总能体会到一种冷酷的快感。

淮安城的这个夜晚颇不宁静，人们都心神不安，早早关了店铺赶回家里，仿佛这样就能躲过那神秘的厄运。此时的死亡数字已经上升到二十六，但是明显速度减慢了，这也给了还活着的人们些许安慰。

"我隔壁就死了一个！"胖胖的洗衣大婶压低了声音对三十六号说，"是个街头的泼皮，什么也不会，成天就是吃父母的，然后拿家里的钱出去赌博混日子。昨天夜里谷时，那小子好像又喝得醉醺醺的回家了，我听到他爹刚刚骂了他几句，忽然就大叫起来。"

"哦？当着他爹的面？"三十六号看来有些好奇，"这么说，他爹看到了他变化的全过程？"

洗衣大婶有些警觉，出于淮安人特有的远离是非的传统观念，她打算住口不再说下去。但眼前这个青年人手里有意无意地把玩着一枚光滑的银毫，这一点可和淮安的传统不矛盾。于是她紧紧盯着那不断抛起落下的银毫，犹犹豫豫地开了口："他爹悲痛过度，现在还在屋里躺着呢。不过……不过我听他们说，好像他的身体是……是突然一下子就干瘪了，就像被什么东西猛地吸干了一样。而且……"

她停了下来，巴巴地望着对方，三十六号轻蔑一笑，作势要把银毫收入衣襟，她慌了，赶忙说道："而且……而且那时候他的脸上没有任何痛苦的表情，反而像是……像是很享受的样子。"

三十六号一下子想起了交到他手里的那具尸体，那张堪称红光满面的脸上的确是带着一种诡异的笑容，仿佛是在享受着什么。

"那知道他回家前去哪儿了吗？"他又问。

"这可没谁知道了，街头小混混，到处胡混呗。"

他点点头，把银毫抛给急不可耐的洗衣大婶，转身离去。他步履轻捷，一路匆匆向西，转眼便进入了另一个街区。在那里，一个杂货铺正在挂出"停业装修"的牌子，但伙计们忙里忙外干着的并不是装修的活儿，而是在仔仔细细地擦洗着每一处角落。

瘦骨嶙峋的掌柜气哼哼地指挥着："洗干净点！对，还有柜角，阿利那浑小子最喜欢往那儿靠着偷懒，用点力！真他娘的晦气……"

三十六号走上前，轻轻拍了拍掌柜的肩膀。掌柜没好气地回过头来，看到对方的眼神锋锐得好像刀子一样，一张脸绷得紧紧的，显然来者不善，多年经商养成的良好习惯令他立即换上了谦卑的笑脸。

"这位老板，您有什么事吗？真不巧，本店今天不营业，请您改……"他话还没说完，已经被这个脸色看上去像全世界的人都欠他两个金铢的人打断了："别废话，你知道我为什么而来。"他从怀里摸出一块黑漆漆的铁牌子，在掌柜面前晃了一下，掌柜就像被雷击了似的，浑身一哆嗦。他苦着脸，乖乖跟随三十六号来到僻静处，然后开始急不可耐地分辩："官爷！我昨天就已经说了呀，我只是轻轻给了阿利那小子一巴掌，只有一巴掌而已，他就莫名其妙地倒在地上，浑身抽了几下，然后突然……突然……官爷！那一巴掌只是个巧合，全城这两天死了那么多人，不可能都是我干的吧？"

三十六号不为所动，悠悠然说道："对我而言，任何可能性都不会被轻易排除掉的，除非你能好好配合我，把事情弄清楚。"

"我配合！您老要问什么我告诉您什么！"掌柜恨不能把心和肺都掏出来。

"你打了他一巴掌之后，他是什么表情？"三十六号问。

"很奇怪，他往常挨我的打都是还没碰着就先开始喊痛，这次却像是很舒服一样，还对着我笑了一下。然后他就变成了……那副模样，您知道的。”

“那你为什么要打他呢？”三十六号问。

掌柜唉声叹气地说：“这小子就是贪玩！不到打烊的时间就溜出去，跑到洗马池去看什么云州班，天擦黑了才回来，还满嘴酒气，所以我忍不住扇了他一下。官爷，真的就是轻轻一下啊……”

三十六号挥挥手，止住了他翻来覆去的絮叨：“云州班？什么东西？”

掌柜看来有些诧异：“官爷您一定是一心扑在工作上了，忘我奉献，忘我奉献！嘿嘿……这几天淮安城最火爆的就是云州班了，那是一个从云州来的戏班子，听说展出的全都是云州的奇异生物。”

“云州的奇异生物？”三十六号一愣，随即嘴角轻轻撇了撇，似乎是表示轻蔑。但他的眉头又皱了起来，似是想到了点别的什么。

“有意思。”他快步离开，边走边将那块黑色的官府腰牌放在手里把玩，不知道是不是用力过猛，腰牌“啪”的一声碎了，露出里面白色的木渣。

和这个死去伙计的人走茶凉不大相同，淮安城街头无眼星相师路柯的后事却办得风风光光，单是哭丧人就请了二十多个，跪在地上号啕大哭，听来比亲儿子还伤心。为这个穷困潦倒、毫无积蓄的穷光蛋出钱办葬礼的，是路柯的主顾之一，淮安著名公子哥程万礼。据说为了显示自己有钱，他曾一度想把名字直接改成程万贯，被老父教训了一通，遂作罢。不过在旁人眼里，或许程万贯这个名字更适合他。

万贯家财的程大公子难得地一脸沉痛，眼中饱含着感激的泪花：“我的命是路柯先生救的。他昨夜在街头拦住我，硬要为我算命，说我的命星昏暗，星轨错乱，光芒完全被谷玄所吞噬，三日之内必定有血光之灾，只有他以本身的绝大法力为我将灾劫转移到他身上，或许有一线生机。我当时不相信，勉强付了几个金铢给他，他却将金铢扔到地上，说他行走江湖，游戏人间，只为点化有缘之人，却不是为了金钱。”

三十六号微微摇头，眼前这位程大公子果然是酒囊饭袋，这等老掉牙的江湖骗术，大概也只有他会相信。果然他接着说：“当时我一犹豫，把手递给了他，他抓住我的手，刚刚看了几眼，他忽然放开我，向后退出好几步，坐倒在地上，然后就变成了……那样子。"

"这位仙师，想来是我身上的厄运太重，也不知道路柯先生是否完全化解干净了，不知道您……"他眼巴巴地望着三十六号。

三十六号高深莫测地点点头："我会处理的，你不必担心。不过，你是在什么地方遇到这个不幸的路柯的，是在洗马池附近吗？"

程大公子大吃一惊："您果然料事如神！就是在那里，我刚刚看完一场戏班子的演出。那个戏班子据说是从云州来的，还带了不少云州的奇怪动物呢！"

第二章
戏　班

　　戏班子通常由两部分构成：人和动物。这里的人是泛指，九州六族都可以成为戏班子的主力，当然，鲛人比较少见一点，而魅通常可以用任一其他种族来冒充。

　　动物就相对复杂一点了，但一小部分有着丰富经验的江湖骗子都懂得用移花接木的方法人为制造出一些古怪的生物。这是一种相当残忍，却很有效的做法，于是人们可以在戏班里见到拖着香猪尾巴的鹿、浑身布满鳞片的豚鼠、长着翅膀——当然不可能飞起来——的雪狐之类稀奇古怪的生物。在九州各地，每十个戏班子当中，至少会有三个指着这些动物，声称它们都来自神秘莫测的云州大陆。

　　因此对于三十六号而言，戏班子实在是一种很无聊的行当。不过在一般的市井愚民眼中，这样的动物还是具备一定的吸引力的，何况还有夸父的驯兽表演呢！而三十六号来看这个戏班只有一个原因：他随意问询了几个死者的相关证人，发现他们竟然都去看过云州班。虽然没有问遍所有人，但他认为没有这个必要了。

　　可惜今天晚上的表演被取消了。刚刚发生了诡异的连环被害案件，想来也不会有太多人乐意去凑热闹，所以云州班干脆暂停了演出。

　　三十六号并没有显得失望，这似乎在他的预料之中，他只是随意地打量着洗马池附近。洗马池得名于古代某位名气一般的将领，但鉴于淮安人不平凡的商业头脑，这一事迹被硬生生安在了一代霸主定王甄宏的身上，于是此处摇身一变成了旅游胜地。不过随着时间的推移，过去的英雄逐渐为人们所淡忘，如今的洗马池，只是一个遍地垃圾的闲人聚集之所。

云州班支起的大棚就在洗马池旁，棚内有几点昏黄的灯火，想来是由于没有表演、用不着费蜡的缘故。里面隐隐传出杂乱的谈话声，还有饭菜的香气，应该是云州班的成员们在用晚饭。在大棚外，一个黑影已经悄悄溜到了后间，也就是放着所谓来自云州的动物的另一个棚子。

一阵恶臭直冲入鼻，三十六号可以判断出，那些并不是动物自身的体臭，而是伤口腐烂所散发出的气味。云州班为这些动物所做的手术，无疑十分粗糙，等这一阵子表演结束后，它们大概都会死掉，而班主会再购进一批低价的小动物，用同样的方法把它们变成四不像，以此敛财。

他在黑暗中调整着视线，慢慢看清了棚内的一切。一个个狭小的铁笼里关着动物，大多不发出任何声音，只偶尔有轻轻呻吟的。他一个笼子一个笼子地看过去，并没有发现任何异状。如他所料，这些动物都是人为改变外形的，只能拿去蒙骗外行而已。

三十六号微微有些失望，正打算离开，忽然听到一阵脚步声靠近。他想要抢先一步溜出去，但随即打消了这个念头，闪身到一个角落里躲藏起来。两个人影走了进来，他们手中拿着蜡烛，烛光摇曳不定，三十六号看不清他们的面貌。

"那头永远长不大的狰已经死了，一会儿扔出去，"其中一个瘦削的人影对另一人说，"双头蛇的一个头已经快烂了，你先切掉，回头班主再作处理。还有上古异鳄的左前足……"

看身形另一人比说话的人还要瘦得多，三十六号可以想象，他的身上必然是皮包骨头。这个人唯唯诺诺，不住地点头哈腰，虽然被分派了繁杂的任务，却是一点抱怨也没有。但等到发令的人快要离开时，他却突然问了一句，声音听起来倒是圆润洪亮，和体形不大相称："陈大哥，听说这两天……城里死了好多人，是真的吗？"

陈大哥哼了一声："你管那么多闲事做什么？干好你手里的事情就行了，别的不必问。"

那人"嗯啊"了两声，却还是小心翼翼地又补了一句："是不是那些人的死……和我们有点什么关系？"

三十六号心里突地一跳，却听得"啪"的一声，陈大哥一记重重的耳光扇在那人脸上。这一下力道十足，对方的身体几乎飞了出去，倒在地上，叮叮咣咣撞翻了几个铁笼子。他呻吟着站起来，声音显得饱含痛楚："陈大哥，我知道错了，不问了。"

陈大哥余怒未息，上前又踢了他两脚："臭小子！我们云州班收留你是看你可怜，给你一条生路，而不是让你来打听不该打听的事情！"

"你要老是这么多嘴多舌、不识好歹，当心哪天和那些死人一样的下场，最好是乖乖闭上嘴！"他最后说。

这句话引起了三十六号诸多的怀疑，但他认为也有可能只是一句无心的恫吓。等到这个脾气暴躁的陈大哥离开后，他将注意力放到了留下的那人身上。这个干瘦的小个子低声抽泣了几声，随即抹掉眼泪，真的开始乖乖地干起活儿来。他先把所谓的"长不大的狰"用一张破草席包裹起来，扔了出去，不久气喘吁吁地回来，开始切"双头蛇"多余的那一个头。但他显然并不是一个熟谙此道的人，下刀的时候弄疼了双头蛇。尽管这条蛇因为那颗多出来的头而被折腾得奄奄一息，此刻仍然身子一屈一伸，跳了起来，张嘴咬了一口。虽然没有咬中，而且这种蛇也并没有毒，那人还是惊慌失措，伸手把蛇甩了出去。

好巧不巧，那蛇正好飞向了三十六号躲藏的角落，眼见那瘦子已经跟了过来，三十六号不假思索，一把将他擒住。

"不许出声，不然杀了你！"他低喝道。对方果然不敢稍有动弹，但身子颤抖着，十分恐惧，用蚊子一般的声音说："大爷饶命！我只是个跑腿打杂的小厮，什么都不知道，什么都不知道啊！"

"这样啊，"三十六号遗憾地说，"你要是什么都不知道，那就对我半点用处也没有了，我只好不饶你的命了。"

小厮立即改口："可是我也偷听到了一些事情！也许会对您有用的！"

三十六号满意地点点头："你还是蛮机灵的。跟我出去吧。"

站在灯火下仔细看，其实这个小厮的年纪和自己差不多，个头也不算矮，但是瘦骨嶙峋，全身上下几乎没什么肉，再加上总是弓腰驼背，看上去就是很小的一团。他身上伤痕累累，不过都不是什么重伤，多半是平日里被戏班里的人招呼的。

"我确实不知道他们是从哪儿来的，"这个一向被称为阿福的小厮说，"我是他们半路上捡到的。他们看我手脚麻利、干活儿勤快，就把我留下来了。然后我跟着他们东奔西跑，宛州、中州、越州，很多地方都跑过了。"

"那你之前是干什么的？他们在哪里捡到你的？"三十六号问。

阿福叹了口气："我出生就被遗弃在白露弥，那是雷州北部的一个小城市，后来一直靠乞讨为生。"

雷州和云州接壤，从地图上看，倒的确是挨得很近，假如不考虑其间的疟峣泽的话。三十六号似乎是不经意地放过了这个话题，接着问："你刚才说，城里死的人，和你们戏班有点关联？"

阿福警觉地向后一缩："这位爷，可不敢瞎说，我还想活命呢。"但看到对方的手指正在"温柔"地活动着，指不定下一步要指向何方，心里一怯，还是吞吞吐吐地说了，"我也不敢瞒您老人家，您老见多识广，想必能看得出来，这云州班里的动物都是人改造出来的，骗骗老百姓而已。但是，他们手里有一样动物，可能真的不一般……"

"哦？是什么？"

"我不知道，那动物不是拿来展出的，他们也从来不让我见。我只知道他们把它锁在一口结实的木箱里，除了留几个孔喂食和透气，从不放它出来。但有的时候，它会在半夜里发出尖厉的叫声，很刺耳。"

一个戏班子，带着一只从来不肯展出的动物，这听起来似乎是一件很有意思的事情。再问笼子在哪儿，阿福满脸的恐惧，不肯再说了，只是眼睛不断地瞟向一辆马车。据说班主无论何时歇宿，都会自己单独睡在那辆马车上，还不许别人靠近。

"那么，班主是个什么样的人呢？"三十六号漫不经心地问。

阿福回答："是个很奇怪的人。他成天都是一副担惊受怕的样子，轻易也不愿意和手下的人接近，大部分日常事务都是他的妻子在打理。其他的我就不知道了，您可以放我走了吗？"

三十六号吓唬了他几句，将他放走。眼看着今晚没有演出，夜色寂静，要查探那辆马车有些困难，最好还是不要打草惊蛇。三十六号正打算离开，等第二天再作打算时，却突然觉察到有两个人正在向这边靠近。此时夜色未深，虽然民众都为了死亡事件而恐慌，但洗马池附近还是有些人来往的。不过这两个人脚步轻捷，显然功力不凡，绝非常人。

"这也有人来抢生意吗？"三十六号轻笑一声，索性大摇大摆地走到刻有"洗马池"三字的石碑旁，坐了下来，看上去和一个路边闲汉并无二致。不过令他意外的是，那两个人来到近处后，也放慢了脚步，慢吞吞地逛了过来。更令人意外的是他们的长相打扮，看来都温文尔雅，倒像是寒窗苦读的书生，一个身着青衣，另一个着白衣。

"越来越有趣了。"三十六号自言自语地说。

两个书生优哉游哉地走向了大棚，一名云州班的成员迎了上去，还没来得及开口，就被另一个人扯到了后面。那是一个看来粗鲁的光头大汉，三十六号猜测他就是云州班班主。

班主一见到这两个书生就面无人色，偌大一块身板，好似秋风中的黄叶般抖个不停。三人交谈了几句，班主几乎没怎么说话，就是玩命摇头摆手。一名书生到最后叹口气，意思好像是此人已经无可救药，不必再理睬他了。班主一下子跪在地上，磕头如捣蒜。

三十六号远远偷看着这一幕，不敢太过靠近，以防被两个高手发现。看来这草台班子的班主还真是有问题，不然也不会招惹这样的厉害家伙。等到两人撇下瘫软成一团泥的班主离去后，他决定先跟踪这两个人。

在以往的职业生涯中，三十六号表现出了许多为老板所欣赏的优秀品质，追踪术就是其中之一。他拥有猎鹰一样敏锐的眼力和狐狸一样的机敏，还有着超乎寻常的忍耐力，通常目标就算是蛰伏好几个月，最后也会被他揪出来。但这一次，他有种不祥的预感，这两个人在气定神闲之中，似乎已经觉察到了自己的动向。

越往前走，这种感觉越强烈，两个书生专拣荒僻的道路走，脚步却并不加快，像是故意要自己跟住他们。他轻叹一口气，突然停下不走了。

"怎么不跟了？"青衣书生笑着问。

"我突然困了，想回去睡觉了，再见两位。"被发现的追踪者嘴里胡言乱语，脚下却真的转身就走，不出所料，刚迈出两步，耳中隐隐听到了风声。他下意识地想要闪避，但在那一瞬间却改变了主意，当下以闪电般的速度张弓搭箭，一箭射出。一声轻响，箭矢准确地射中并贯穿飞来的物体，将它击了回去。

青衣书生伸手一抄，叹了口气："你可真是不友好，对着一把纸扇发什么脾气，还用这么厉害的兵器？"

三十六号摇头："我觉得我用的东西比起你们的扇子友好度也不差。"

青衣书生低头一看，脸上微微变色，原来手上的箭矢竟然只剩下了光秃秃的箭杆，箭头已经在对方拔箭的刹那被拗断。显然，这个非同寻常的追踪者用这种方式向他们做出了非暴力的示威。

"好箭法！好手法！"青衣书生伸出大拇指，表示夸奖，"我对于自己欣赏的人总是说话很直接的，所以，你是为了这两天城里的死亡案件而来的吧？"

不等三十六号回答，他就继续说下去："这件事你最好不要插手，对你没有任何益处。我可以向你保证，事情并没有你想象中那么邪恶，我们会解决它的。"

三十六号一摊手："抱歉，除非你原原本本告诉我事情的前因后果，否则我不大可能会罢手。"

青衣书生凝视了他一阵子："我们不是滥杀无辜的人，所以这次不会和你动手。但如果下次你再妨碍我们的话，就别怪我们不客气了。何况，如果不是故意放慢脚步，你要追上我们也不是一件容易的事情。"两人不再理会他，这一次运足了全力，就像两片毫无分量的秋叶，几乎是飘荡着离去，身法怪异无比，果然比先前快出不止一倍。

三十六号不动声色，等到他们离远了，微一凝神，背后已经展开了一双白色的羽翼。张开翅膀的羽人就像一只巨大的鸟儿，在明亮的月光中掠过，用自己的阴影遮盖在两名书生身上。

"你看，追上你们并不是太难的事情，"他说，"下次见面，我也不会客气了。再见。"

第三章
那只怪物

此后没有再死人，淮安城在表面上恢复了平静，但民心依旧惶惶。云州班再停留下去也毫无意义，即便重新开演，也很难招揽到足够数量的观众，因此他们最终选择了离开。据说他们将渡海西去，离开东陆，去往雷州。他们就像那些在淮安城的人情冷暖中饱尝碰壁滋味的旅人，不得已地认输离去，到新的地点去寻找新的机会。

"有消息了吗？"传令使问。

三十六号并不看他："好像以前从来没有催得那么急过。最长的一次，将近四个月时间，上头都没有问一句。"

"哦，其实不是上头在催，"传令使有些尴尬，"只是这些死亡事件太奇怪，所以我有些好奇。"

他转身打算走，三十六号叫住了他："你新入会没多久吧？"

传令使一愣："是啊，你怎么知道？"

"因为在这一行待久了的人都知道，好奇心太重会杀死自己，"三十六号说，"要是想麻烦少点，最好是少发问，知道得越少越好。尤其我这样不从属于他们、只管拿钱办事的，更是不想招惹任何无聊的麻烦。"

传令使脸上一红："我是接替去世父亲的职位进来的，很多事情都还不懂。"

三十六号这才转过头，仔细看了看他的脸："你是四十七号的儿子？他四个月前执行刺杀任务失败，听说被用秘术封冻了双腿，然后被夸父一拳打穿了胸口。"

传令使黯然点点头："我的名字叫……"

"别！别告诉我！"三十六号打断了他，"在我们这里，只有代号，没有名字，你记住了。"

传令使的脸更红了，三十六号又说："不过，我没记错的话，你父亲是四十七号……嗯，他生前有一位至交好友，是在衙门里面做事，对吧？"

他有些诧异地点点头，只听得对方说："这样的话，我倒是想托你帮我办点事。"

等事情交代完了，传令使忍不住问："你刚刚不是还说，知道得越少越好吗？怎么你会……"

三十六号高深莫测地回答："等你不是新手的时候，你就懂得其中的道理了。"

传令使虽然是新手，不过办起事来倒算利落。于是到了云州班预定离开的那一天，意外的事情发生了：衙门认为这个外来的戏班和城内发生的一系列死亡案件有关，在案件告破之前，禁止他们离开。班主苦苦哀求，还忍着肉痛往官差手里塞了两枚金铢，但官差的脸板得比河络的铸铁还要硬，毫不通融。无奈之下，他们只能继续留下来。

"在淮安城的时间里，你们不能继续演出。"官差说。

班主脸都绿了："官爷，我们这么多人，还有动物，不搭台子演出吃什么？"

官爷仍旧板着脸："那我管不着。这是上头的命令。"

九州各城市曾一度流传一本《九州辞典》，颇为畅销，据说是龙渊阁编撰的；又据说有龙渊阁子弟出来辟谣，声称此书只是伪托龙渊阁之名而作，因为龙渊阁是不会以任何形式出现在世人面前的；再据说，那名龙渊阁子弟也是假的，因为按照他自己的逻辑，无疑他也压根不应该出现。

刨去这些扯皮的事情不谈，《九州辞典》在坊间迅速流行，也绝不是单纯靠了龙渊阁的金字招牌吓唬人，里面收录的词条都很有意思。比如关于"上头的命令"这一条，辞书上解释如下："上头的命令，是九州最强大最可靠的托词之一，它精确而完全地推卸了己方的责任，将其转嫁到一个虚构出的、不容置辩的、无法触碰的责任主体，从而能在最短时间内制止一切多余的问责和质询。"

词条后面还列举了最喜欢使用这一词语的人群，在衙门里办事的各色人等高居榜首，通常情况下，"上头的命令"一旦被搬出来，事情就不会有任何转机了。所以班主乖乖闭嘴，云州班坐吃山空。

所谓人穷志短，人一旦没了钱，往往就什么都顾不得了。当那个一看就很难对付的羽人提出购买"云州的动物"时，班主几乎是毫不犹豫地答应了。

可惜这个羽人和他的外貌看起来一样精明，他以行家的口吻剖析了云州班所有动物的手术方法，让班主哑口无言。

"真可惜啊，"他用挖苦的口吻说，"三年来，我的悬赏从两百金铢提高到了两千，赏额翻了十倍，最后仍然没有人能提供给我真正的来自云州的生物。我原本应该想得到，云州那样的地方，根本就没人可以进入的。"

他摇晃着脑袋走开了。没走多远，班主追了上来："您刚才说什么？两千金铢？"

"只要能确认是不属于其他任何地方的，我就付两千金铢。"羽人斩钉截铁地说。

班主的喉结上下滚动，呼吸都变得粗重起来，他嗫嚅着说不出话，看来是在做着某项艰难的选择。买主也不打断他，静静站立在一旁。

"我……我……"这个身材魁梧的光头大汉脸憋得通红，好似即将出嫁的小媳妇，"算了，没事了！"

他一溜烟地跑掉了，扔下看来早在意料之中的羽人。羽人自言自语："可惜，本来想救你一命的，不识好人心哪。"

他这句话不幸应验了。当天夜里，班主的老婆愁眉不展地整理好了账目，准备和班主探讨一下本月暂停发放薪水的问题。但班主明显心不在焉，老婆说什么他都无精打采，最后老婆火了："你到底有没有在听我说话？"

"哦，我听着呢，"班主用手不停地掐着额头，"听着呢……听着呢……"

他仿佛陷入了谵妄的状态，嘴里无意识地反复念叨着这几个字。老婆终于发现不对："你怎么了？不舒服吗？"

班主双手捧头："没什么，头有点晕……"这是他一生所说出来的最后几个字，刚刚说完，他捧着头的手掌就突然间开始变得干枯，并且迅速往全身蔓延。仿佛是有什么东西在那一瞬间抽去了他全身的血肉，让他只剩下一张完整的皮覆在骨骼之上。但就在身体发生急剧变化的同时，他的嘴角却绽开了一丝惬意的笑容，好像是在享受这一过程。等到老婆惨叫着晕倒在地时，他已经如同前几天的几十名死者一样，化为一具干尸，只留下容光焕发的头颅，脸上还凝固着永恒不变的笑容。

整个云州班陷入了一片混乱，人言群龙无首，倘是群氓，无首就更麻烦了。平日里班主虽然对外软弱无能，对内却算得上骄横，眼下少了他的压制，班里的人开始吵吵嚷嚷着结工钱散伙。班主夫人一个人镇不住场子，在此地又无亲无故、孤立无援，只能眼见着手下一个个全溜了。

最后只剩下了一个人，居然是那个终日里饱受虐待的小厮阿福。他给出的理由是"我在这儿待惯了，走了也不知道该干吗"。班主夫人虽然素来不喜欢此人，这时候却十分感激，将一应事务都交给他帮忙打理。阿福倒也手脚干净，一样样想办法把多余的动物和东西都处理掉，半个子儿也没有贪污。

三天之后，云州班的家当几乎不复存在。这样的草台班子原本如水中浮萍，产生与消亡都很正常，充其量给人们留下几天谈资而已。如今只剩了最后的一辆马车和一些行李，班主夫人已经决定离开，她邀请阿福与她共进晚餐，权作饯别。

阿福诚惶诚恐，大概是一辈子也没享受过这种待遇，坐在酒楼雅间干净的餐桌前，两只手摆在哪儿都不合适，索性背在身后。

"你这样还怎么吃东西呀？"班主夫人一笑。阿福伸出手，小心谨慎地夹了一筷子菜填到嘴里，胡乱咀嚼几下，只怕连什么味道都没尝出来。

夫人摇摇头："他们都说你又蠢又笨又胆小，不过在我看来，阿福，你还是有自己的优点的，你知道吗？"

阿福受宠若惊，吭哧吭哧地说："我……我都不知道我还有什么优点，他们都说我没用。"

"可是这两天，你帮了我很大的忙，而那些说你没用的人都走了，"夫人的眼中闪动着某种热切的光芒，"也许只有到了危难的时刻，才能衡量出人心的高低。"

阿福几乎要面红耳赤了，只好把头深深埋下。夫人接着说："所以我说了，你具备他们都没有的优点。论起装傻，你绝对是第一流的。"

阿福悚然抬头，面色登时由红转白。夫人的眼光中没有了方才的温情，转瞬间只剩下浓浓的杀意："你一直在图谋什么，以为我不知道吗？"

阿福一下子站了起来，身后的椅子被撞倒，在地上发出巨大的声响。他向后退了两步，颤声说："您什么意思？我不明白！"

"你应该明白，"夫人冷冷地说，"你当初装扮成流浪汉，来到我们云州班，别人都信以为真了，你以为能瞒得过我？"

阿福望着她，突然间镇静下来，虽然形容仍然干枯猥琐，但目光中闪动的锋芒让他似乎完全变了一个人。他重新坐下，叹了口气："你是怎么发现的？"

"其实你真的装扮得很好，原本是没有什么破绽的，"夫人回答，"主要是时间太凑巧了，我们早晨刚刚得到那只动物，傍晚的时候就碰上了你。而我这个人疑心很重，所以虽然我的死鬼老公收留了你，我却多存了个心眼，时常留意着你的动向。我发现你在没事儿的时候就喜欢盯着那辆马车看，那里面通常只有三样东西：我的死鬼老公、班子的钱箱，还有就是……就是那只怪物。"说到"那只怪物"四个字的时候，她的声调微微有些变。

"显然我不会对你的死鬼老公感兴趣，是吧？"阿福拿着一根筷子在手指上转来转去，看来很是从容。

夫人点点头："而你看起来目标也并不在金钱上面。我曾经故意把首饰盒遗落在你打扫卫生的桌上，你却压根没有去动。那么显然，你就是看上那只……怪物了。"

阿福给自己倒了一杯酒，慢慢喝完，苍白的脸上有了一点血色，这才开口说话："这种说法不确切，不存在所谓看上看不上，因为它本来就是我的。我才是它的主人。"

夫人有些吃惊："你胡说什么？那明明是我们……"她忽然住口不说，脸色变得好似秋天的茄子。

"明明是你们从一个病得要死的老乞丐手里偷到，或者说抢到的，对吗？"阿福说，"可惜的是，那东西也并不属于他，是我故意放在他身边的——反正他在垂死之际，不可能有什么反应了。"

夫人能够看出，阿福说的都是真话。她不禁愤怒地问："已经在你手里的东西，你偏要交给我们，然后又始终监视着它。你这样做究竟是为了什么？"

"很简单，为了避祸。"门口响起了一个声音，正是那天去找班主麻烦的两名书生中穿青衣的那个。他和他的同伴走进来，一个靠在门口，一个站在窗前。阿福看着他们的动作，赞许地说："真够职业的，佩服。"

白衣书生仿佛没听到一般，沉默地堵着门，健谈的青衣书生一笑："我倒是很佩服你，死到临头了还能嘴硬。"

阿福讥嘲地看着他："死到临头？恐怕未见得。"

青衣书生说："我知道你有点本事，不然在白露弥也不会逃过我们的追捕，但在我们两个人面前，你恐怕很难有胜算。"

"我不需要胜算，"阿福诡秘地一笑，"我只需要胁迫你们。我知道你们龙渊阁出来的都是好人，好人最容易受到胁迫。"

夫人听到"龙渊阁"三个字，身子一震，露出难以置信的神情，连正在隔壁雅间偷听的三十六号都忍不住自言自语："玩笑开大了……"

第四章

云　州

　　泰丰酒楼并没有因为曾有人在店中离奇惨死而生意惨淡，如果说受到了影响，也仅仅是因为"有很多人死了，出门须当心"这种观念本身。淮安从本质上讲是一座纯粹的商业城市，不能出门应酬交际，生意就会受影响，这是个简单的道理。

　　所以这一天晚上两个相邻的雅间都被事先预定了，汪掌柜一点也不觉得奇怪；客人不约而同地着重要求，不能让任何闲人打扰，他也不觉得奇怪；真正奇怪的地方在于，两拨客人前后脚到达之后，居然真的各自出现了几个闲人去打搅他们，而不幸的是，汪掌柜根本无力阻止他们。

　　首先是两个看上去文质彬彬的书生，其中穿白衣服的那个面对汪掌柜的阻拦一言不发，只是把手指往柜台上一戳，留下了一个光滑的圆洞。做生意的别的不怕就怕麻烦，汪掌柜差点把腰都弯折了，心里想着：只好对不住那个生得颇为妖媚的少妇了。

　　接着又来了一个年轻姑娘，没说话脸先红了，声音细得像蚊子——但是扔到柜台上的几枚金铢在桌面上跳动的声音很响。做生意别的不图就求个财，汪掌柜再次把老腰弯了下去，心里想着：那个羽人一脸硬邦邦的看起来就不是好东西，活该有人找麻烦。

　　在掌柜幸灾乐祸的念头中，如今麻烦上门了。三十六号正听到要紧的地方，冷不防有人敲门。他心头微微一怒，来到门边低沉地喝了一声："我不是说过吗，别来打搅我！"

门外却响起了一个让他一听就头大十倍的声音："是……是我。"

是我。这只是简简单单的两个字，却带有惊心动魄的效果。你看自从三十六号在这篇故事里出现之后，一直都是扮酷耍帅臭屁得不得了，就像所有侠义小说里能呼风唤雨的男主角一样，此刻却好似偷糖吃被父母抓住的小孩，一脸紧张不安，四处寻觅逃路。但除了跳窗，他无路可逃，况且隔壁的对话正到要紧处，他也走不得。

他只能努力绷起脸，轻叹一声，打开了门。风亦雨那张总是令他烦乱不已的脸出现在眼前。

"好久不见了，"风亦雨垂着头说，"我碰巧路过淮安，也没什么事，就顺便来看看你。"

三十六号推想着凭借"碰巧"如何能找到行踪隐匿的自己，然后凭借着"顺便"怎么能跟到这里来，此刻只恨自己不是个秘术师，不懂得隐身术，只能硬着头皮含含混混地问了个好，随即手指往隔壁方向一指。风亦雨恍然大悟："你又在做事？"

"废话！"他有点恼火，"你觉得我们羽人会喜欢待在这样的酒楼吗？"

风亦雨脸上一红，声音更低了："我是不是……又给你添乱了？"

"这个'又'字用得真精确。"对方咕哝了一句，打手势让她坐下，乖乖别动。她果然听话地坐了下来，看架势就差拿块布堵住自己的嘴以免发出声响了。三十六号继续听下去，却无法保持方才心静如水的心境，只觉得浑身不自在，好像背后有两把锥子在一点一点地锥着自己的肉。

隔邻的对话还在继续。就在刚才打岔的一小会儿工夫，阿福好像已经把他胁迫的内容说出来了——可惜三十六号完全没有听到。好在他的职业素养颇高，知道自己这会儿去后悔也好发怒也好都于事无补，只能接着凝神听下去。

只听得青衣书生愤怒地说："你疯了！这样会害死这座城里所有的人！"

阿福说："那我可没办法。他们都死了，我也不会掉一根汗毛，但要我掉一根汗毛，那可有点疼。"

他一面说，一面从身上掏出一个透明的水晶玻璃瓶，瓶子做工精湛，疑似出自河络之手。瓶底铺了一些泥土，上面插着一株歪歪扭扭的植物，植株细长，上面零零落落生着十来片稀疏的叶片，看来毫不起眼。三十六号从墙上一个不易察觉的小洞望去，隐约想到点什么，一时间又抓不住具体的形象。

班主夫人莫名其妙，两名书生却顿时面无人色，那健谈的青衣书生嘴唇动了动，居然说不出话来，两个人交换了一下眼神，里面都是惊恐。阿福不去理会他，扭头对夫人说："看在你帮我保管了它那么长时间，我不妨告诉你真相。你们手里的那只血翼鸟，就是你所谓的怪物，并不是最重要的东西，它只是这棵迦蓝花的花奴而已。"

"迦蓝花？花奴？"夫人更是一头雾水，"到底怎么回事？"

"你们当时见到了那只鸟，就想把它据为己有，确实很有眼光。你们云州班里的动物都是冒牌的，血翼鸟却是货真价实来自云州的，只可惜你们捡了芝麻丢了西瓜，不明白其中的关键。血翼鸟不过是迦蓝花的花奴，为了替迦蓝花寻找花朵而活。"

"花朵？什么意思？"

"我想你已经亲眼见过你丈夫的样子了吧。注意到他的头没有？"阿福阴森森地问。夫人悚然，丈夫那颗恐怖至极的头颅至今仍在她眼前鲜活地飘浮着，尤其那双圆睁的眼睛，里面含有某种满足的惬意，她有一种错觉，仿佛这颗头颅才是罪魁祸首，贪婪地吸取了全身的养分。

青衣书生好像看出了她的心思："我们那天就警告了你丈夫，早点把血翼鸟交给我，免得给自己惹上杀身之祸，他装傻充愣地就是不给，最后害了自己。迦蓝花是不应该存在于这个世界上的植物，我到现在都没有想明白，我们把它保存下来是不是应该。"

夫人忍不住问："你们保存什么？你们不是龙渊阁的人吗，怎么还管这些事情？"

"哦，他们只是自称龙渊阁的人而已，真正的龙渊阁似乎不怎么承认他们。"阿福坏笑着说。两名书生神色尴尬，却又无从反驳。

三十六号看得出来，这才是阿福的真正面目：阴险、凶狠、狡诈、恶毒，不达目的决不罢手。他一改在云州班中那种小厮特有的怯懦和萎靡，脸上焕发出一种不同寻常的神采，接着用嘲讽的语调说："这两位来自一个很有意思的组织，据说该组织的创始者原本是龙渊阁里的修记。这位修记负责动物植物部的资料整理，但却十分不安分，看到那些文字，就希望能将所有的生物都作为实物收集起来。这一点和龙渊阁绝不干涉世界的信条无疑是相违背的，但他像着了魔一样，始终无法放弃这个念头。所以最终，他被逐出了龙渊阁，不过他一直固执地自称是龙渊阁的旁支——这大概是为了维护一种脆弱的自尊心吧，两位？"

青衣书生勉强哼了一声，并不作答，看神情恼怒至极，却又不敢轻举妄动。阿福还要火上浇油："可惜读书人就是读书人啊，一肚子的知识，却不会动脑子。我要是他们，有很多生物就是杀了我我也不敢去碰一下，多危险哪！比如迦蓝花这样的东西，让它老老实实待在云州生根发芽，多好，可他们偏不信，非要想方设法去云州弄出来，闯祸了不是？"

一直沉默不语的白衣书生此刻也忍不住了："胡说！如果不是你混到我们的船上，把它从我们手里偷出来，又利用这个戏班运到宛州来，怎么可能酿成这么大的风波？"

阿福语重心长地说："嗟，你看，这就是现实的残酷性了。坏人总是很多的，而且干起坏事总是不遗余力的。既然你们把迦蓝花从云州带了出来，总该想得到这一点。至于被坏人胁迫，以至于束手束脚、无可奈何，更是大大的不应该啊！"

"世界是危险的，年轻人要多积累点经验。"他最后总结说。

三十六号听得直摇头，却不知道这厮气焰如此嚣张，到底是用什么方法威胁了两名书生。风亦雨看他神情凝重，更是一句话也不敢说，心里忐忑不安，生怕搅扰了他。隔壁的班主夫人已经在问："你刚才说，已经把迦蓝花的种子分种在了城里几处不同的地方，他们俩就很害怕，是因为这种花有什么古怪吗？"

"我听人讲到过，有一种叫作并蒂莲的花，"她说，"那种花只能在动物的血肉中成长。通常，它会寄生在颅腔中，慢慢生根发芽，直到花朵从头顶上钻出，娇艳地绽放。"她的语气阴森森的，让人不寒而栗。

"这种所谓的迦蓝花，是和并蒂莲差不多的吗？"她问。

阿福还没回答，白衣书生已经开口了："这种传说一直存在，但在我们的记录里并未得到证实。"阿福一笑："你听？这是专家的意见。并蒂莲的传说嘛，我倒也听说过，可是迦蓝花一来是实实在在存在的，绝非不着边际的传说；二来和并蒂莲完全是两回事。云州远比你们想象当中更加严酷。"

青衣书生恨恨地说："你和云州的关系果然深得很哪，是那里的原住民吗？"

阿福并不回答他，只是凝视着手中的水晶瓶，那棵细细瘦瘦的迦蓝花静静插在土里，和一棵狗尾巴草没太大分别，半分也看不出为了它竟然会死掉几十个人。阿福目光中仿佛笼罩着一层浓浓的雾气，让人完全看不清他的内心。

"云州，其实就像这株迦蓝花一样，只看它平凡的外表，半点也猜不到蕴含于它体内的惊人的美丽。"阿福的口气就好像哲人在讲学，"其实所有的美都隐藏在神秘之中，或者说，不可捉摸正代表着美的本身。你们不会理解云州的，你们眼中只看见那些杀人的瘴气和险峻的海岸，就以为云州不过是一片充满死亡气息的蛮荒之地。

"你们无法想象当夜晚瘴气散尽时，月光是何等清亮，就像天河的水那样缓缓流淌而下，你几乎能感到那种冰凉的触觉。你们也无法想象那些光秃秃的石原，在上千拓的平原上，寸草不生，什么都没有，只有那些嶙峋的怪石，呈现出各种生动的颜色与姿态，仿佛它们才是这片土地上的生命力所在。

"你们没有见过迷云之湖，那里方圆数里都被乳白色的雾气笼罩，几乎什么也看不清，但是有发着光亮的小虫不断在湖的两岸穿梭，可以做最好的航标。千百年来，它们都是这样不停地从湖的一端飞往另一端，力气不济的往往在中途坠落，被湖水吞没。谁也不知道它们为什么这样做，也许在它们的心中，自己正在穿越云天，寻找迷云尽头的未知彼岸，而那是它们冥冥中不容抗拒的宿命。

"你们没有见过火焰森林，那里的每一棵树都以不可思议的速度疯长，然后到了养分不够用的时候，多余的枝叶就会燃烧起来，化为灰烬，重新为自己的母体补充养分。所以整座森林终年都是熊熊烈火，黑烟蔽日。

"你们更加没有见过头颅之谷，那也许是整个云州最不可思议的地方。走进那座山谷，你就能看到许多粗大而绵长的藤蔓爬满了所有的山壁，那些藤蔓上布满了花朵，但你也可以说上面一朵花都没有。那是因为，每一朵花，就是一颗动物的头颅，那就是迦蓝花了。其实它的花瘦小而丑陋，也许这令它十分不满，因此养成了贪婪的天性，喜欢攫取动物的头来装点自己。和你方才所说的并蒂莲大不相同，并蒂莲是需要脑髓做养料的，而迦蓝花并不需要它们什么，仅仅是喜欢本身，而且它还会耗掉自身的养分去养这些头颅。

"那些头颅啊，都保持着生前的鲜活姿态，无论人还是兽，脸上都带着栩栩如生的表情。也许之前它们还在进食，还在沉睡，还在和自己的配偶欢爱，但在那一刻之后，它们的身体便不复存在，只剩下这颗头颅，成为迦蓝花的美丽的一部分。"

他的语调莫名地兴奋起来："迦蓝花是一种顽强的植物，就像云州本身一样顽强。它会不停地散放出花粉，比你们见过的任何一种花都要多、都要密。起风的时候，那些花粉随着风飘散得很远很远，在半空中飞舞着，就像是生命的种子一样。有的时候，附近几十里的区域都会完全被它的花粉所覆盖。

"但迦蓝花自己没有办法取得那些头颅，它需要花奴的协助，也就是血翼鸟。血翼鸟会替迦蓝花把头颅带回来，有时候还必须靠它将花粉传播出去。因为云州的动物都害怕了，躲得远远的，光凭风也许不能达到目的。"

阿福讲得绘声绘色，但越是生动，身旁的听众就越觉得毛骨悚然。即便是三十六号，在心里想象着整座淮安城被迦蓝花的花粉覆盖的情景，也觉得一阵寒意从脚底生起。

"我明白了，"班主夫人低声说，"我早就在怀疑死人的事情和那只怪鸟有关，没想到真的是这样。吸入了花粉的人，就会变成那样，对吗？

可是，那几天血翼鸟一直被我们关着，没有出来啊。"

"因为云州需要血翼鸟，宛州却用不着，"阿福说，"云州究竟有多大，谁也不清楚，但是至少在大部分可知的区域里，生物是极其稀少的，如果没有血翼鸟的帮助，大概没可能获得头颅。可是在淮安不同，这里是人的海洋，人类、夸父、羽人……取之不尽的资源哪！用不着血翼鸟，我只需要挑一丁点花粉，趁着市民挤在一起看马戏的时候……"

"你这畜生！"青衣书生忍不住骂出了声，"你为什么要这么做？"

阿福耸耸肩："只是为了引二位出洞罢了。你们从西陆一直追到东陆，始终不肯放过我，既然如此，还不如弄点事情出来，逼你们现身，现在目的达到了。"

"你刚才也说过，这种东西原本不该出现在云州之外的地方，为什么那么处心积虑地要得到它？"青衣书生问。

"现在它的第一个作用就出现了，"阿福微笑着回答，"你们已经被我占了上风。以后我占上风的时间，大概还会更多吧。"

这番话中表露无遗的野心让三十六号都禁不住皱皱眉头。他轻手轻脚地离开，到风亦雨对面坐下。

"完事了？"风亦雨充满期待地问。

"远远没结束，"三十六号说，"只不过该听的都听到了。现在需要想的是怎么解决。"

风亦雨长出了一口气："那就简单了，你那么厉害，没有你做不到的事情。"

三十六号报以苦笑："在你心里，我还真成万能的了。"

风亦雨脸上轻轻一红："在我的心里，你差不多就是万能的，云灭。"

"世界上从来不存在万能的人，"真名叫作云灭的三十六号叹息一声，"比如现在，我说不定还需要你帮忙呢。"

"你大概是唯一一个敢于向风氏求助的云家子弟。"风亦雨抿嘴一笑，略有一点得意。

"那是因为我面对着唯一一个愿意帮助云氏的姓风的人。"云灭回答。

第五章
风与云

按照神话传说，九州是由于一个叫"荒"和一个叫"墟"的大神相互不对付，进而大打出手才产生的。这个传说教育了我们，九州大地从创始之初起，就打上了不可磨灭的战争的印记。

从某种意义上而言九州历史就是一部战争史，你砍过我之后他再来砍你，文明进程的每一步都流淌着浓浓的鲜血。各族已经习惯了在战火中为自己求得生存的权利，并且做好了准备继续下去，于是当和平有一天突然降临的时候——大家都不习惯了。

我们抛开其他种族，单讲讲羽族。这是一个自视高贵的种族，虽然人口不多，但凭借着飞行的能力和射箭方面的天赋，在长期与其他种族的抗战中始终不落下风。等到战争结束后，高贵的羽族精英们似乎仍然觉得意犹未尽——手里的箭不射出去，总是觉得不够过瘾。

不过和平条约的约束力不容置疑，要打破它恐怕不大可能，这毕竟是九州打了几千年后第一次得到真正意义上的和平。姑且不管这样貌合神离、逼不得已的和平能维系多久，一般人还是不愿意去冒犯它的。所以过剩的精力只能内部解决了。

羽族是一个很讲究种姓的种族，高贵的姓氏通常会代代相传，形成一股越来越庞大的势力，他们的精英血脉代代相传，努力保持着纯净，飞行能力也的确比普通羽民强。据史料记载，甚至曾经有一个短命羽王专门颁布诏令，把羽人分成九个等级，不过他的结局不怎么好，最后被最卑贱的无翼民赶下了台。

但无论怎样，高贵的姓氏仍在延续。到了这个时期，经过一番披沙拣金、去粗存精的筛选较量和排挤倾轧之后，整个羽族中最举足轻重的家族只剩下了两个：雁都风氏和宁南云氏。

雁都是羽族在上一次战争时期就确立的国都，取代了陈旧的青都齐格林，风氏在这里几经起落，通过历代战争中贡献的杀敌数字与伤亡数字确立了羽族第一姓的地位；宁南则是战后新兴的商业城市，云氏通过经商敛财迅速发家——而按照羽人的传统，经商是一种沾满铜臭气的世俗行为。所以风家瞧不上云家，觉得他们有悖羽人的优秀传统；云家也看不起风家，觉得那只是一座正在逐渐腐烂的牌坊。双方大眼瞪小眼，就像天空中的鹰隼和地面上的虎豹一样，谁也不能吞下谁。

当然了，起初的时候，双方还得维系着面子。纵然谁也瞧不起谁，偶尔同时出现在公众场合，还会客客气气的。某一年，羽皇主持五年一度的祭天大典，云家和风家的家长为了排名相互谦让，曾一度被传作美谈。然而排名终归是虚的，利益才是实实在在的，好比一个宛州商人，平日里总能握着你的手称兄道弟亲热得不得了，可你要是敢少付一个铜锱，他就能当场和你翻脸。

裂痕产生于一桩生意上的纠葛。风氏虽然厌弃经商，手里却始终握着一个极大的产业不肯松手，那就是南药城的药材买卖，这也是他们几百年来的一项传统。这大概也符合风氏的家风：要么不做，要做就挑最大的。

"我们不去沾染那些低等的小生意，"历任的风氏家族尊长们如是说，"贵族应当有贵族的处事准则。"这番话指向的无疑是素来以手段灵活而著称的宁南云氏，他们的嗅觉比狐狸还敏锐，总是能抓住一些看似不起眼的商机大捞一笔。譬如这一年厌火城突然怪病流行，一种谁也没见过的虫子铺天盖地地在城内繁衍壮大，被叮者倒也没别的严重症状，就是会浑身上下奇痒难忍，相当难受。城中居民用了种种方法除灭这种怪虫，都没太大效果。就在此时，一家神秘的药铺在厌火城开张了，他们出售一种药粉，虽然不能灭虫，却能有效止痒。这种药自然是大卖特卖，购者如潮。

此事理所当然引起了风家的关注。他们控制了整个宁州一半以上的贵重药材，却没料到有人能在他们眼皮子底下抢钱。他们不动声色，弄来了一些药粉仔细检验，发现其成分其实很简单，主要原材料是在南药城北部维玉山中很常见的维金草。这种草向来药用价值不大，只有维玉山中的山民偶尔采来熬成汁液，据说是治蚊虫叮咬的便宜土方。

弄明白了原料，风氏自然打算如法炮制，不料这一跟进把他们吓了一大跳：整个宁南城都收不到半根维金草，全部被人垄断了，追根溯源，发现都是宁南云家在捣鬼。再进一步调查，才发现过去的十年间，在风家大手大脚垄断所有珍稀药材和常用药材的时候，云氏已经悄无声息地开辟了第二战场，把一些看似冷门的药物收购都揽到了自己名下。这一次的毒虫事件相当蹊跷，说不定就是他们暗中捣鬼，借此赚一笔横财。

风氏的族长得知此事后暴怒，将负责药材生意的人重责一顿，随即准备采取过去的老办法，将云氏从南药城挤走。这时候他才察觉到，云氏的势力早已渗透开来，如老树根一般盘根错节，从羽族皇室到各城邦领主再到普通地方官员，云氏的影子无所不在，俨然有和风家分庭抗礼的态势。他终于意识到了问题的严重性。

与此同时，云家也越来越感受到风氏的势力对他们扩张的阻碍。风氏就像森林中一头沉睡的巨熊，表面上看起来垂垂老矣，但走到哪个角落都会碰上它的脚爪。看起来，一场大战一触即发。

战争的导火索仍然是那场虫灾。云氏的药粉哗啦哗啦地卖将出去，赚了个盆满钵满，偏偏就是不给出根治的法子，厌火城人民痒了，吞药粉，不痒了，再被叮咬，又痒了，再吞药粉……那满天的蚊虫依旧乱飞，发出嘲弄的嗡嗡声，其间隐约混杂着宁南云家数钱的声音。

风家憋不住了，派人混入南药城云家控制的网络，他们怀疑整件事情都是云家策划的，既然如此，也应该有彻底根除这种毒虫的药物。不过风家的出发点倒并非出于解救厌火人民于困厄之中，只不过是不能坐视云家敛财罢了，这就好比两家包子铺相互抢生意，自己家的包子卖不好，也会往对手门前扔点牛粪让他们不好受。此所谓竞争是也。

然而包子铺伙计也分聪明的和愚笨的。风氏包子铺的伙计不够聪明，扔牛粪的时候被对方发现了。双方扯板凳、抄顶门杠一通火并，终于出了人命。事后双方各执一词，都称自己是这次事件的受害者，"我们没动手是他们先动手，他们没死人我们才死人了"。两边的受害者谁也无法证明自己才是真正的受害者，索性抛弃掉证明过程，开始单方面宣布为自己讨还公道。厌火城的虫灾一年之后便已止息，但两家的公道一讨，一不小心好几百年就过去了。

风亦雨跟随着堂兄风劲进入宁南，她在马车里听着外面城门守卫的例行盘问，已经紧张得冒汗了。这样的心理素质显然不适合做一个优秀的斥候，而事实上，风家压根也没有打算让她干出点什么来。她和冒冒失失的堂兄只是幌子，风家希望这两个毫无经验的新手能够恰到好处地露出破绽，吸引对方的注意力，以便掩护真正的高手行事。

他们根本不用刻意去表露什么。风劲是个脾气暴躁的家伙，卫兵多问了他两句话就差点被揪住打一顿；至于风亦雨，走到哪儿都是低垂着头，眼睛死死盯着脚尖，以至于一起长大的姑娘们都断言她日后必然大富大贵，因为掉在地上的钱包肯定都是她的。这样两个人进了宁南城，只要不是瞎子都会多看两眼的。

在那些滥俗的演绎故事里，大家族往往会修筑一个坚固得连夸父都捣不烂的城堡，放上一群武装到牙齿的守卫，唯恐人家不知道自己的身份显贵。现实中满不是这么回事。云家的宅子从外面看上去就很普通，而且不走进院子里，你连值守的护卫都看不到半个，门口只站了两个懒洋洋的看门人。至于他们的真正实力，已经散布到了宁南城的每一个角落。

两个引人注目的人住进了客栈，随即陷入了茫然。作为菜鸟，他们并不知道自己该做点什么好。虽然发布命令的家族长老信誓旦旦地说"只要你们不轻举妄动，对方也不会轻举妄动"，但如果这个逻辑成立，两个家族百年前原本就打不起来。

风劲跑到大堂去喝闷酒，风亦雨只能躲在自己房中发呆，这也是她多年的习惯。等到脑子里的胡思乱想已经完全找不到边际的时候，门被撞开了，她还没反应过来怎么回事，风劲已经被扔到了地板上。他的手臂以一种奇异的角度扭曲着，疼得满头大汗，不过人还是非常硬气，强忍着疼痛怒骂着："放屁！你才是云家的人！"

将他扔进来的是一个中年羽人，看身材比一般的羽人要强壮一些。身后跟着一个年轻点的，往门边随意一靠，压根不往屋里看，似乎是个小跟班。小跟班背上背着一张小小的弓，简直像是给女人用的，一看就是虚张声势。

忽略这个小跟班，那中年人倒是像个厉害角色，从他一出手就制住了风劲可以看出。不过他嘴里说出的话可有点莫名其妙："你以为我不知道你们俩是冲着我来的？"

风劲一阵纳闷："冲着你去的？你谁呀？"

对方看来脾气也不小，一脚踢在他胸口："你别装蒜！告诉你，别以为这里是你们云家的地盘就了不起，总有一天我们风家连你们的老窝一起端了！"

风劲傻了："你真是风家的人？我怎么从来没见过你？"

对方横他一眼："你是什么狗东西，也配见过我？"

这话对风劲构成了严重的人格侮辱，以至于他一下子脱口而出："我也是风家的人，为什么我从来不认识你！你是假冒的吧？！"

就连风亦雨这样反应迟钝的人都意识到这话大大不妥，可惜她也来不及阻止。中年人哈哈笑了起来："一两句话就露馅儿，太嫩了。老实告诉我吧，风家的人，你们两位要掩护的对象藏在什么地方？"

风劲的脸色立马白了，说不出话来。靠在门边的跟班轻叹一声："弄巧成拙啊！就算要树假靶子迷惑人，好歹也得像点话的吧。"

这话再次侮辱了风劲。他愤愤地说："我不过是被他占了先手，再说看年纪他比我修炼时间要长，输给他也没什么奇怪的，你敢和我较量一场吗？"

"和我较量？"跟班的表情似乎有点吃惊。他示意身前的中年人让让，风亦雨这才看出，原来这年轻人的身份还要高一点。在他的命令下，中年人甚至把弓箭借给了风劲，完全是一副无所顾忌的嘴脸。

风劲慢慢站起来。他虽然性子毛躁，在箭术上还是下过苦功的，在双方的暗战中还曾射死过一名敌人。此时他表面放松，做出拍打身上尘土的样子，眼瞅着对方一只手还在挠着下巴，于是突然间抽出三根箭搭在弦上——这也是他的绝技之一，同时射出三箭，分袭不同部位，往往让敌手难以防范。

但他并不知道自己面对着一个怎样的对手，箭方离弦，他就听到一声脆响——事后他才知道其实一共有四声，只不过是间隔太短，耳朵根本分辨不出——接着是半空中"啪啪"几声，再接下来是手中忽然一轻。

四处一望，地上躺着三支完整的箭，以及三支断箭，那是对手在一瞬间判断出自己射击的方向，将自己的三支箭全部射断。而手中的弓此时也只剩下了半截，另一半掉在地上，上面插着第四支箭。

风劲面无人色，知道自己差得太远，但他性子倔强，却是不肯轻易认输，咬咬牙，这一次也抽出了四支箭，虽然自己还没有练熟。但箭还未到弦上，他就感到喉头一凉，对方的箭已经后发先至，穿透了他的咽喉。

风亦雨在一旁看得几乎要晕过去，心里想着：这下子完蛋了。

中年人转过头，用责备的语气说："你怎么把他杀了？连话都还没问呢。"

年轻人摇摇头说："这样的货色，你指望他知道些什么？这两个人分明就是拿来送死的，你就算把他们的皮剥下来，他们也什么都不知道。"

"但是你也不能一句话不问就……"他话还没说完，就被对方毫不客气地打断了。年轻人扫了他一眼，用冷得像冰一样的声音说："我只答应帮你们办这件事，但我什么时候说过要听你的指挥了？如果你能闭上嘴别多事别烦我，我自然有办法把真正的奸细揪出来。"

中年人被噎得说不出话来，满脸通红，却似不敢反驳。他想了想问："这个女人怎么办？"

"放她走。"年轻人毫不犹豫地说。

"你说什么？"中年人更加恼怒，"这不是开玩笑吗？！"

"不开玩笑，"年轻人的脸绷着，果然是没有一丝笑意，"我可以很轻易地杀了她，你也可以，但我估计我们都活不下来。你如果觉得你的命不值钱，那你就动手吧。"

事后风亦雨曾小心翼翼地问："你那时候……真的看出来了？"

云灭高深莫测地说："总之，一切都在我的掌控中。"

"可是，以前从来没有任何人看出过这一点啊，"风亦雨依然很困惑，"当时你压根就没有正眼瞧过我，怎么可能发现呢？"

她猜测说："其实是你觉得我完全无害，所以应用了你那条著名的原则吧？"

"什么原则？"云灭居然看上去有点狼狈。

"该杀的人一个都别放，该放的人一个都别杀。"

"你就那么确定你是该放的人？"

"因为我对你毫无威胁，你杀了我也没有一丁点好处。没有一丁点好处的事情你怎么会去做？"

"你还真了解我……"

所以这件事成了风亦雨心里的一桩悬案，她也不知道当时云灭心里到底是怎么想的。但对于云灭而言，事后回想起来，却觉得那一天着实是千钧一发，险到了极处。他刚和中年人说完话，就察觉到自己的同伴做出了一个微妙的小动作——在袖子里扣住了一支袖箭。看来他打算不再和自己商量，先下手除掉那姑娘再说。

这点把戏也能骗过我？他嘴角浮现出一丝冷笑，但转念一想，本身这姑娘和自己不相干，杀了也便杀了，自己又何苦一定要和自己的家族对着干？虽然替家族做事没啥好处令人不快，但是公然出手对付家族的人——大概就更没啥好处了。所以在一刹那的迟疑后，他决定袖手旁观，随他去吧。

他向门口走去。

随他去吧，一声顺理成章的轻响，接着是"哧"的一声，从声音的方位判断，应该是这支袖箭准确命中了那姑娘的心脏。然而……这声音有些不对，力度远远不够，恐怕只是撕裂了外衣，连皮肉都无法伤及，更不用提刺穿心脏了。

难道那女子其实真的身怀异术？想到这里，他扭头看了一眼，果然发现这一箭的确射中了，却无法透入身体，仿佛有一股看不见的力量阻挡住了箭头的深入。受攻击的女子脸上略带痛楚的表情，显然并无大碍，有大碍的是出手试图射杀她的中年人，此刻正在用双手痛苦地捧着自己的心口，脸憋得好似猪肝，好像连气都喘不上来。"扑通"一声，他倒在了地上，四肢抽搐几下，就此不动了。女子看来充满了恐慌，但那并不是面对死亡的畏惧，而更近似于一种小孩犯了错误生怕被大人责罚的胆怯。

"我不是故意的……"她居然对着云灭说出了这样一句话。

那一刹那，云灭想到了很多匪夷所思的传说，譬如他过世的祖父曾向他绘声绘色地描述过自己是如何在一位秘术大家手下侥幸逃得性命的：

"……那时候，我感到了一阵古怪的震感，那并不是身体四肢在震动，而是仿佛有某种东西直接进入了体内，让五脏六腑阵阵地不适。我一下子想到了传说中海妖的歌声，或者武神的吟唱，但事实上，眼下一点声音也没有。突然之间，我心口一阵剧痛，就像是有一只看不见的手狠狠捏住了心脏。幸好我反应得快，身子一倾，用肩膀撞开门，几乎是连滚带爬地蹿了出去。痛感登时减轻了。再跑远几步，那种不适的感觉完全消失了，但我再也不敢回头了，只能仓皇奔逃。"

云灭几乎就要做出同样的动作，赶紧从房内逃出去，但仔细想想，眼前这个女子无论如何都长得不像一个一流的秘术师。此人生性最是倔强，重重一跺脚，反而向那女子走去。

当然，他还是一点一点试探性地靠近，却并未感到任何奇特的力量。女子正在小心翼翼地处理被射中的部位，那架势活像自己的胸口已经被穿透了一样，见到云灭进来，慌慌张张地先是想躲，接着像是想起了点什么，又赶紧把外衣拉上。

"行了吧，"云灭摆摆手，"衣服上破那么小的口，我什么也看不到的。"

女子"哦"了一声，问："你……你要杀了我吗？"

"然后我也像这老白痴一样死掉？我没那么蠢。"他掩上房门，拖过一把椅子坐了下来。他若有所思地看了对方一会儿，看得她浑身不自在。"能不能告诉我，你是用什么方法干掉那老家伙的？"他又问。

女子迟疑了许久，似乎是觉得眼前这人是自己的敌人，告诉他大为不妥，但不知怎的，最后还是卷起袖子，露出里面一个小小的针筒。

云灭瞥了一眼："河络的玩意儿。但要做到发射的时候无声无息，还能一下子刺入心脏，不是一般的工匠能做到的。"

女子茫然："我也不知道。我父亲说我太笨学不好武艺，这个针筒也许有点用。"

"你父亲真明智，"云灭咕哝了一声，"可是为什么他的箭射不死你？"

女子更加茫然："我也不知道。我还以为死定了呢。"

云灭叹息一声："你究竟知道什么……你把外衣脱了。"

女子往后一缩："你要做什么？"

"他妈的这会儿你又不傻了，"云灭说，"别自作多情，我要看看你的衣服有什么古怪。"

"古怪？"女子一呆，"没什么啊，就是一件护身甲，我父亲说有备无患让我穿上。"

"这个老东西虽然惹人讨厌，功夫可不差，如果他的箭都射不进去，你这件护身甲的价值还在那针筒之上，"云灭算计着，"都是你父亲给的……你父亲真有钱。不过摊上你这么个女儿，也够浪费资源的。"

他信口说出，才发现自己的话说得有点过火，正打算道个歉，对方却不以为意："我从小就学什么都不在行，射箭总是伤着自己人。后来父亲又说其实我在精神力方面颇有天赋，找了秘术师想要教我秘术，结果半个月后老师就被我气跑了。我父亲很失望，说以后不能指望我挑起风家的大梁了。"

　　"挑起风家的大梁？"云灭琢磨着这话的味道，"你父亲是什么人？"

　　"他叫风贺，是现在雁都城的大祭司。"女子老老实实地回答。

　　云灭怔住了："那不就是风家的家长了吗？这么说来，你就是他的女儿，叫风亦雨的？"

　　"我是，"风亦雨低声回答，"挺不像族长的女儿，是吧？"

　　"相当不像。"云灭诚实地回答。

第六章

血　翼

　　"还记得我们第一次见面时的情景吗？"云灭突然问。这话问在这种场合下，实在有点突兀，但风亦雨显然意识不到这一点。她立即开始回忆："嗯，我们俩互相知道了名字，你知道了我是风氏族长的女儿，我也知道了你是你们家族最有才华却最桀骜的神射手。你说你勉强答应了他们，替他们揪出潜入城里的风氏斥候，但我压根不能算斥候，所以你不会把我交给……"

　　她絮絮叨叨还要再说下去，云灭打断了她："别说那些没用的了。在此之前呢？"

　　"你的同伴想要杀我，结果……"

　　"是啊，那时候你说，除了身上的古怪道具，你一无所长。现在三年过去了，你有什么长进没？比如说，你能否自如地控制你的精神力量了？"云灭抱着万分之一的希望问，他听说过这样的例子，某些真正的高手在年轻时总是不开窍，但一旦入了门就会突飞猛进，毕竟风亦雨是高贵的风氏子弟，没准也属此类。但正如他所预料的，风亦雨颓丧地低下了头："还是不成。没半点长进。我已经气跑了六位教授秘术的师父了，练箭还伤了……"

　　"那我们就麻烦了。"云灭说。他简单向风亦雨说明了一下事态经过，风亦雨还不大明白："迦蓝花被他种在了城里的几处地方，然后呢？"

　　"种下了就会开花，"云灭倒是很有耐心，"开花了花粉就会随着风四散传播。在云州不怕，因为那里地广人稀，连鸟兽都难得碰到，但现在是在闹市里。"

风亦雨这才恍然大悟，脸上露出了姗姗来迟的担心表情："那岂不是会死很多人？我们该怎么办？"

"我说了我不是万能的，"云灭说，"主动权在他手里。你看，那两个龙渊阁的笨蛋已经束手就擒了。"

风亦雨从洞里看过去，两个笨蛋看上去委顿不堪，不知道是被某种秘术还是毒药制住了，尽管他们身上没有任何捆绑束缚，阿福却已经有恃无恐了。

"老实说，我并不是什么杀人狂，"阿福说，"杀人只是手段，而不是目的。淮安是座漂亮的城市，要把它变成一座死寂的坟墓，我也是很不忍心的。"

"那你究竟想要什么？"青衣书生有气无力地问。云灭能听出，他的声音里中气不足，力量已经消失。

"我想参观一下你们这座龙渊阁，或者说确切一点，不被承认的龙渊阁……"阿福看来不放过任何挖苦他人的机会，"然后，借一点东西。答应我的条件，我就告诉你们迦蓝花种植的地点。"

云灭吁了口气："果然如此。开出条件来就好办了。"

青衣书生却显得很愤怒："其实迦蓝花只是个诱饵，你的目的是我们的收藏，对吗？"

他心中悚然，越发觉出眼前这个对手的可怕，此人所谋划的，果然是非同一般的阴谋。想想龙渊阁中种种极富危险性的动植物，以及众多蕴藏着巨大力量的星流石、魂印兵器等，它们本来分散在九州各处，寻常人得到一两件都极其艰难，但龙渊阁却收藏了无数，然后……交给眼前这个家伙？那一刻他生平第一次感到某种悔意：也许自己的先辈的确是做了错误的决定，这样的龙渊阁，可能真的不应当存在。

"一开始其实没有这个念头，"阿福笑嘻嘻地回答，"我只是单纯想利用你们的船离开云州，并且顺手牵几株迦蓝花留个纪念而已，但当我知道了你们的身份后，我就觉得，光有迦蓝花是不够的。"

"看起来，淮安城只怕要被牺牲掉了。"云灭喃喃地说。

风亦雨大惊："你怎么知道？"

云灭解释说："因为他们是知识分子哪，知识分子不会像武人那样管它三七二十一打了再说，知识分子会算计。龙渊阁这样的地方，肯定藏了许多威力无穷的好东西，如果对方真拿来做点坏事，死的恐怕不止一个小小的淮安的人口了。所以我估计他们死也不会说出来，宁可牺牲掉淮安。"

"真可怕。"风亦雨也不知道自己在说阿福还是在说龙渊阁的知识分子。

夜幕已经低沉，又一个夜晚来临了。一切的恐惧都会被时间的流水越冲越淡，最终消失，淮安人却并不知道，新的恐惧正在城市中无人知晓的角落悄悄生根发芽。

"你们还有不到一天的时间考虑，"阿福说，"迦蓝花生长速度本来就奇快，这里的土壤又比云州肥沃，只怕长得更快。除了我有法子抗拒它的花粉，其他人碰上了就无药可救。"

青衣书生哼了一声，并不作答，从他紧皱的眉头可以看出，他正陷入一种纠结之中。虽然孰轻孰重很容易判断出来，但毕竟此事的起因在于他们自己的疏忽，倘若没有被阿福盗走迦蓝花和血翼鸟，他们就不会给淮安带来这场灾难。自己死不足惜，但淮安原本是无辜的，那种无能为力的愧疚正一点一点啃噬着他的内心，令他痛苦万分。

云灭却懒得想那么多，他只是对风亦雨说："我们走吧。"

"走？去哪儿？"

"离开这里，"云灭回答，"不走就得死。"

"难道不能用刑罚逼迫他吗？"风亦雨问。

云灭摇摇头："我看得出来，他不是那种经不住刑罚的软蛋，而是一个真正不怕死的亡命之徒。如果达不到目的，他真的会选择和淮安城的所有人同归于尽。何况……我也许有杀死他的把握，却没有制伏他的把握。"

"有这么厉害？"风亦雨不敢相信，"连你都制伏不了他？"

云灭正要回答，仿佛是为了给他的话提供佐证，那个不爱说话的白衣书生突然行动了。他猛然跃起，双手微张，向着阿福扑去。在云灭这样的行家眼里，可以看出，他的双手在一刹那挥出了七招擒拿手，可惜的是，由于事先中了阿福的毒药，他的速度已经大大下降了。

阿福动也不动，等到书生的手指触到他的肩膀，略一沉肩，借助着对方的来势，伸手轻轻在他手肘上拂了一下。白衣书生的身体登时失去平衡，重重撞在了墙上。虽然书生的动作已经减慢许多，但阿福的反应和身手也可由此略见一斑。

白衣书生软软地靠在墙边，不住地喘息着，云灭和风亦雨却忽然间听到了他的低语："我知道你在那边，别出声，听我说。

"现在只有你能帮助我们了。刚才的对话你也听到了，我们一会儿会假装考虑他的要求，带他去龙渊阁，借此拖延时间，请你立刻去楼下，到班主夫人的马车里找到血翼鸟。

"血翼鸟之所以成为花奴，倒不是因为传播花粉和割掉头颅有什么乐趣，而是因为它也需要迦蓝花的果实，那种果实能给它强大的力量。所以，如果你们能把血翼鸟放出来，它必然会凭借本能去寻找迦蓝花，而那些迦蓝花刚刚种下，还不会结出果实，也许它会把迦蓝花整个吞下去，那样后果将不堪设想。

"这时候就要靠你了，羽人，你要追踪血翼鸟，找出所有迦蓝花的下落，在它下口之前毁掉迦蓝花，这样它就会一株一株找遍这城里所有的迦蓝花。"

"别开玩笑了，"云灭"嗤"了一声，"这么麻烦的事，我又不是傻小子。"

"我知道你的身份，不会让你白干活儿的……"

云灭本来摇晃着脑袋，一副事不关己的模样，拉着风亦雨准备离开，听了这话停下了脚步。风亦雨从云灭的眼神可以看出，这最后一句话并没有白说。

马车被车夫拐到了附近一个小巷里，幸好云灭早就见过这辆车，不费什么力气就找到了。当然这其中也有另外的原因，那就是马车周围围满了人，实在是很显眼。

　　车夫战战兢兢，正缩在墙边，旁边几个地痞混混模样的年轻人正在训斥他，训话内容竟然充满正义感："……半夜三更的，鬼叫个没完，那不是打扰市民休息吗？你还有没有点公德心？"

　　"不是我，不是我呀！"车夫大呼冤枉，"我只是雇来的车夫，看车的。车里的东西非要叫，关我什么事呀？"

　　胳膊上有醒目刺青的混混头目问："车里装的什么？"

　　车夫摇头："我不知道。兴许是从云州来的什么动物吧，主人家是云州班的寡妇。"

　　头目的眼睛登时一亮："云州的动物？那可值不少钱呢！滚开！"地痞们不由分说，拳打脚踢赶走了车夫，将马车门拉开。风亦雨远远看着，皱着眉头想说什么，最后又忍住了。

　　"你是不是想问我为什么不上去阻止他们？"云灭问。

　　风亦雨点点头，倒是一点也不觉得惊诧。云灭说："我也是第一次和血翼鸟这种动物打交道，天晓得它好不好对付。眼下有一帮替死鬼顶在前面，不是正好吗？"

　　不过看起来他的担心是多余的，地痞们轮流从马车门往里看去，啧啧惊叹了一阵，随即两名大汉爬了上去，很费力地抬下一个铁笼子。风亦雨屏住呼吸，紧张地望过去，借着月色，她看到笼子里有一只黑漆漆胖乎乎的大鸟，额头上有一个肿瘤状的突起，爪子甚是锋利。奇怪的是，此鸟号称"血翼"，翅膀却是深黑色，而且很短小，看来甚至不像能飞的样子。痞子头目冒冒失失地打开了笼子，风亦雨禁不住又紧张了一下，但那只胖鸟似乎病恹恹的，缩在笼子里动也不动，可以看到它的背部有一道长长的伤口，还未痊愈。地痞们放心了，索性生拉硬拽地把这只呆鸟抓了出来。它伏在地上，仍是不怎么动弹，好似一只瘟鸡，间或叫上两声，倒是尖厉刺耳。

"这破鸟真没意思！"头目骂骂咧咧地在血翼鸟身上踢了一脚，鸟发出一声痛叫，再无其他反应。连风亦雨都禁不住有点失望，云灭却毫不放松。

"别忘了，这只鸟可是替迦蓝花割脑袋的花奴，就算再不济，也总得有点力气把脑袋从身体上弄下来吧。"话音刚落，他就注意到身边的风亦雨打了个寒战。

"怎么，害怕了？"他问。风亦雨摇头："没有，就是有点冷。"

"起风了。"她说。

对于淮安这样的海港城市而言，夜风是很常见的，突如其来的大风也并不稀罕。风亦雨显然没有这样的经验，身上的衣物有些单薄。云灭不声不响，除下外衣，打算披在风亦雨肩上。风亦雨还没来得及高兴，却听到一声轻响，衣服掉到了地上。看看云灭，好像已经完全忘记了这件衣服的事情，全神贯注地盯着前方。

血翼鸟开始不安地躁动起来。随着风势的加剧，它开始有了精神，就像秃鹫闻到了死尸的气息。它的双目有了亮光，灼灼地注视着西北方向。

"看来它闻到了迦蓝花的味道，"云灭说，"那几个傻子要倒霉了。"

如他所言，血翼鸟猛然间低下头，朝着一名地痞的小腿上啄去。它的动作还有点畏畏缩缩，只是啄破了一个很小的口子，但伤者却一下子抱住了腿倒在地上，嘴里发出凄厉的惨叫声，痛苦至极。片刻之后，他的腿赫然肿得像水桶一样了。

他的叫声唤醒了血翼鸟沉睡已久的本能。这只怪鸟由于长时间没能进食迦蓝花的果实，已经萎靡不堪，一条命丢了多半，但敌人的鲜血和迦蓝花的气味强烈地刺激了它。它迈开双腿，摇摇摆摆地跑了起来，刚开始步履蹒跚，其后慢慢变得轻快。地痞们都被同伴的遭遇吓坏了，谁也不敢上前拦阻。

云灭已经撇下风亦雨，跟了上去。女孩叹了口气，从地上拾起衣服，紧随而去。云灭眉头大皱，想要让她留下，终于没能说出口。好在这只鸟毕竟速度不快，而且不像人那样对于追踪有警觉，因此跟起来并不困难。

但这只蠢鸟在奔跑了两里路后忽然停了下来，疑惑地左转右转，不再前进了。

"大概是两边距离对等，味道差不多浓，它不知道该怎么办好，"云灭说，"我来帮帮它吧。"他用脚尖挑起一块石头，踢了出去，正好打在鸟臀上。这一下颇为沉重，血翼鸟下意识地向前疾蹿几步，这回找准了方向，继续笨拙地奔跑起来。

风亦雨忍住笑，和云灭一道接着跟踪，眼见着血翼鸟并不往荒僻的地方跑，而是越来越深入住宅区。云灭心想：倒也不奇怪，阿福这厮必然会把花种在人烟密集的地方，这家伙果然不是吓唬人的。

血翼鸟来到一处富家宅院外，滴溜溜转了几圈，似乎想要跳进去，但肥蠢的身体令这个奢望无法实现。虽然云灭自己闻不到，但从血翼鸟的动作姿态中可以猜出，这院里必然有一株迦蓝花，只是它进不去罢了。

"咱们是不是要把它扔进去？"风亦雨问。

云灭瞪她一眼："你不怕它好心当作驴肝肺啄你一口？"他边说边从身上掏出一个小袋子，从袋子里倒出一些粉末，涂在箭头上。他一箭射出，箭头嵌入了墙壁，随即燃起一股暗绿的火焰，墙上竟慢慢腐蚀出了一个洞。血翼鸟不假思索，埋头便钻。身后的云灭低骂一声："这畜生！不会先把翅膀贴紧身体收起来吗？"

于是，这只傻头傻脑的胖鸟顺理成章地卡住了。除了发出刺耳的叫声，它没有别的事可做；除了把宅院内的人都招来，这叫声没有别的用处。

风亦雨郁闷地听着院内传来杂乱的脚步声，听着被血翼鸟啄过的人发出尖叫声，听着一片"有毒！快杀了它"的嚷嚷声，不知如何是好，侧头一看，云灭居然在拔箭。

"现在还来得及，趁他们还没把这鸟弄死。"他嘴里嘀咕着。

"你要干什么？"她一把死死攥住云灭的手，"不能杀了他们啊！"

"我不是……"云灭话还没说完，就被她抢着叽叽咕咕地说了下去："这些人是无辜的啊，就算是为了挽救淮安，你也不能……"

云灭恼火透了："我只是想把墙上的洞再扩大一点好把那笨鸟拽出

来！"他抬眼一看，有气无力地说，"现在已经晚了。"

血翼鸟已经不动了，鲜血从它身下不断涌出，它被人杀死了。这只承载着拯救淮安城全部希望的鸟，此刻已经变成一具尸体。它无法再用它敏锐的嗅觉去找出那些致命的迦蓝花，它们将开放，从东陆肥沃的土壤中贪婪地汲取养分，再把死亡的种子散布到每一个角落，直到它的藤蔓上挂满了生命之花为止。

风亦雨不敢看云灭，恨不能地上有条缝钻进去："我又给你闯祸了，是吗？"

云灭长叹一声，正欲离开，脑子里盘算着：只能带着风亦雨离开这座城市了，其他人死了也就死了吧，风亦雨却叫了起来："等等！你快看！那是什么？天哪！"

云灭连忙转头，这一看眼睛也有点发直："玩笑开大了……"他的手握住了弓，一把将风亦雨拉到背后。

第七章
胖　子

阿福不是个得意忘形的人，从来都不是。两名书生虽然答应考虑他的要求，但他心里并不相信。他们毫无疑问是在拖延时间，以便找到那些迦蓝花，将它们消灭掉。这两个人肯定有同伙。

这是不可能办到的，阿福想，如果有一只强壮的血翼鸟，那么它能够很快地飞遍整个淮安，但被带来的这一只已经有两个月没有真正地进食了。除了迦蓝花的果实，任何食物都只能让它勉强维持生命。它会变得肥而蠢笨，除了自身的毒液之外，没有任何攻击力，绝不可能在短短一天内找出所有的迦蓝花。那不是真正的血翼鸟，不是真的。

两名书生还在磨磨蹭蹭，阿福冷笑一声："我不得不警告你们，迦蓝花种得很分散，你们再拖延下去，只怕我想要拔掉它们时间也不够了。天亮之前不作决定，一切都晚了。"

两名书生面色微变，仍然没有言语。阿福也不再理睬他们，坐在桌旁，自斟自饮起来。他的身躯如此瘦小，食量却大得惊人，片刻之间就将桌上的菜风卷残云般打扫了个干净。他意犹未尽地想要招呼伙计再上菜，忽然反应过来："哎呀，我们恐怕待得稍微晚了一点吧，人家该打烊了。"

其实这会儿早过了打烊的时间，但两名书生来得如此生猛，掌柜的怎么也不敢去打扰，只好强撑着一直等待下去，心里早把对方祖宗十八代都诅咒遍了，隐隐又想道：上次黄大方也是这样，在雅间里变成了死尸。这想法吓了他一跳，他觉得自己衰迈的心脏不能再经受一次刺激了。所以他索性搬了凳子坐到门口去，让心情放松一点。

夜风很凉，但他早已适应了。几十年来，他就是在淮安呼啸的夜风中慢慢变老，变得胆小怕事的。但在年轻的时候，他也曾经在街头舞刀弄枪，从别人的身上放血，用狂野的喧闹打破午夜的宁静。和平的岁月让年轻人血液中的野性火焰无法平息，只能通过其他途径发泄出来，然后用时间的流水把这种火焰一点点熄灭，让热血的青年变成糟朽的老者。

远处隐隐传来一阵喧哗声，考虑到四周万籁俱寂，这声音离此应该不近。大概又是街头青年的夜间活动，掌柜的想着，嘴角甚至露出一丝微笑。但很快地，他笑不出来了。

他的胆子差点被吓破。在那一瞬间，一个令人惊恐的黑影突然掠过了月亮，他不由自主地抬头看去。那是一只低空飞翔的鸟，却并不是人们日常所能见到的任何鸟类。它的身躯并不算庞大，却有着不可思议的宽阔翼展，像蛇一样扁平狰狞的头颅，嘴里隐隐能看到尖利的牙齿。它的双目闪着幽蓝的光芒，两翼却呈极醒目的血红色，如它凄厉的叫声一样让人战栗。

这是一只怎样的怪物啊！掌柜的想。他随即发现，在怪物的身后，还有一个影子在穷追不舍。那不是一只鸟，而是一个羽人，羽人飞行的速度丝毫不亚于那只怪鸟，像一道白光紧随着从夜空掠过。

"这是在唱哪一出啊？"掌柜的疑惑地自言自语。

血翼鸟居然就这么死掉了。风亦雨觉得手足冰凉，她知道云灭对此不会有太多想法，充其量带着自己迅速离开也就是了，但想到会有成千上万的人因此而送命，她仍然觉得心头一紧。但当她悲哀地注视着尸体时，却发现它动了一下。

本来已经完全不动的尸体，突然开始剧烈地抽搐起来，背部的羽毛渐渐脱落，露出一块小小的突起。那突起开始膨胀、变大，最后裂开了，一个血淋淋的小脑袋费力而坚决地钻了出来。

云灭和风亦雨并不知道，当环境恶劣时，血翼鸟往往不会产卵，而是将后代继续留在体内，等待时机；他们也不知道，母体会将所有来自迦蓝花果实的养分都贮存起来，如果自己没能逃过死亡的劫难，就会将全部的养分转给幼鸟。他们能够看出来：从尸体里爬出的这只小血翼鸟非同一般。

它左右张望一下，发现四下有人，立时警觉起来。但紧接着，迦蓝花的气息吸引了它，它不顾一切地飞了起来，冲入了宅院，双翼伸展开的长度颇为惊人，令它的飞行稳健而有力。云灭突然想起了什么，对风亦雨说："你还是……算了。"

风亦雨莫名其妙："你想做什么？"

云灭背后的羽翼已经凝出："我还没忘掉那个书生的话。如果没有果实，它或许会饥不择食地把整株花吞下去，到时候会发生什么我也不知道了。我想让你离开，但想你肯定不会……"说到这里，他已经腾空而起，回过头来喊了一句："那你就陪我一起送死吧！"

"陪你一起送死……"风亦雨呆呆地重复了一遍，脸有些红了。

"那样也不坏啊！"她轻声说。

对于云灭而言，这却是坏得不行的遭遇。那只新生的血翼鸟体形太小，自己虽然追了进去，但仓促之间无法发现它，反而被捉贼的家丁们围了起来。看来这是个富人之家，养了一群家丁防盗。等到把他们都打发掉，血翼鸟已经踪影全无。

但愿这只鸟足够蠢，一时找不到迦蓝花；又或者它饿得不算狠，仍然只是想吃果实。然而事实证明，这样不切实际的侥幸心理是行不通的。云灭转了一小会儿，正在暗自恼火，却忽然闻到一股浓烈的血腥味。这血腥味突如其来，毫无征兆，他心里突地一跳，连忙跟随着气味跑了过去。

拐了几个弯，进入了花圃中，他看到了一幅噩梦般的场景。两具尸体躺在地上，脖颈的位置血肉模糊，头颅已经不在了。他们的头正被一只巨大的怪鸟衔在口中。这怪鸟的体貌依稀有点像之前那只笨拙的血翼鸟，却精壮得多，浑身散发出某种邪气。尤其是一对还在扇动的翅膀，在月光下红得好像要滴下血来。

云灭明白，这才是真正的血翼鸟，它仍然在按照自己血液中蕴含的本能行事，将人兽的头颅取下来。但生生吞下一株迦蓝花后，过于强大的药力令它丧失了基本的判断能力，不再是寻找已经被花粉毒害的生物，而是不分青红皂白袭击所有人。

血翼鸟听见脚步声，抬起头见到了云灭。它微一弯腰，身子已经如流星般疾冲而来。云灭闪身避过，令它扑了个空。血翼鸟好像有些诧异，很快再次袭来，云灭发现，这一次它的速度明显比刚才快了。

这畜生还能根据对手来调整自己的攻击速度！云灭的好胜心被激了起来。他本来已经扣紧了弦，却并不急于发射："我们来比比谁快吧。"

他倏地腾空而起，引着血翼鸟向他追来。血翼鸟飞行时带起巨大的风，颇有声势，云灭却像羽毛般轻盈，血翼鸟数次攻击都被他躲过。他看准了空隙，倒是在血翼鸟身上射了几箭，虽然故意没有射中要害，但仍然令这怪鸟疼痛不止。

血翼鸟被激怒了，双翼的血色更浓，两爪不断向着云灭狂乱地舞动，但都差之毫厘，无法碰到这个羽人。它猛地张嘴，发出一声尖啸，声音高亢刺耳，云灭只觉得有些头晕，动作放缓了。血翼鸟趁此机会从喉中喷出一股毒液，向着云灭的面门激射而来。

它却并不知道，云灭也正在等待着这个机会。在毒液喷出的一瞬间，云灭的羽翼已经停止挥动，身躯刚好下落了一点，避开这致命的一击。紧接着他已飞到血翼鸟的身下，重新升了上去，从怀中摸出一把极小而锋利的匕首，在鸟双翼的根部各自划了一刀。这两刀并没有令血翼鸟流太多血，却极精确地制造了两个小伤口，令它不能过于用力地飞行，否则伤口会迅速撕裂。

"这下你没法打架了，"云灭说，"逃吧，去寻求迦蓝花的庇护吧。"

受伤的血翼鸟在本能的驱使下开始寻找下一株迦蓝花。它毕竟刚刚诞生，体能无法和成年的血翼鸟相比，只是依靠着那株活吞下去的半死的迦蓝花才能勉强作战。但敌人太强，它无法取胜，必须要找到一株真正有活力的迦蓝花，那样就没有任何生物能战胜自己了。它撇下云灭，开始循着气味飞去。云灭也不阻拦，只是跟在它身后，顺利地铲除了两株迦蓝花，其中一株藏在一片废园无人打理的荒草中，另一株则大模大样地插在衙门门的一个花盆里，可见阿福还是颇费了点心思。

倘若一切顺利的话，很快就能解决掉第三株，云灭想，然后应当制服血翼鸟，休息一下。羽人的翼是靠精神力凝结而成，比不得鸟儿天生的血肉之躯，一般的羽人一个月或是一年才能飞行一次，云灭虽然天生异禀，也一样不可能像鸟那样长飞不停。

可惜他并没能得到这个休息的时机。当血翼鸟掠过泰丰酒楼的上空时，一声清亮的哨音突然从下方响起。云灭心里一沉，他已经听出了这个哨音的主人是谁。

是阿福。他推开了窗户，怒不可遏地望着天空，嘴里不断发出长短不一的呼哨声。那声音是一种信号，血翼鸟立刻放弃掉自己的目标，降了下去。云灭无奈，只能跟着跳进了窗户。

血翼鸟耷拉着翅膀，立在一旁，见到云灭进来，示威般地冲他叫了一声。阿福阴沉着脸："竟然是你，早知道那天我先收拾掉你。"

云灭不去理睬他，对着两名书生一摊手："抱歉，这件事情最后还是弄砸了。"

青衣书生摇头："怪不得你，这厮必然和云州有极深的渊源，否则不可能召唤血翼鸟。云州的生物诡秘罕见，原本不属你所了解的范围。也许是天命如此。"

云灭哼了一声："我不会去怪什么天命地命。我接受了你的委托，最后没能成功，就是我的责任。这是出道以来我第一次失手，这笔账我总得和他算算。"

他走向阿福，站在他面前，上下打量着他。两人之间的距离近到呼吸可闻，但阿福并没有半点避让。"你拔掉了我几株？"他问，"两株？三株？真是伟大的成绩，恭喜你。可惜的是，我忘了给你讲一个故事，你听完之后大概会明白一点。

"在云州，人们曾经发现过一个巨大的黑熊聚居地，但幸运的是，这些密林里最危险的杀手全都已经死掉了，总数有好几十头。它们的死因一目了然，都是中了迦蓝花的花粉。这是一件很奇怪的事情，因为血翼鸟传播花粉总是很分散的，而且每次数量很少，按理不应该出现那么多头熊死在一起的情况。后来才发现：人兽如果只吸入一丁点花粉，只有自己会死亡；但如果大量吸入的话，它的血液会产生某种变化，可以将那种至今无人能掌握的毒素通过自己的身体传播出去。毫无疑问，有一头倒霉的熊无意间闯入了头颅之谷，才酿成了那样的惨剧。

"在我种下的迦蓝花中，至少有两株距离人非常近，几乎是近在咫尺。你可以想象，当一个人成为毒源，就将飞速地把毒性传播开来。那时候的尸坑，一定会非常华丽。"

他一面说，一面留意着云灭的反应，只等他稍微有些心浮气躁，就好偷袭。可云灭不仅面部没有丝毫变色，就连手指头也不曾动一下："想激怒我？不是不可能，但得选择正确的方式。这座城市的死活与我无关，我现在对付你，仅仅是因为我想这么做而已。"

阿福摇摇头："你还真是冷血，看来没别的办法了……"

"了"字刚刚出口，他的身形已动，竟如鬼魅般一下子闪到云灭身前，右手握成鹰爪，抓向咽喉要害。这一下毫无前兆，突如其来，他满以为能一击而中，却不料在间不容发的一刻，云灭的身影忽然消失，随即一股劲风从背后袭来。

他心里有些吃惊，手上却毫不慌乱，来不及转身了，左手向后点出，一声轻响，已经挡住了云灭的匕首。原来他的左手不知何时握住了班主夫人头上长长的银簪，竟以这银簪做了武器。他这才转过身来，揉身再上，左手银簪如剑般刺出，右手变掌，掌法更是诡异难明。云灭也不禁有点诧异："双手分搏！有点手段啊！"

阿福狞笑一声："雕虫小技，谬赞了！"手上加快速度，攻势有如狂风骤雨。两名书生中毒失去了力量，只能在旁观战，以他们的功夫，见到阿福的武艺也不禁暗暗心惊。

但云灭的身法也丝毫不逊色。在这小小的完全腾挪不开的斗室里，他却如同身处旷野，身法灵动飘忽，总在看似不经意间就躲开了阿福的攻势。

这并不像是羽族的功夫，因为羽人并不长于近身搏击，一般而言对于这样的小巧功夫研究不多，他们宁肯高飞避开敌人。

难道是鹤雪士？青衣书生想起了这个遥远的名词。只有精英中的精英，才会为了做到力臻完美而挑战自身的极限。但那个传说中的团体早已消失了，眼前这个羽人怎么会……

这么微一愣神，竟然没有注意到场中的情势起了变化。阿福的攻势越发凌厉，有点以命相搏的味道了，即便是云灭，躲闪起来也很吃力。突然之间，阿福一脚踢翻了桌子，一时间汤水飞溅，碎片满地，他看准一个碟子，不等落地，一脚将它踢向云灭的胸口，自己却从左侧扑了上去。青衣书生回过神来，心里想着要糟，只见两个快得几乎看不清的身影已经纠缠在了一起。

似乎仅仅是一眨眼的工夫都不到，两人的动作都停顿下来，换成了对面而立的姿态。云灭的脸上被划出一道长长的伤口，血正在流出来，不过阿福的情况比他糟糕多了。尽管身上并没有什么伤痕，但他的咽喉处却被一支长箭牢牢抵住，全身已被云灭制住，不能动弹。

"壮士断腕啊，你宁可挨我一下，故意引我上钩，真是个人才！"阿福在这当口居然还能出言夸赞。

云灭说："你我的武艺，半斤八两，如果不是你先卖个破绽，我是不可能抓住这个机会的。我倒是有一个问题想要问你……"

他的箭头仍然对准阿福的咽喉，一面轻描淡写地擦着脸上的血迹，一面问："你是怎么在那么短时间内一下子瘦下来的呢？在遇到这两个龙渊阁的书生之前，你还在躲避着什么人呢？"

阿福的眼睛在这一刻才真正出现了畏惧的意味，他声音有些发颤地问："你……什么意思？我不明白。"

"你应该清楚，在我面前装蒜一次可以，但我不会给你第二次机会的，"云灭冷冷地说，"你的身体瘦得太不正常了，而你吃饭时又表现出了过于旺盛的食量，我已经在怀疑了。但我最终肯定这一点，是在刚才交手的时候。你转到我左侧的时候，速度、方位都绝佳，我本来充其量能躲开那一记银簪，也许还会吃你一腿，绝不可能有机会还手的。但你为什么会卖那个破绽，右肩莫名其妙地一耸，从我的身边滑过去？这个破绽那么莫名其妙，我几乎要以为它其实是个陷阱。你刚才和我刚一过招我就能看出来，在打架方面你是个老手，怎么会犯这种愚蠢的错误？"

阿福脸上的汗水滚滚而下，却并不开口。云灭接着说下去："其实，那原本是你的杀招吧。在高手过招的时候，用强壮的肩膀像地痞无赖一样去突然猛撞一下，绝对能令任何人猝不及防，更何况这一撞里面也包含了上乘的武功。可是你没有撞到，落空了，为什么？因为你过去是一个大胖子，那一下恰好能撞上，而现在体形却完全变化了！但这一招被你练得很熟，早就成了身体的本能反应，在激战正酣的时候，你根本想不到去调节。这也从另一方面说明了，你变成这样，并没有太长时间。

"当然你突然之间变得那么瘦，不大可能是因为爱漂亮而减肥。根据你的所作所为推断，你一定是为了逃避某些得罪不起的人吧？"

他一步一步逼着阿福退到了墙边，低声问："你其实……并不是什么在云州待腻了出来散散心，而是迫不得已从云州逃出来的，对吗？你所真正害怕的，也就是从云州出来一直对你穷追不舍的人，对不对？"

阿福闭上眼睛："你真是个怪物啊！"那一瞬间，他的脸上无法隐藏内心的情绪：愤怒、焦灼、失落、憧憬以及深深的恐惧。这个敢于用一座城市的生死作代价赌博的人，这个敢于在龙渊阁头上动土的人，这一刻却显得那么凄惶无助。

"我并不是不想继续留在云州，虽然那是个可怕的地方，"他的眉头紧皱，似乎是回忆起了极不愉快的往事，"那绝不是让凡人生存的地方，却是最适合我的地方。只有最穷凶极恶的人，最敢于舍弃生命的人，才能在那种地方一代又一代地延续下去。可是，我毕竟是人，我斗不过恶魔，我是被逼逃出来的……"

"我看你和恶魔差不多了，"云灭挖苦地说，"阿福，你……"

"别叫我阿福！"对方陡然暴喝一声，"那只是那几个戏班的雷州人古怪的口音而已。即便今天会死在你手里，至少也要留下我的名字，让你们知道那个把淮安变成地狱的人究竟是谁。你记住了，我姓胡，叫胡斯归。"

云灭有些意外："你的名字还蛮风雅的，真难得。不过，斯归斯归，归哉斯土，如果这个名字是你的父母给你的话，难道你……"

正说到这里，雅间的门被推开了，却是风亦雨追了回来。她的飞行能力远不及云灭，而且飞了一段之后精神力就无以为继，只能气喘吁吁地撒腿奔跑。等她跑回酒楼的时候，一场激战已经结束了。

胡斯归看到风亦雨进来，立即注意到了云灭眼光的变化。这个狡诈敏锐的人很快判断出了存在于这两人之间的微妙的情感纽带，嘴角不由得浮现出一丝微笑。

"你笑什么？"云灭一怔。

"我有一种赌博的冲动。"胡斯归一本正经地回答。

"赌什么？"

"用我的命作赌注，赌你是不是真的那么冷血，"胡斯归说，"赌对了，我就活命；赌错了，就死在你手下。"

云灭情知不妙，但还没来得及动作，胡斯归已经抢先行动了。他手上的一枚指甲突然脱落，向着风亦雨激射而去。

但云灭没有反应，任何反应都没有。他甚至连眼珠都不曾轻轻转一下，仍然死死盯着胡斯归不放。那指甲直冲冲地钉上了风亦雨的小腹。这片小小的指甲带着巨大的力量，竟然把风亦雨往后推出了好几步。

胡斯归看着风亦雨痛苦地捂着小腹靠在门边，云灭却仍然不为所动，终于长长地叹息一声："连自己心爱的女人的命都不要，你的心果然是铁石铸成的，也许你才是最适合在云州生活的那种人。我输了。"

云灭冷笑一声："首先，她并不是我什么心爱的女人；其次，她的命，至少你要不走。"

胡斯归一惊，转头望去，风亦雨正在揉着肚子，看来有些疼，却并不像受了致命伤。而那片尖端有剧毒的指甲，已经掉到了地板上，居然连一点血都没沾。

"看来形势对你不算太有利，"云灭揶揄说道，"而且我不会再给你脱逃的机会了。"

他手中的长箭忽然间动了一下，众人还没看清，胡斯归的四肢上瞬间多了四个洞，鲜血汩汩地流出，人已经瘫倒在地。

胡斯归看来并不怕疼痛，反而咧嘴一笑："我确实没有机会了，这点我承认。但你们也没有了。"

他并没有出声，也不知道用了什么手段，但血翼鸟很显然接收到了他的指令。这只自从见到了胡斯归后就始终老实得像只呆鹅一样的怪鸟突然间暴起，向着云灭猛扑过来。但在双翼受伤后，它的威力已经大减，而且这一用力，翼根的微伤立即破裂。但它不管不顾，虽然很快被云灭添上了若干新伤口，仍旧狂攻不止。

"现在你只能杀了它，"胡斯归的声音忽然变得微弱，"而我也会马上死去。你们就好好想办法，自己去把那些迦蓝花找出来吧。"

话刚说完，他的脑袋一歪，呼吸已经停止了，只有眼睛还半睁着，似乎是等待着欣赏淮安最终被毁灭的结局。

第八章

三分之一

天色微明的时候，淮安的街头已经可以听到种种叫卖声。对于一座勤劳的城市而言，早起的鸟儿才能有虫吃，只是这些鸟儿还能吃多久的虫子，目前谁也不清楚。

风亦雨的肚子突然"咕噜"了一声，云灭看她一眼："饿了？这附近有一家的油饼炸得很好。"顿了顿又说，"大小姐，我建议你以后直接把脸涂红，省得麻烦。令尊也算是个风云人物，怎么还把你养得和大家闺秀似的？"

两人正打算下楼而去，青衣书生在背后叫住了云灭："你还有闲暇吃东西？只剩下不到一天的时间了！迦蓝花一旦……"

"又不是只剩不到一分钟，肚子饿了当然得吃饭，"云灭回答说，"吃饱了才有力气跑路啊！"

"跑路？你的意思是说你不管了？"

"你厉害，你管一下给我看？"云灭说，"给你一年时间，看能不能从这座城里找到一株花？"

班主夫人看了他一眼，欲言又止。等到云灭离去后，她也站起身来："这一次的大麻烦，我和我丈夫也有很大责任。如果最后真的不能幸免，那我就留在淮安，以死赎罪吧。你们二位中了毒，可需要我去帮忙抓药吗？"

青衣书生苦笑一声："多谢你的好意，那只是让我们浑身无力的毒药，药性已经慢慢缓解了。不过你若是愿意，可以帮我们疏散城中居民。"

班主夫人大摇其头："那是不可能的。为了几棵你们根本不知道在哪儿的植物，劝说整座城里的人离开？我保证你们会被当成疯子关起来。而且即便救了他们，他们也不会对你有丝毫的感激，反而会说你危言耸听，骗取功劳。"

"我下去走走。"她说着，也离开了，留下两位知识分子在那儿发呆。

淮安仍在平稳地运转，没有人知道厄运将至。有两个人虽然知道，但他们正坐在早点铺子里吃油饼，女的看起来忧心忡忡，男的却是胃口上佳，以至于老板怀疑此人已经一个月没吃饭了。

"我们真的什么都不管了？"风亦雨问，"这样是不是有点……不大合适？"

"该放弃的时候就得放弃，"云灭说，"血翼鸟死了，胡胖子又装死，我们能有什么办法？"

风亦雨很吃惊："装死？你怎么看出来的？他连心跳都停了呀。"

云灭说："这种假死的鬼把戏太常见了，我就知道至少五种方法可以令呼吸停止，心跳消失。再说了，胡胖子这样的人，说他做什么我都愿意相信，就是不会相信他会真的自杀。他自己也肯定知道瞒不过我们，但他就是想赌一手，龙渊阁的两个书呆子绝对不会在这种情况下对他下手。不过嘛，还有我在，我打算回头趁那俩不备，把他的'尸体'扔到火里去，假死也就变成了真死。"

风亦雨吓了一跳："那也太残忍了吧？"

"这家伙心机深沉，不除掉终归是祸害，"云灭说，"这一次如果不是你身上穿着河络的宝甲，恐怕他已经溜掉了。"

"这么说……如果真的有危险，你还是会救我的，对吗？"风亦雨眼中闪动着笑意。

云灭瞪了她一眼，想说点打击她的话，最后却温和地说："废话。"

"那如果我请求你，尽力帮一帮这里的人呢？"风亦雨又问。

云灭看着她："这里的人和你有什么关系？干吗要救他们？"

"眼看着那么多人失去生命，我觉得……怪不忍心的。"风亦雨吭哧了半天，挤出来这一句。

"你果然不像风家的人，"云灭叹息着，"这种话你父亲不可能说得出来。"

风亦雨点点头："他也那么说我，但我不是他。"

"不过，如果为了救这些和你毫不相干的人，要你也献出生命的话，你愿意吗？"云灭又问，语声严肃。风亦雨呆了呆，脸一下子白了："要我也……献出生命？"

云灭不作声，脸绷得紧紧的，双手背在背后，不断地屈伸手指数着数。当数到二十九的时候，风亦雨嘴唇颤抖着想要说话，结果"扑通"一声摔在地上，竟然晕过去了。

云灭微微摇头，把她弄醒，见她两眼含满泪水，不由得又是好气又是好笑："你这人怎么那么认真……好了，我或许真有一个主意，不需要你的命，不过需要你说谎，能行吗？"

风亦雨破涕为笑："当然行！半点问题都没有！我就知道你无论面对什么样的困境总能有办法。"她竟然没有半分向云灭兴师问罪的念头。

"而且……这样做会付出很沉重的代价，你要有心理准备，"云灭补充说，"云家的人可能为此杀掉我，风家的人可能为此杀掉你，而淮安城的无知愚民可能想活吞了我们俩。"

风亦雨的脸色刚刚恢复点红润，一瞬间又白了。最后她咬了下嘴唇说："我想我父亲……不会真的杀我吧？"

"好吧，现在你告诉我，你真的想要拯救那些人，对吗？"云灭盯着风亦雨的眼睛。

风亦雨没有说话，但很坚定地点了一下头。

"那我就替你救他们吧。"云灭叹息着说。

对于云氏家族而言，云灭是个相当不招人喜欢的角色，此人年纪轻轻就有一手卓绝的箭术，也相当有头脑，本当成为家族的栋梁之材。但这厮一向对两家的争斗嗤之以鼻，连阳奉阴违都不肯。几年前勉强答应为家族尽一分力，揪出潜入宁南的两名奸细，这件事他倒是完成了，鬼知道用了什么方法，竟然辨识出了两名利用缩骨术化装成河络的风氏高手，并且以一人之力擒住了他们。然而，他却在此过程中生生放跑了一个极重要的人物：风氏族长风贺的女儿。

"我只答应了你们对付两个奸细，"他把食指和中指伸得很醒目，"我做到了，还额外杀了一个，你们还有什么意见？"

"但她是族长的女儿，你应该对其重要性有所了解。"刚刚接任族长不久的云栋影平静地说。他是云灭根据族谱推算出来的堂兄，不过三十岁出头，却是整个宁州最有声望的商界精英了。本来按辈分按资历，这个族长轮都轮不到他，但几名有希望继任族长的长辈要么离奇病逝，要么被从天而降的沙包砸成肉饼，要么捋着胡须一致推荐他，所以云栋影只好勉为其难地开始掌管家族大小事务。

"那就算是我见色起意好了。"云灭生硬地回答，结束了这场谈话。此后云栋影再也没有求云灭做过任何事，他也求不到——这小子不久就离开了宁南，听说加入了一个隐秘的杀手组织，做起了赏金杀手。该组织和杀手们并不存在从属关系，只是由他们揽活，杀手们负责完成而已。虽然拥有较大的自由度，但谁也看不出这份职业会比为羽族最强大的家族效力更有前途，只是没人能知道这家伙究竟脑子里是怎么想的。

但眼下他竟然出现在了淮安城，出现在云氏安排在此处的最隐秘的基地。在这个充满了药草味的小小药铺里，一直以药剂师身份存在的云峰正打算对眼前的这位客人笑脸相迎，对方却已经张弓搭箭，以迅雷不及掩耳之势向他射出了几箭。每一箭都划过他的面颊，令他感受到锐利冰冷的劲风，却没有半点剐破他的皮肉。回过头他才数清楚，对方在他眼睛都来不及眨的工夫一共射出了六箭，全都深深透入了背后的药柜。这六箭只要有一箭招呼到自己身上……想到这里，他禁不住出了一身冷汗，却听见对方说："我是云灭。"

他毫不犹豫地信了。除了云灭，他确实很难想象其他人能有这样的箭术，也很难相信别人能准确地找到这里，但问题来了：云灭这家伙找到这儿来要做什么？

"我一不留神好心发作罢了，"云灭懒洋洋地说，"不忍心看到云氏在宛州三分之一的产业烟消云散。"

云峰刚把额头的汗擦干，听了这话只觉得脑门上又是湿漉漉的了。他想要装傻，看看云灭的气势，知道蒙混不过去，只能硬着头皮问："发生什么事了？"

云灭拍拍柜台："风氏会在今天正午袭击这里，伪装成混混闹事，借机放一把火，把所有的古董全部烧掉。"云峰面色大变，慌忙转身去找管事的叔叔云其中。

他不可能不担心，这里明着是药店，实则为云氏在宛州搜罗古董的地点。在药柜后面的暗门里，收藏着大量珍稀古董，其中不乏为数众多的贼赃，甚至有王室秘藏。云灭没有夸张，这一把火倘若真烧起来，云氏在宛州三分之一的基业就完蛋了。

云其中很快赶来了。这个老到稳健的中年人一面在云峰的手心写字，让他迅速召集人手准备应战，一面不无怀疑地问云灭："你不是一向不插手家族事务的吗？今天怎么会突然来给我们报信呢？"

云灭微微一笑："我好歹也是姓云的啊，眼睁睁看着云氏在淮安三分之一的产业化为灰烬，我还是有些不忍心的。"

这笑容诚实而沉稳，简直无可挑剔，由不得云其中不信。很快，特殊的烟火信号发了出去，云氏在淮安的精锐都集中起来了。云灭却早早地离开了，声称这一架不需要自己也能赢。但当太阳移到头顶的时候，风氏却并没有来人。四下里散布的暗哨甚至没有发现一丁点可疑的迹象，这似乎只是淮安城无数个普通的中午里最普通的一个。

不普通的事情却在远处发生了。大约在这家药铺向西五里左右，淮安城的港口附近，一股巨大的浓烟冲天而起，在西风的吹拂下，开始向城内蔓延。那股烟离得还远，云其中便已经闻到了一股让人无法容忍的恶臭味，这恶臭味从鼻端而入，直冲五脏六腑，他忍不住一阵翻江倒海地呕吐，吐完之后跳将起来，破口大骂："糟糕！中了那混账东西的调虎离山之计了！我们的海货仓库被烧了！"

他到这时候才明白云灭的话到底是什么意思：这个狗日的叛徒所谓不忍心眼睁睁地看着三分之一的财富化为灰烬云云，原来是要毁掉剩下的那三分之二。

和平年代的好处之一在于，生活安宁了，人们的种种欲望可以得到从容的满足了。有统计显示，自从停战以来，王公贵族们对高级香料的需求已经翻了好几番，但众所周知，顶级香料最主要的来源——香猪，始终被固执土气的越州佬把持在手中，外人极难涉足。云氏对香料生意垂涎已久，但在碰了几次壁之后，也知道从越州打不开缺口，只好另辟蹊径。这群有着极不平凡的商业头脑的羽人经过不懈的钻研，终于找到了一个奇妙的配方，仿制出几乎可以以假乱真的顶级香料，这种配方的关键在于滑豚。

滑豚是淮安附近海域中常见的一种生物，其价值主要在于它的皮。而它的肉虽然肉质滑嫩，却无法食用，原因在于它的肉始终带有一股极苦极腥的气味，无论用什么烹调方法都不能去除。但是天才的云家人却发现，滑豚肉的臭味来自它的胆，但从胆中榨取出的汁液，按照一定比例和香猪的香腺提取原液混合，就可以制出气味极其相似的香精来。一般而言，只有经验丰富的老专家才能分辨出来，但即便是老专家也无法知晓，这种香精长久使用会损害人的内脏，这可是正品不具备的功能。

然而暴利总是令人无法抗拒，用一份原液混杂二十九份无比廉价的滑豚胆汁，就能卖出三十份原液的价格，比古董生意赚得多多了。云家人租了一个大仓库，伪装成制皮业者，大量收购滑豚，至于使用者会有什么后果，不在他们的考虑范围。

还有一样他们考虑不到的，那就是这两种东西混合在一起燃烧会是什么味道。现在答案出来了——那大概是有史以来杀伤力最强的烟雾，带有一种比香猪本身的气味更加可怕的恶臭，任何人闻了都会忍不住想要呕吐，皮肤瘙痒难耐，眼睛也不断流泪。这些原料如果完全兑成假香精，足够一座普通城市的贵族们用上个三年五年，如今却在不到一个对时的时间内燃烧殆尽。

"这世上还有什么比香腺原液和滑豚胆汁混在一起燃烧更可怕的东西吗？"风亦雨喃喃地问。

"当然有，"云灭严肃地说，"那就是大量的香腺原液和滑豚胆汁混在一起燃烧。那个仓库里的原料大概足够制作出价值五万金铢以上的香精，现在免费让全城人享受了。"

当然对于全城人而言，没有谁觉得这是一种享受。那可怕的烟雾自西向东徐徐推进，人们别无选择，只能迅速地、怨气冲天地离开。他们一路咳嗽着，抱怨着，诅咒着，脚步却丝毫不敢停留。在他们的身后，烟雾仍在毫不留情地扩张，遮蔽了大半个天空，好似一头狰狞的上古巨兽，怒张着血盆大口，一点一点地将淮安城吞入腹中，慢慢消化。太阳的光辉也变得晦暗，只能有气无力地透过浓烟投下一点微弱的光线，指引人们逃亡的路线。

不仅仅是空气，这头怪兽经过的地方，连土壤的质地都发生了变化，本来生气勃勃的植物慢慢枯萎凋零，鸟儿哀嚎着逃向远方，其中不少飞到半路就一头栽倒下来。河水也变得乌黑混浊，一条条死鱼翻着肚皮浮到了河面上。

提前溜出城的几个人看着眼前的一幕，风亦雨禁不住说："你居然想到用这个办法把所有人都赶出城……可是这样一来，淮安还能住人吗？"

云灭摇头："土质、水质、空气全部都遭到了严重的污染，即便是乐观估计，一两年之内这座城市大概也没可能恢复生气了。"

风亦雨大吃一惊，想要说什么，最后却耷拉下头："不管怎么说，总算是救了全城的人，我不应该要求太多了。而且，在这样的环境里，迦蓝花肯定会死亡，以后的隐患也消除了。"

青衣书生说："还得多亏你用族长令调集风家的秘术师，保持稳定的西风，不然效果不会这么好。"

风亦雨一脸凄楚："我从此是不敢再回风家了。"她偷眼看着云灭，云灭却仰头看天，好像上面飘浮着随时会掉下来的金银财宝。

天空很阴暗，淮安已经完全被黑色所笼罩，那黑气就像在水中化开的墨汁，向着四围氤氲扩散。即便是对面站立的两个人，如果眼神不好也无法看清对方的容貌。在后来的历史里，对这一事件的后果有着十分详尽的描述："……这是战争结束后宛州最大最严重的一次灾难。在这次灾难中，整个淮安的环境遭到了完全而彻底的破坏，在此后的两年时间内，人们所能做的只有想尽一切办法去除臭气，清理死掉的动植物，更换新的干净土壤。两年半后，才开始陆续有居民回到淮安定居，此时他们的用水全部依靠井水，因为河流的彻底清洁，花了另外的两年时间。"

"……此次事故造成的损失无法精确估量，宛西的经济发展至少因此滞后了五年……"

"……即便是在战争年代，淮安也未曾遭到过这样的毁灭性打击。"

书写历史的人并不知道，这一场毁灭性打击的背后阻止了另一场毁灭性打击。至于这两场灾难究竟哪一个更致命，那就是仁者见仁智者见智的事情了，甚至这一事件的两名幕后策划者都存在分歧。

"不管怎么样，人命总是最宝贵的啊，"风亦雨说，"城市毁了可以再建，人死了就不能复生了。我觉得我们做得对。"

云灭对此嗤之以鼻："妇人之仁。你知道淮安营造成现在这样花了多少代人的心血吗？人死了还不简单，接着生不就行了？"

风亦雨不说话了，这是她的习惯，从来都不善于争辩，更加不会去和云灭争辩，但从她噘起的嘴唇可以看出其实她心里是并不怎么服气的。青衣书生一笑："别争了。无论如何，这些人因为你们而活了下来，这总是一件好事。死亡并不是一件美好的事，也许经由你的手送出的死亡太多了，所以对此有点麻木，但当你自己也面对着它的时候，或许就不是这么想了。"

云灭装作没听到，但过了一会儿突然说道："对了，说到死人，胡斯归呢？这家伙装死还没醒吧？"

"在班主夫人的马车里。"青衣书生说，"现在全城人都在往外跑，马车反而走得慢，大概还堵在半路上呢。"

但是不知怎的，那辆马车始终没有出现，云灭算算时间，再看看人流的速度，感觉有些不对劲："再怎么也该出来了。我去看看。"

他逆着乱哄哄向外逃离的人群，沿着大路向城里走去。那股让人难以忍受的恶臭让他不时在脑子里闪出"自作自受"这几个字，好在那辆巨大的马车颇为醒目，进城不久就看到了。这辆马车不知为何停止了前进，已经被人推到路边。

车夫还在，却已经身子歪在车座上，成了一具尸体。马车内部也并非空空如也，班主夫人还在，只不过也已经停止了呼吸。唯独没有胡斯归，活的死的都没有，在留下了两具尸体后，这个危险人物不知所终。

第九章
漩涡与触手

淮安城的毒雾事件已经过去了两天，在这两天中，云灭总是很难压住心底的悔意。早知道当时再想一种别的招数，或者干脆压根不管这破事就好了，这样自己就不会招惹麻烦了。

风亦雨无处可去，倘若被风家的人抓回去，难免受到家法伺候，因此只能跟着云灭。云灭一向独来独往惯了，组织有任何任务都只是通过传令使带话而已，如今一下子多了这么个累赘，真是头疼得要死。

宛州各城各县的官府未必比云灭头疼得轻一点。在历史上，战争总是带给人们无穷无尽的麻烦，难民潮就是其中之一。眼下虽然并非战争时期，但凭空多出几十万的难民来，足以让任何人都不知所措。好在有钱的大爷们自然会有舒适的去处，剩下会听从官府安置的必然是穷鬼，对他们倒是不必太客气。

"我虽然对赚钱很感兴趣，却不是个抠门的人，"云灭对青衣书生说，"你们俩干吗非要坚持住在这些简陋的破棚屋里？有需要的话，我们一路大吃大喝去殇州都没问题。"说话时，四人暂时挤住在一间小小的临时棚屋里，只给风亦雨隔出了个小间。龙渊阁的书生们并不介意身外之物，云灭也具备对任何环境安之若素的杀手本色，但风亦雨这样的大小姐居然也毫无怨言，并且看得出来颇有喜气，实在让他心中有些烦恼。这是一段他不大敢碰的关系，或许让它无疾而终才是最佳选择，但事情再这样下去，恐怕就会向着他害怕的那个方向发展了。

"因为我们必须找到胡斯归，这个人来自云州，又对云州有如此多的了解，实在是太危险了。伽蓝花也许只是个开头而已。"青衣书生回答。

"那你们怎么肯定他还会留在这里？他完全可以远走高飞。"

"所以我们先要确定他不在这里。"这个答案让云灭都有点被噎得翻白眼的感觉，看来读书人一旦固执起来也足够可怕的，于是他也不再坚持了。其实从内心深处，他也隐隐觉得在这挤了无数人的难民区待着可能安全点。要是他孤身一人，自然谁都不惧，然而要保护风亦雨不被风家的人找到，仍然有些困难。

他能够感觉出来，风贺对风亦雨是的确存在父女之爱的，否则不会把河络的宝甲交给这个战争中的废物，更不会把象征家族最高权力的族长令交给她。但她这一次却闯了祸，而且不仅仅是欺骗秘术师供其驱策那么简单。作为一个重要的港口城市，淮安也有不少风氏的产业，这么一来都被毁于一旦，风亦雨自然难辞其咎。云灭虽然从不参与两个家族的争斗，但出于职业习惯，对于那些风云人物的性格略有了解。风贺这个人，在此类情况下必然会装出铁面无私的嘴脸，重处风亦雨，以维护他族长的公正与威严。

"真是麻烦。"他叹息一声，看上去像老了十岁。

奇怪的是，胡斯归真的如石沉大海一般消失了。两名书生四处打探，又和外地被派出行走的同伴联络，却都没有人发现过这个人的踪迹。看来，胡斯归在马车里突然苏醒，杀死马车夫和班主夫人后，就立即把自己的行踪隐匿了起来。

"这个畜生又欠下两条人命。"青衣书生愤恨地说。

"如果不杀，这两个人可能会记住他逃离的方向，"云灭说，"这两个人对他没有丝毫用处，干吗要留着？"

青衣书生一笑："不愧是云灭啊，真像你的说话风格。不过在我看来，你也并不是真的那么冷酷无情。"

云灭也跟着笑笑："所以我一直都在请问你们两位的尊姓大名，可惜连这一点都问不出来。"

"名字只是代号，甚至可以瞎编，没有知道的必要，"青衣书生说，"就像你所在的组织，不是都靠数字来互相称呼吗？"

云灭嘲弄地看着他："那你们在龙渊阁里也这么称呼？'喂，四十七号，麻烦把那本书递给我一下'？"

青衣书生轻轻摇头："听这话就知道你们外人不可能了解龙渊阁。其实我也不是很了解啊，我这一生从来没有进入过真正的龙渊阁。"他把"真正的"三个字说得有些重，遗憾之情溢于言表。

云灭看着他脸上落寞的神情，禁不住问："还是很向往，是吗？"

"如果你把自己的一生都奉献给一项事业，最后却得不到半点承认，你大概也会有我这样的感慨。"青衣书生说，"也许在白天你还觉得你做的是对的，心中充满了英雄般的悲壮，午夜梦回的时候，却禁不住开始怀疑：我这样做究竟意义何在？我真的选择了正确的道路吗？到了那种时候，悲壮就变成悲凉了。

"龙渊阁一向的宗旨就是：不能干扰这个世界的正常运行，"他补充说，"其实以龙渊阁的力量，历史上任何一次大规模的全面战争，都是可以被制止的。但他们从来没有动过手，甚至从来没有动过念头，眼睁睁看着生灵涂炭，无数的生命灰飞烟灭。"

"听起来你很不满。"云灭说。

青衣书生没有否认："不满又能怎样？反正我从来没进去过，而以我们这一分支——好吧，你不必用那种眼光看着我，以我们这个伪龙渊阁的实力，还不足以做到这一点，所以也只能在心里想想而已。"

"那你们现在做的事情，又是为了什么呢？"云灭漫不经心地问。

青衣书生耸耸肩："大概是想法不一样吧。龙渊阁觉得世界的运行总是依照着它固有的规律的，所以只需要忠实地记录一切就好，哪怕九州最终消亡了，也只是这个规律的一部分。我们虽然部分认可这个观点，但总觉得，光有文字的记载是不够的。一切的生命都应该在大地上留下它们永久的痕迹，哪怕从此不再出现。比如你们羽人，如果有一天被人类灭族了，你会希望从此在九州连一个活的羽人都找不到吗？"

云灭想了想："听起来很悲惨，不过假如那样的话，我也死了，日后有没有羽人还关我什么事呢？而假如你想要把我做成标本保存下来，我一定会杀了你。"

青衣书生乐了："你这么大一个标本我还懒得搬呢。我们既然要保存，自然留下的都是活物。"

"活物？"云灭一怔，"那可不大容易。那么多的动植物，所适应的气候环境也完全不同，得有多大的地方才行啊？如果分散在全九州，我很难想象你们如何管理。"

青衣书生犹豫了一下："首先，我们都是挑选珍稀的生物，不是灭种边缘的暂时不考虑，所以你不必担心被我们盯上。其次，事实上，正如你所言，我们的人手不大够，地方也不大够，所以原本想到了一个也许会很有用的地方来存放生物。你猜猜是哪里？"

"云州！"一直在静静旁听的风亦雨脱口而出，随即满脸通红，"我瞎说的，别当真。"

青衣书生和云灭对望了一眼，两人的脸上都略带点惊讶。云灭说："这就是所谓的愚者千虑？"

风亦雨一脸的神往之情："云州……你们不但到过云州，还在那里开拓土地，真是了不起！"

青衣书生自嘲地笑笑："开拓？你可真看得起我们。事实上，这是一次完全而彻底的失败，除了带回几样云州的生物——还造成了那么大的灾难——其余一无所获。相反，我们前后去了三批人，前两批一共十七个人，全部永远地消失在了那里，尸骨无存。而在离开的时候，我们还让胡斯归混上了船，引发出这场灾难。"

风亦雨皱起眉头："那你们为什么还非要去云州？如果说要找人烟稀少的地方，雷州、殇州、越州都可以啊！"

"正如云灭方才所说，那些地方气候单一，"青衣书生说，"你没法把雪狼放到湿热的越州，也不能让喜欢温暖的专犁离开温泉。尤其我们想要存留的动物，大多古怪而脆弱，不然也不会濒临灭绝。而且还有一点很重要，这必须是一个人迹罕至的地方，有人的地方，就有杀戮，就有生命的终结。"

"那云州难道行？"云灭问，"那是个怎样的地方？"他的脑子里迅速闪过那些关于云州的光怪陆离的传说，几乎没有可信的。唯一能确信的是，千百年来，能活着登陆云州的人寥寥无几。这片大陆被瘴气和怒涛牢牢封锁住，从不曾轻易揭开神秘的面纱。历史上有不少疯狂的冒险家试图冲进这片禁忌的土地，其中九成以上的人都在瘴气中被毒死，或者葬身鱼腹。剩下侥幸能踏入其中的，尚未听说有生还者。

偶尔会有一些人叫嚣他们从云州回来，但口中描述的云州却全然不同。有人说云州是一片寸草不生的蛮荒之地，向着同一方向走上好几天，也只能看见无穷无尽的红色土地和灼热的太阳；有人说云州是一片茂密的森林，那茫茫林海无边无际，其中活跃着各种在东陆和北陆从来见不到的生物；有人说云州其实隐藏着九州最高大的山脉，几乎可以遮挡住月亮的光辉；有人说云州就是一片沼泽和雨林的领地，那里生活着可以驱蛇与弄蛊的可怕的原住民，但胆大的人也有可能从他们手里得到财富；甚至还有人赌咒发誓他在云州见到了宏伟的城市，而且是完全东陆风格的人类城市。这些自相矛盾、莫衷一是的说法，让人们根本无法辨别真假，所以只好采取最简单的方式——把它们统统当作骗子的谎言。

"怎样的地方？"青衣书生有些失神，"云州，我怎么知道那是个怎样的地方……如果我能够描述出来，那就好了。

"当第一批先遣队失踪之后，我们原本打算放弃，但是很快又想，即便仅仅是为了找回同伴的尸体，我们也应该义无反顾地再去一次。于是第二支队伍出发了，但半个月之后，他们仍然没有归来，却送回来一个没头没脑的信息。活着飞回来的信鸽上面绑着他们的字条，上面总共只有六个字：'不可思议，速来。'

"那的确是他们的字迹，这让我们有些摸不着头脑。然而那六个字的内容对我们而言却是巨大的诱惑。我们都是一生不停追求全新事物的人，云州这片天地的意义不言而喻。于是我们又派出了第三队人，事前做了更加精细的准备，尤其在联络方式这方面，专门安排了接应的人。这一次，我也在船上，一行十人从距离云州最近的陌路岛扬帆起航，驶往那片未知的彼岸。

"我们龙渊阁的海船有着特殊的技术，比一般人类或者羽人的船更加坚固，更加能抵御风浪，"青衣书生说，"尽管如此，我的心里还是充满了忐忑，不知道前方等待着我们的究竟是什么。

"从陌路岛到云州海岸，直线距离并不远，但那里的海岸要么密布暗礁，要么就是无法攀登的悬崖峭壁，我们寻找了好几天，才找到一处勉强有可能登陆的地方。说它勉强可以登陆，是因为那里没有太多礁石，而且有一片可以停靠的海滩。但那里气候异常恶劣，风暴不断，我们等了两天都无法靠近。

"第三天发生了意想不到的情况，一道突如其来的闪电击中了我们的桅杆，将它生生劈断。我们仓促之间不及防备，海船失去了方向，被卷入一股海流中，那海流的指向是一个不大的漩涡。但我们没有料到，那个漩涡开始以惊人的速度膨胀，直径慢慢达到了数里之长，并且还在不断扩大，眼看就要把我们拉进去。当时我想，完了，这下子连云州的一块石头都还没摸到，就会命丧于此。可笑我那时候竟然并没有顾得上为失去生命而悲哀，仅仅是单纯地遗憾不能活着揭开云州的真面目。"

云灭听了，思索了一会儿："大漩涡……那是海上最可怕的杀手。即便是大风那样巨大的生物也不可能从大漩涡里逃走啊！你们是怎么挣脱的？"

青衣书生摇摇头："我们根本就没有挣脱，直接被卷进了漩涡的中心。你无法体会那样的感觉，就好像你被困在了一个行将崩塌的山谷中，但那山谷没有岩石，全都是海水。海水高高地竖立起来，就像蓝色的山壁，发出巨大的轰鸣声，海水顺着墙壁倾泻而下。我们的海船原本足以直接上阵和世上最坚固的战船相抗衡，此时却如同一片树叶一样脆弱无助，随着大漩涡疯狂地转动着。那一瞬间我有种错觉，漩涡的中心就是一个无底的黑洞，或者是一只巨怪怒张的血盆大口，要把整个世界都吞噬掉。"

"后来呢？"风亦雨听得很紧张，看来是完全入戏了，"你们真的被吞进去了？"

青衣书生眉头紧锁，仿佛是被什么事情所深深困扰；而他的右手一直在无意识地拍着大腿，那是紧张和恐惧的表现。最后他声音颤抖地开口说："我不知道。我不知道我们究竟是被吞进去了，还是被弹出去了。因为那种旋转和巨响不是常人可以抵受的，所有人都晕过去了，而当我们醒来时，已经身在海滩上了。除去在漩涡中挣扎时的碰伤，所有人身上一丁点轻微的伤口都没有。

"我们的船就在身边，深深地陷入了沙地里。除了那根被雷电击毁的桅杆，整艘船竟然安然无恙，但它却并不在水里，而是在陆地上，距离海岸足足一里远的地方。我们仔细察看了，海滩上没有任何重物拖拽移动的痕迹，那么这艘船，连同我们这些人，是怎么从大漩涡中移动到云州的海岸上的？这个谜团，直到现在我也没有想明白。但我们都隐隐有种感觉，也许存在着某种不为人知的神秘力量，操纵着发生的一切。

"不管怎样，我们活着到达了，连海船都还能使用，这毕竟是一个奇迹。前方是一片密林，云州的秘密或许就隐藏于其中。我们清点了物品，决定留两个人守船，其余的开始进行搜索。让我遗憾的是，我抽到了留守，和我一起的是那位穿白衣的老兄。"

他努努嘴，白衣书生依然是沉默地坐在门边，这些日子里，他说的话加在一起大概不超过十句。但听到青衣书生讲述云州的时候，云灭能够感觉到，他身上的肌肉似乎都僵硬了，可想而知内心必然是波澜起伏。

青衣书生继续说："他们出发的时候，黎明刚过，说好了黄昏之前回来。但一直到天色完全暗下来，他们都没有回来，也没有一只信鸽飞来。漫天黑压压的乌云似乎在预示着什么。而更糟糕的是，起雾了，我们沉不住气了，打算离船去寻找他们……"

"错误的决定，"云灭插嘴说，"那样做的最大可能性就是在雾夜里迷失方向，不但找不到人，反而赔上你们俩的性命。"

青衣书生苦笑一声："也许你是对的。但我们并不像你那样有着丰富的经验，一想到前两队莫名失踪的同伴，实在担心同样的事情也发生在他们身上。所以我们两人很冒失地下了船，走进了森林，没想到……反而因此捡回了一条性命。

"我们走出了不到半里地，忽然感觉地下在轻微震动，随即这震动越来越剧烈，就像是地震了。这种时候，待在森林里是危险的，必须要到平地上去，于是我们开始往回奔。刚跑了两步，忽然一声巨响，我们看到前方的地面开裂了，一个庞然大物从地下钻了出来。恰好在那一刻，天空中的乌云移开，露出了月亮的一角，借着月光，我们看清楚了雾中的一点轮廓，那并不是'一个'东西，那是无数交织在一起的长长的触手。"

风亦雨听得毛骨悚然，身子朝着云灭那边小心翼翼地挪动了一点。云灭却面色阴沉，拳头无意识地握紧了："大雾之中，许多触手缠绕在一起？我以前无意间听说过，但我一直以为那只是个无聊的谎言而已。没想到，竟然会是真的……"

那时候，那个醉醺醺的老头儿口齿不清地喊着："云州啊……云州啊……我要是再动一下去云州的念头，我他妈的就是你们所有人的孙子！"

周围的人有的摇头叹气，有的嗤之以鼻，有的出言挖苦，令这个小酒馆的夜晚显得分外热闹。一个年轻人打趣说："千万别，我们谁敢做你的长辈呀？你不是号称三十年前东陆最厉害的强盗，打家劫舍、杀人如麻吗？我们还想活命啊！"

他刚说完这句话，马上转头向旁边的人做鬼脸，用夸张的动作捋着自己的袖子。果然，那老头儿压根没有留意到他，不出意料地用左手卷起了右手的袖子，露出一只木手。他的右臂从肘部开始被截断，剩余部分的肌肉也已经萎缩。

"第二十六次！"年轻人低声笑着说，"我都能背下来啦！"

老头儿长叹一声，开始讲述，似乎并没有看到周围的人脸上露出厌恶的神情，纷纷扭过头去，就像是一个被迫啃了一个月干粮的旅行者回到家里，却看见老婆往桌上摆了两个冷馒头一样。

"如果不是那些触手，那些该死的触手，我这只右手怎么可能会丢！"老头儿哀怨地说，"它们从地下钻出来，速度非常快，你虽然感到了地面在震颤，却压根不知道它们会来自何方。刚出现的时候，它们抱作一团，看上去就像只有一个，然后突然之间……"

虽然已经讲了二十六次，显然这段记忆或者说臆想还是令他难以承受。他恶狠狠地灌了两杯酒，这才有胆量继续说下去："突然之间，它们……一下子分散开了，变成了成百上千条，简直就像……就像是无数昂首的毒蛇，除了既没有眼睛，也没有嘴和毒牙。但它们比毒蛇更加贪婪，一把人缠住，身体就迅速裂开一道口子，把整个人都包裹进去！

"你可以看到那触手鼓了起来，因为吞进了我的弟兄们，接着那一块鼓起的部位很快沿着触手缩进了地里。那地下一定藏着什么怪物！这些触手，就是它的爪牙和嘴。我的兄弟被它一个个全部吞吃掉了。

"我挥刀砍断了好几条向我伸过来的触手，但从触手里喷出的汁液似乎带毒，不一会儿就让人觉得头晕眼花。我一不提防，右臂被一根触手卷住了，若不是我一直修习双手刀法，迅速用左手刀将右臂砍断，恐怕已经变成那看不见的怪物的腹中美餐了。

"其实原本还能逃掉不少人的，可是我们碰巧遇上了大雾，雾气弥漫中根本辨不清方向，只有那些触手靠近你的时候，你才能看到。"

"我们没有近距离地观察，"青衣书生听完云灭的回忆后说，"还没来得及靠近，那些触手就钻出来了。我们赶忙退到一棵树后躲藏起来。

"那些触手是否如那个老头儿所说的一样没有眼睛，我们不得而知，但它们看上去却像是长了眼睛。那个纠结在一起的母体——姑且这么称呼吧——伸入到船上，似乎先做了一番观察，接着就拆分成无数条触手，像一支训练有素的军队一样，有条不紊地分开，钻入了船的每一处角落。但是如你所知，当时船上一个人也没有，它们并没能找到食物。显然，这个结果令它们感到愤怒，我看到那些触手蠕动着，好似一条条黑色的长鞭，开始疯狂地拆毁我们的船。它们依然配合默契，而每一根触手都力大无穷，一旦挥出就能听到沉重的木片破碎的巨响。不一会儿工夫，一百个夸父也难以拆除的海船已经完全变成了碎片。然后那些触手钻回了地面，所有的声音都消失了，夜晚重归宁静，刚才发生的那一幕，就像只是一场噩梦。"

"船被毁了，那你们后来是怎么回来的呢？"风亦雨惊问，"还有你的同伴们，后来都找到了吗？"

"这个嘛，容后再述，"青衣书生勉强挤出一丝笑容，"我们俩最后找到了回归东陆的办法，但我们所有的同伴都……"

他叹息着隐去后话，手上却突然向风亦雨打了个手势，示意她不可出声。而白衣书生的手已经握在了剑柄上，云灭也是眼中精光闪动。风亦雨这才知道，外面有敌人靠近，在场的四个人当中，只有她毫无知觉，耳中听到的不过是失去家园的淮安平民们的嘈杂交谈声。她有些惭愧，却也知道自己帮不上什么忙，于是乖乖躲到屋角。

"奇怪！"青衣书生和云灭异口同声地低声说。他们原本敏锐地捕捉到了几个不怀好意的脚步在靠近，但现在，脚步声消失了。

云灭站起身来，凝神倾听。猛然间他抢上一步，一把扯过风亦雨，同时用肩膀狠狠撞破墙板，身子已经蹿了出去。

"上面！"他大喊道。与此同时，一声轰响，屋顶被撞破了，几枚圆球被扔了进来，在地上炸开，登时硝烟弥漫。

第十章
暗　月

黄昏时分，太阳尚留有一丝余晖，难民营里正是饭香四溢、人声鼎沸的时刻，敌人选择这种时候突如其来地偷袭，倒也真出人意料。好在云灭和他自视高贵的同族们不一样，一直都是在生死存亡的恶斗边缘挣扎下来的，反应不是一般地快，刚听到房顶的异响，他的身体已经本能地开始移动，躲开对方的第一击。但是火药爆炸的威力甚猛，外面已经有不少无辜群众被误伤。人们开始仓皇逃窜，互相践踏，场面乱作一团。

还没来得及看清究竟是何人敢在自己头顶动土，云灭已经发现，在乱糟糟的脚步声中，有一个步伐格外沉稳。他对风亦雨耳语一句"自己躲好"后，便手中执弓，做出往天上寻找的假象，却已经用耳朵辨清人群中那个奇怪脚步的方向，骤然出手，连续五箭，射向那人的咽喉和四肢。这是他从师父那里学来的专用于擒拿敌手的绝招，射向咽喉那一箭带有巨大的破空之响，实际上力道却并不太重，真正的杀招在于借此掩盖的其余四箭，能够射伤敌人手足，令其失去反抗和逃跑能力。与此同时，两名书生也分别和敌人交上了手，正好形成三对三的局面。

这五箭拿捏得恰到好处，从人缝中钻过，射向敌人。但他没有料到，敌人轻轻一侧头，就避开了那一记颇具声势的虚招。那支箭射入了他身后一人的肩头，所幸原本用力不大。而剩下的四支箭都被那人用手中所握的东西左挡右拆，全部化解。

云灭心中一凛，定睛一看，对方用白布蒙面，看不清相貌，手中却和自己一样，也握着一张弓。几声几乎无法分辨的弓弦轻响后，一股劲风迎面而来。

七箭。对方在一弹指的刹那射出了七箭，云灭惊讶地发现，那种出箭的手法熟悉无比，和自己十分相似，竟然是向来以弓术闻名的云家的绝技！他不敢怠慢，手上一一化解，发现敌人招式虽精，力道却稍显不足，若论功力，毕竟还是不如自己，何况七箭连珠也并不是最高等的箭术。

但麻烦的是，这家伙似乎并不顾忌伤到旁人，反倒是不断往人群中钻，一面利用活人给自己做肉盾，一面丝毫不管自己的箭是否会有误伤。云灭倒是不大在乎这些与己无关的人是否会死伤，但以他高傲的性格，自己发出的箭误伤其他人实在是很没面子的一件事，要利用旁人作掩护更加不能容忍，一时束手束脚，被对方占得上风。"嗖"的一声，一支箭擦过自己的面颊，害他险些挂彩。

云灭冷哼一声，抛下弓箭，欺身而上。他所擅长的绝不仅仅只有弓术，还有一些近身搏战的小窍门，可以精确打击人体上一些脆弱的部位，达到四两拨千斤的效果。但他的指关节刚刚伸出，还没敲到后颈，对方的手指已经猛然上戳，指向他的手腕下半寸的位置——这正是破解这一招的关键。

这太离谱了，云灭一面变招一面想，这个人会风氏的七箭连珠，还会久已失传、这世上只有包括自己在内的极少几人会用的鹤雪技击术……

这家伙究竟是谁？

这家伙究竟是谁？

白衣书生与对手激战正酣，时间越长心里越觉得惊诧莫名。他在龙渊阁中算是个异类，对其他知识并不在行，一心只是精研武学。但对手的招术之怪异，自己遍阅天下武学秘籍，竟然是闻所未闻，见所未见。这个面容木讷的中年人动作僵硬，招术看似缓慢，恍若僵尸，却总能在最危急的时刻化解掉自己的攻击，并且在反击中蕴含杀机。而他的力气更是大得惊人，每每双掌相接，白衣书生都会被震得手臂发麻。

不能这样下去，白衣书生想着，拔出剑来，平剑当胸刺去。对方双手一合，看来竟然是要硬夺剑，这未免太小看人了。白衣书生待他双手合拢的瞬间，剑锋一转，锋利的剑刃切入了他的掌中，鲜血立即飞溅而出。

然而这个对手好像完全不怕痛，硬生生抓住剑身，"啪"的一声，将其生生掰成两截。白衣书生临危不乱，手中断剑前送，插入了敌人的小腹。他心里正在得意，却不防对手暴喝一声，不知道使了什么邪法，那柄断剑竟然从敌人肚腹中反击而出，剑柄重重撞在自己的胸口。这一下撞得煞是凶狠，他只觉得胸口一窒，一口血喷了出来，接着被一记重手狠切在颈部，颈椎立时断裂了。他的身体软软地倒下，瘫在地上，想要挣扎着爬起来，身体却已经不听使唤。其实以他的武功，手中有剑，未必就输给对方，可惜临敌经验全无，不然也不至于这么轻松地着了道。

"砰"的一声，青衣书生居然也在这时候摔在地上，正好在他身旁。看他的脸上隐隐有黑气浮现，一只左手已经呈青紫色，却是中了剧毒。和他放对的是一个看上去愁眉苦脸的女子，手上的指甲长长的，透出幽蓝色的光芒，只是明显少了一片。

这下两人都被打倒，只剩下云灭了。他的形势稍微有利，看得出来占了上风，但眼下已成了三对一的局面，那可大大的不妙。他手上加紧攻势，想要速战速决，无奈对手和他的手法出自同源，彼此知根知底，急切之间想要取胜也不容易。

僵尸一般的中年人和那女子看清了局势，中年人加入战团，与蒙面人一同夹攻。女子却并不上前，只是悠闲地站在一旁，动作轻柔地抚弄着自己的指甲。云灭心里暗暗叫苦，虽然自己脱身不难，但难道把剩下几个人都撇下不管？

身上的压力越来越重，两个敌人都是硬手，而且一快一慢，一柔一刚，云灭的攻势逐渐减少，守势却在增加，况且还得分出精力注意随时可能偷袭的女子。激战中，那中年人呼的一掌拍向云灭额头，云灭咬咬牙，伸右臂硬挡一记。羽人的骨质中空，无法和人类致密的肌肉硬碰硬，只听得咔嚓一声，好像是骨头已经碎了。他身子一晃，脚下步法错乱，竟然将整个背脊都转向了那伺机待发的女子。

女子等待这个机会已经很久了，当下五指箕张，将右手上剩余的四片指甲全部射出，而两名同伴也配合默契，挡住了他可能闪避的方向。眼看这一下避无可避了。

但不可思议的一幕出现了。在女子扬手的一瞬间，云灭用左掌反切自己的右肘，又是"咔"的一声，他方才已经被废掉的右臂竟然又活动自如了。而借着那一切的力量，右手顺势探出，已经扣住了猝不及防的蒙面人的后颈。

这是云灭一直等待的一刻。他毕竟打架经验丰富，知道力敌不能，脑子里飞快运转，想出了一着险棋，或许可以解决掉两人中的一个。方才那故意的硬挡，是他使出了鹤雪术中借力打力的绝学，将那股巨力的着力点改变，并没有被击碎骨头，而只是震脱臼。但那一声骨头的脆响迷惑了敌人，令他能紧接着接骨、擒敌。这几个环节只要稍微有一丁点差错，譬如力道用得不好、伤及臂骨，又或者接骨手法不对，不能在顷刻间将骨头接上，就会弄巧成拙，反误了自己的性命。

他扣住了蒙面人，部位拿捏得恰到好处，对方虽然熟悉此招，情急之下一时无法挣脱。现在只需要把他扭到身后，挡住那几片剧毒的暗器，就能一箭双雕，既躲过了一次偷袭，又解决掉一名敌人。现在……

但是人算不如天算。云灭自以为把一切步骤都掐算周全了，却万万没料到还会出点纰漏——他的身子刚转到一半，耳中却突然听到一阵风声。几乎是在电光石火之间，一个黑影猛扑了上来，用自己的身躯替他挡住了那几片带毒的指甲。

这一举动无疑算得上英勇。虽然考虑到风亦雨身上穿着河络的护身甲，还够不上可歌可泣，但对于这个一看到血就会犯晕的风氏不肖子弟来说，也确属难能可贵了。倘若不是这一挡破坏掉了云灭精心的谋划，简直值得为之鼓掌。云灭好似哑巴吃黄连，在心里不住地叹息：女人果然是累赘。在这当儿，他忽然有一种模糊的印象：那几片剧毒的指甲……这种手法我是不是在什么地方看见过？

时机稍纵即逝，幸运地逃掉了这致命一击，那蒙面人已经松弛颈部肌肉，挣开了云灭的手，而那女子偷袭失败，也不顾地上的风亦雨，上前夹击云灭。云灭同时应付三人，颇显狼狈。

风亦雨还不知道自己刚才毁掉了云灭最好的机会，被暗器打中了肚子，疼得蹲到了地上。等到醒过神来，眼见云灭处于劣势，心里一急，从地上捡起白衣书生的断剑，又冲了上去。

这一下不只是云灭叫苦，三名敌人也都有些愣神，没想到这女人中了毒还能若无其事地爬起来。不过她的功夫可实在不怎么样，蒙面人上前一记虚招踢她小腿，没想到却踢了个结实，结果后续招式一招都没能使出来，她就被踢倒在地。更糟糕的是，袖子里的暗器也跟着摔了出来，甚至没能找到机会发射。

云灭心想：再这样下去只怕会全军覆没。如今没奈何，只能自己抽身先逃，留住性命，才有后话可言。想到这里，他瞥了风亦雨一眼，不知道是该感谢她舍身相帮还是该责备她又一次给自己添乱，正打算翻身后纵，脱离战圈，不远处却突然响起一个古怪的声音。这声音嘶哑难听，却似曾相识。

他猛然反应过来，这是血翼鸟的叫声！就在几天前，他在那个还未曾变成空城的淮安，被这种叫声折腾得够呛。但他分明亲手杀死了那只血翼鸟，而且是一箭直接射穿头部，眼下怎么会又冒出一模一样的叫声？难道它也像胡斯归那样诈死，或者又冒出了一只新的血翼鸟？既然出现了血翼鸟，迦蓝花也可能再次出现，这个念头令云灭也忍不住心里发毛。

几名敌人听到这叫声，忽然间停住了进攻，不约而同地抬起头来，望向空中——却并不是叫声发出来的方向。云灭心念一动，顺着他们的目光看去，只见半空中有一个模糊的黑影一闪即逝。但地面的三人看来已经得到了指令，这一次精确地追向了叫声的方位，仿佛刚刚还在和他们恶战的云灭完全不存在似的。

云灭愣了愣，决意跟上去。未跑出多远，他忽然听到背后有凌厉的风声，急忙回过头来，却见一个巨大的身影不知何时出现在了风亦雨身边，已经将她夹在臂弯，随即展开宽阔的双翼，高高地飞上了天空。

这也是一个羽人。云灭不得不放弃那三人，赶忙凝翅，打算先将风亦雨追回来，但他却震惊地发现，拥有鹤雪士体质的自己，在这一刻竟然完全感受不到月力。他吃了一惊，连忙凝聚自己的精神力，却发现，自己仍然感受不到半点来自明月的召唤。

他急忙抬起头，却见已经完全暗下去的天幕上黑沉沉的，根本看不见明月的踪影。而他也终于看清楚了那对高高翱翔于夜空中的羽翼。那一对与众不同的、显得无比巨大而给人以压迫感的羽翼。

当暗羽的黑翼出现在天空时，就是人世间充满血与火的灾劫的时候。云灭回想起了这句话。他仰望着苍穹，那里似乎有一只看不见的黑色的眼睛，正在带着无穷的怨忿和憎恨，俯瞰着这个世界。

那个挥动着暗月之翼的羽人很快带着风亦雨消失在夜空中，云灭陡然觉得心里一空，觉得身边缺少了点什么。自从认识风亦雨以来，两个人还没有在一起待过这么长时间，他发现自己似乎已经有点习惯了，也并不觉得这个脑子里好像缺根弦的女子跟在身边有多么别扭。如今她被捉走了，那种惯性却始终没有消失。

这大概是云灭有生以来第一次不是因为失败本身而感到愤怒。某些事物他过去没有意识到，失去时才忽然觉得宝贵。但与常人不同，在这种愤怒的驱使下，他的头脑会变得格外冷静。他知道此时追上去也没用，于是回过身去，检查两名书生的伤势。

显然，这两个人都已经活不成了。他们虽然武艺高强，但绝少和人动手，无法对抗那种凶残的兽性。白衣书生的颈骨已断，眼看着只有出气，没有进气了。而青衣书生遭到暗算，毒性已迅速散布全身，皮肤都已经透出青紫色来，但他的神志仍然清醒。

"我会为你们报仇的，"云灭说，"赶在你断气之前，告诉我关于这伙人的一切吧。我相信你们一定多多少少会知道一点。"

青衣书生微微叹息："我们并不知道。自从回到东陆之后，我们就发现，在我们跟踪胡斯归的同时，也有人在跟踪我们。他们行踪诡秘，我们追了三次才和他们交上手，杀了他们一个人，但是找不到任何线索。我估计，他们应该和胡斯归一样，都是来自云州，而且就是追杀胡斯归的那帮人。"

他的眼神渐渐涣散，说话的声音也越来越微弱："虽然不知道他们是谁，但毫无疑问，能让胡斯归感到害怕的，实力非同小可。你需要我们的人的帮助……"

云灭本想说"我不需要"，犹豫了一下，还是点点头。青衣书生吃力地说："在莫合山边缘，有一个……叫作……叫作潋水的小村子。北面是……夌豫山，南面是潋水河，村子在……中间，你一定要想办法找到这个村子。你去那里……找……找……"

他一阵猛烈的咳嗽，云灭伸指在他的胸腹间疾点了几下，令他稍微好过一点。青衣书生微微点头表示赞许，接着说下去："村北口……有一口井……亘时之中……在井边用木炭……画……画一个圆，会有人……"

云灭点点头，追问说："关于云州，你还能多说一点给我吗？"

青衣书生近乎挣扎着嚅动着嘴唇，拼命挤出几个字："当心……食人……"他的嘴角慢慢流出黑色的血，已经说不下去了。

云灭摇摇头，心里想着，云州那种地方，有食人的动植物存在那是半点也不稀罕，即便是有人类食人，只怕也属正常，这算是什么重要信息？

"你安心地去吧，"云灭说，"我以我的弓箭发誓，一定要收拾他们。"

青衣书生闭上了眼睛。但突然之间，他的双手紧紧抓住了云灭的衣袖，喉咙里发出混浊的声响，以至于云灭要贴得很近，才能听清楚他要说什么。

"漩涡……"他说出了生命中的最后两个字。

将两名书生掩埋之后，云灭马不停蹄，赶紧开溜。这一战的目击者不少，惹来官府又是一场麻烦。这一晚夜风萧瑟，吹得他竟然心里有些悲秋的情绪。一直走到了天明时分，才看到一座小镇。他不管不顾，找了一辆刚刚上街揽活的马车，跳了上去。

"去莫合山脚。"他简单地吩咐道，抛了一枚金铢过去，随即倒头便睡。车夫有些惊奇地望了他一眼，莫合山？那可得穿越大半个宛州了，不属于他短途运输的业务范围。正想说句"大爷，您真会开玩笑"，看看手里的金铢，那可是实实在在够他跑车小半年了。这是个单身汉，一人吃饱全家不饿，这一下财从天降，乐得屁颠屁颠地纳钱入怀，驾车就走，心里指望着到得越快越好，兴许这位有钱的爷一高兴还会多打赏点。

马车一路颠簸前行，太阳已经升了起来，这位爷仍旧在呼呼大睡。车夫也不管他，从怀里掏出一张饼来，刚嚼到一半，背后突然响起一阵急促的马蹄声。大概七八匹快马赶了上来，毫不客气地横在了路中央，车夫赶忙勒住马，心中莫名其妙：就我这破车，还有人劫道？

一名相貌阴冷的独眼羽人策马上前，伸手扔来一样东西。车夫接过一看，居然又是一枚金铢，面值比车里的主顾给的还要大得多，足够他添置几套新车马了。正转着这个念头，羽人已经开口了："这辆车和这匹马我买了。"

车夫二话不说，跳下车撒腿就跑，唯恐跑慢了对方反悔。羽人们将马车团团围住，独眼羽人冷冰冰地说："云灭，你就接着装睡吧。此去宁州路程还远着呢，你有足够的时间慢慢睡。"

他招招手，一名年轻羽人跳下马，熟练地执起缰绳，准备开拔。但就在此时，"嗤"的一声轻响，马车壁上已然多了一个洞，独眼羽人忽然脸色一变，低头看去，自己挂在脖子上的一个吊坠已经落到了地上，绳子上留下了清晰的切割痕迹。

"云枭，你什么时候听说过我会受人胁迫？"云灭懒洋洋的声音从马车里传出来，"现在我不杀你，仅仅是因为我自己也想回一趟宁南，仅此而已。"

第十一章
三百年前的信

如果你一觉醒来来到了宁南城，你大概会以为自己来到了宛州的某一个城市。除了这里的羽人数量比宛州城市的明显多一些之外，你几乎看不出这里的建筑风格和人类城市的有什么两样。一些在几百年前只存在于人类城市的建筑物，诸如赌馆、茶坊、装饰华丽的酒楼、血腥残酷的斗兽场，都能在这里找到。

宁南就是这样，自当年从一个破落的小村庄逐步发展开始，就打上了异族的烙印。这座城市从来不受传统贵族的欢迎，却吸引了越来越多在羽族陈腐的等级制度下无法出头的平民。他们通过原本为羽族所不齿的经商累积财富，虽然名分上仍然是平民，日子却过得比抱残守缺的老贵族们滋润多了。旧城邦的势力在不断衰退，许多世袭的贵族除了自家空荡荡的祖传宅院外，其他的家产都慢慢变卖光了，只有在看着打有金字家徽的餐盘时，才能勉强重温一下昔日祖上的荣光。

虽然对于自己家族的无聊事情感到厌恶，云灭还是不得不承认，宁南这座城市相当合自己的胃口。他回想起自己幼时学箭，在那些高大华丽的建筑间钻来钻去，不时偷偷摸摸往挑在门外的旗幡上射出几箭，然后快意地躲避着店伙计的追捕。

他忽然自嘲地笑笑：离开这里不过短短几年，居然开始怀旧了。他觉得自己的心态简直有点像老人了。

"死期临近了还有心思笑？"云枭哼了一声，"你就笑吧，反正留给你的时间也不多了。"

云灭看都不看他一眼："云枭，当年弄瞎你眼睛的时候我就说过，你武艺差还在其次，关键是脑子太笨，这一辈子不过是个跟班的命。现在看来，我还真是没说错。"

云枭仅剩的一只独眼眯了起来，充满怨毒地问："是吗？何以见得？"

"最简单的道理，老三要是真想做掉我，不会派你们这些废物来，云家还没落魄到这地步。"云灭说。所谓老三，指的是他族谱上的堂兄云栋影。他又接着说："老三只不过是知道，迟早有一天，我也会需要用到他，这是一个公平交易的机会，价值会比那一仓库的假香精更可观。他的确是个聪明的人，云枭，你跟着他跑腿还是大有前途的。"

云枭面色忽红忽白，紧咬着牙关，显然愤怒到了极点。但正如云灭所说，他接到的命令只是将云灭带回来，何况真要过招，他也万万不是对手。好在眼前出现了云宅，这趟让人受尽折辱的差事总算是结束了。

虽然和人类城市颇为相似，但宁南仍然有一样东西保留着宁州的特色，那就是树木。那些无所不在的绿色是宛州所不具备的，云府内部也随处可见高大葱郁的树木。当云灭深深吸一口气时，也觉得此处空气沁人心脾，令人心旷神怡。

"宛州没有那么好的空气吧？"云栋影的声音在背后响起。云灭的身边没有任何人跟随着，令他看起来好似一个嘉宾，而不是一个刚刚给家族造成了巨大损失的罪人。

云灭并不回头："当然没有，尤其在那些假香精被点燃之后。"

云栋影一笑："云灭，你我都是聪明人，绕圈子的话我就不说了，没有意义。你这次做的事情，不管目的是什么，我只看到结果：你毁了淮安，也毁掉了我们云家在那里的财源。按照族规，我完全可以直接下令处死你。"

"但你不会，"云灭淡淡地说，"从这件事情中，你也许发现了一点新的机会，而只有我可以帮助你抓住这个机会。"

他这才转过身来，目光炯炯地逼视着云栋影："不过你别忘了，我虽然不是商人，却也和你一样，从来不肯做亏本买卖。你会用什么东西来和我交易，让我愿意帮助你呢？签署一份赦免令，饶了我的性命？"

云栋影听着云灭饱含讽刺的话语，却毫不动怒："因为我想要你做的，也是你本身绝对会去做的事情。而且我大概可以助你一臂之力，帮你把你被劫持的情人再找回来。风贺的女儿，你果然厉害啊，云灭。"

云灭的瞳孔陡然间缩紧了一下。他发现云栋影一直在暗中观察着他，留意着他的行踪，而自己却似乎对这个危险的对手有所疏忽。

"你也对云州很感兴趣，对不对？"他用平静的语气问。

"谁又会不感兴趣呢？"云栋影直言不讳，"仅仅是一株不知名的花，就足以毁掉一座城市，云州啊，多么令人向往的地方。"

云灭沉默了一阵子，从对方的话语里听出一些玄机来。他在庭院里信步转悠，望着那些自幼天天看见，已经很熟悉的参天古木，忽然说："老三，看来你的志向，绝不仅仅是在羽族内部压倒风家而已。你的眼光，恐怕看得比宁州远多了吧。"

云栋影背着手，神态甚是悠闲："我们羽人是长着翅膀的种族嘛。翅膀不用来飞翔，难道红烧了给华族蛮族下酒？"

"我才懒得管你飞哪儿去，"云灭说，"我只信奉公平交易。不错，我必然会去云州，那么捎带着为你带回来一些信息，甚至替你绘制地图，也没什么不可以。但你用什么来交换呢？"

云栋影微笑着说："我已经说过了，你要去别的地方我大概没办法，但关于云州，或许找真的可以助你一臂之力。"

他向着自己的屋子走去，云灭想了想，决定跟上他。那是一个独立的小院，云栋影和夫人住在其中，其他人通常不被允许靠近。但今天，云灭是个例外。

"你还真有那些抠门土财主的风范，腰缠万贯，家徒四壁。"云灭揶揄道。家徒四壁大概是有一点点夸张了，但云栋影的居处的确布置得异常简朴，几乎没有什么多余的东西。他又补充说："奢侈的生活让人无法保持坚强的意志是吗？那些烂俗的故事里都是这么编的，据说真正的枭雄连椅子都不要，成天站着处理事务。没想到你的脑筋也这么转不过弯来，搞这些表面上的东西。"

云栋影微微耸肩："你愿意这样看我，我很高兴，被人轻视是一种有利的处境。可惜我平常很难得到这样的待遇，所以只好选择相反的途径。"

云灭一愣，回味着他所说的话，云栋影已经自顾自说开了："其实我也和你一样，有七情六欲，也喜欢享受。而且我也完全相信，真正的坚定来自内心，而不是表面文章——但并不是每一个对手都这么想。"

"所以这些都不过是你做给对手看的？"云灭问。

"我当然更情愿他们轻视我，"云栋影叹口气，"可惜我年轻时为了谋求在家族中的地位，锋芒露得太过，想要遮掩已经来不及了。所以我要反其道而行之，让他们都怕我，让他们看到一个可怕的人，吓得夜里都睡不好觉。"

云灭一声轻笑："想要做点大事，付出的代价还真不小呢。"

"怎么样，你能发现几间密室？"云栋影问。

云灭四下里仔细察看了一下："我只能找到三个，其中一个应该是你新建不久的，不超过五年，剩下两个都相当有年头了。其中一个甚至没有加上秘术封印，我猜里面并没有什么太重要的东西。"

云栋影抚掌大笑："真有你的，说得分毫不差。实话告诉你吧，那个没有秘术封印的其实只是个秘道，供我逃命用的。"

云灭莞尔，跟随着云栋影进入了其中一间密室。云栋影翻出一个古旧的乌木匣子，递给了云灭。

"大约两年前，云宅起了一场大火，不知道是不是风家搞的鬼。所幸火势很快被控制，只是烧毁了几间旧房子。不过我们在清理火场的时候，意外发现了一堆信札。不知道算是幸运还是不幸，这些信札被烧掉了一部分，却仍然有一小半保存下来，然后我请了郁非秘术师再还原了一小部分。你看看吧。"

"什么人写的信？"云灭问。他已经开启了匣子，一股淡淡的烟火味散了出来。

"大概是我们风云两家刚开始交战时的前辈了，"云栋影回答说，"我们的这位先祖叫作云清越，给他写信的叫作风离轩。云清越在家族的史料中丝毫也不出名，事实上，应该说是除了族谱之外，几乎很难见到这三个字。但根据这些书信，此人似乎是个深藏不露的高手，只是和你一样不愿意为家族服务，所以从来不展示武功罢了。"

云灭咕哝了一声："他比我聪明一点。那么那个风离轩又是什么人？"

"那就得问风家了，"云栋影一摊手，"从信件上来看，此人和云清越相交莫逆，要好到了互相传授绝技的地步。他好像很喜欢游历，长年不在雁都，只是喜欢天南海北地乱跑，然后写信告诉云清越他的种种见闻。云清越一直很担忧他，不停地劝他当心危险，但他就是不听，尤其是执意要去云州。"

"他的最后一封信来自云州海域，"云灭翻看着那些信件，"说是遇到了海难……漩涡？"

那封信上这样写道："来不及说了，风暴，大漩涡，估计无幸。"虽然只寥寥几个字，却让云灭猛然回想起青衣书生向他描绘过的情景：如无底黑洞一般的漩涡，像山壁一样近乎直立的海水，震人心魄的轰鸣声。他确信，这位叫作风离轩的羽族前辈遇到了和青衣书生一样的状况。

"这不会是最后一封信，"云灭说，"他一定还送回来一点什么东西，否则你把这些信件交给我也是毫无意义的。"

云栋影赞赏地点点头，拉开一个抽屉，从中取出了一个小东西。那是一颗干瘪的人头，比正常的人头小得多，但还能清晰地辨别出五官。不过这颗人头最醒目之处在于它的嘴，那里面叼着一个碧玉坠子，坠子上的图案云灭很熟悉。

"风氏的族徽？"云灭皱起眉头，把坠子取了出来。他这才发现，坠子的背面刻了几个米粒般大小的字。好在他眼力绝佳，不费什么事就看清楚了。

那上面刻着：我在云州，不回来了。

"还有一点，我翻遍了家族的记载，总算是找到一点和云清越有关的文字，恐怕也是唯一的文字。"云栋影忽然说，"他在一次风氏的突袭之后被发现丧命，然而死状奇惨——他的身体完全变成了一具干尸，头颅也不翼而飞。怎么样，云灭，这样的死法，我相信你近期见识过不少了吧？"

我在云州，不回来了。我在云州。我在云州。

云灭躺在屋顶上，反复想着这四个字，眼中望着明亮的月色，却陡然间想起那一天的夜里。如果自己当时能够凝翅，对方是不可能逃得掉的，但从另一方面来说，正是因为那是个暗月之夜，对方才能展开黑翼，而让自己站在地上干瞪眼。敌人无疑是早就算计好了的。

他又想起了和自己交手的蒙面人的功夫，绝对是如假包换的羽族真传，不过功力还不够精纯——这很可能出自那个暗羽的传授。正是为了这一点，他才跟随着云枭回到宁南，并且得到了自己想要的答案。可惜这答案太久远、太模糊，似乎是昭示了什么，却又像是毫无用处——几百年前的古人，和现今能产生什么联系？是弟子、后代，或是其他的关系？

一切都必须要找到对方才能得出答案，但对方在这几个月内完全消失了，从宛州到宁州的漫长路途中，再没有任何的袭击。风亦雨还在对方手里，让他每一天都备受煎熬，他曾试图说服自己，这不过是一种意外失败的愤怒与愧疚，但后来发现这种自欺欺人的想法很可笑，索性不再去寻找什么理由与托词了。

另外还有一个问题，那就是胡斯归跑哪儿去了。虽然自己和他有过激烈的交手，但某种程度而言，自己和他现在是同仇敌忾。事实上，在自己所认识的人中，胡斯归是唯一一个了解真相的人。若是能找到他，很多谜团就有解释的可能性了。

此外还有一个巨大的问号，就是那一夜激战之时，突然传来的血翼鸟的嘶鸣。东陆的土地上怎么会出现第二只血翼鸟？谁带来的？究竟还会有多少云州生物陆续出现在云州之外？

他忽然长叹了一口气："出来吧，听声音就知道是你，十一号。"

就像是变戏法一样，离他十步左右的地面上，一下子冒出一个人来。这是个长相有点滑稽的小矮人，个头矮得像河络，但其实是个人类侏儒。一年多前，两人在一次任务中无意间有过交集，虽然只有过一次照面，但云灭已经记住了对方的种种特征。此人是个纯粹的秘术师，方才的障眼法其实使得不错，可惜云灭的耳朵太灵，听出了他的脚步声。

十一号笨拙地爬上房顶，累得气喘吁吁，从身上掏出一个酒瓶灌了两口，才算缓过来一点。云灭等他喘匀了气，不紧不慢地问："关于淮安事件的真相，我已经把结论交给传令使了，还有什么问题吗？"

"我们俩就在一年前见过一次而已吧？"十一号瞪着眼睛说，"你的记性未免太好了，我都害怕了。"

云灭哈哈大笑，两人闲扯几句，十一号才切入正题："上头看过你的结论了，所以给你安排了新的任务。他们希望你去云州探探。"

云灭没有感到意外，但他有别的疑问："这种事情，不是通常都由传令使来告诉我吗？"

十一号耸耸肩："反正我也会和你一块儿去，就省掉这一道工序了。"

"哦？"云灭看了他一眼，"以前还没听说过有什么活儿需要出动两个人的。"

"因为这一次不一样，"十一号说，"我个人猜测，组织从中看到了很大的机遇。"

云灭摇着头："看来有很多人都从其中看到了机遇，唯恐事情不热闹。不过我对你的答复是：我不接受这笔活儿。"

十一号一惊，眼睛眯了起来："为什么？据我所知，你是打算去一趟云州的。"

"我的确打算去，但那是为了我自己，而不是替组织，"云灭说，"所以我会一个人去，不让任何人干扰我，包括你。"

十一号的表情恢复了平静，他又喝了一口酒，慢条斯理地说："你这样的选择，就意味着要和组织为敌了。别忘了，虽然我们和组织之间并不存在从属关系，但按照契约，约期内不能拒绝任何任务。"

"那就算是吧，"云灭说，"即便我接受了任务，你最后还是会干掉我，不是吗？派你来，就表明了对我的不信任，只不过他们需要我所掌握的信息，还不能先杀我而已。"

十一号的目光中慢慢透出一丝杀意："云灭，你最大的缺点就是过于聪明了。既然如此，我只能祝你健康长寿了。"

他就像蒸发了一般，从云灭眼前消失了，而云灭甚至连手指头都未曾动一下。

云灭索性就在房顶上大睡了一觉，到了正午时分才去见云栋影，毫不客气地从自己的堂兄身上讹走了一笔钱和三匹好马。然后他日夜兼程，不断换马，很快到了厌火城。从此处乘船南下，数日后可以到达东陆中州。这一趟来回耽搁了许多日子，但风亦雨的影子在心里不仅没有变淡，反而越刻越深——这似乎不是什么好事。他有时想起这个笨笨的姑娘，觉得她着实是咎由自取，但转念一想，如果不是担心自己的安危，她又怎么会暴露？自己活到现在，一直独来独往，真正像这样关心自己的，除去早死的父母，恐怕只剩这一人而已。

这样的胡思乱想实在是很费精力，对于一个杀手来说更是毫无益处，所以他不得不依靠长时间的冥想来驱逐头脑中的杂念。不过看上去，这样的冥想似乎作用不大，因为他竟然在这一天的午后听到了风亦雨的声音。

错觉。这是他的第一反应，第二反应则是：我是云灭，怎么可能错听？

再仔细一听，果然没错，真的是风亦雨的声音。就在自己船舱的背后，有一男一女正在对话，那个女声，分明就是风亦雨。

他并没有一下子跳将起来，而是镇静地慢慢起身，推开舱门，蹑手蹑脚地张望过去。这一看他愣住了——既没有风亦雨，也没有其他人。甲板上放着一只小小的火盆，声音是从火盆里传出来的。

那是一只聆贝在燃烧。风亦雨的语声从火中不断释放出来，而另一个男声则有些怪腔怪调，好像是故意改变了自己的声音，让人听不出年龄。

"前辈，我……我不想去云州，可以吗？"风亦雨的声音听上去倒是中气充沛，应该没什么伤痛，这让云灭心中稍安，不过想到这姑娘此时还能这样温言细语地和敌人商量，当真是无可救药。

"那不是你想不想去可以决定的，"那男人说，"你已经知道了太多我们的事情，我不能放你留在东陆，但我又不想杀你，唯一的办法就是把你带到云州去。"

"可是……那样的话，云灭也一定会去云州，那不是更糟糕吗？"风亦雨说。

"云灭要来云州吗？"男人阴恻恻地说，"我很欢迎他。他也许会是个非常有趣的对手。"

"我明白了！"风亦雨叫了起来，"其实知道太多你们的事情的不是我，而是云灭。可你捉不住云灭，就用我来做诱饵，对吗？"

聆贝的声音至此中断。云灭回味着那短短的几句对话，发现了一点不同寻常的地方。风亦雨对那个男人的称呼是"前辈"。

"前辈？"云灭皱着眉自言自语，"来自云州的……前辈？"

他的脸色忽然间有点发白，随即哑然失笑："三百年了……如果真的是他的话，那不是一具活生生的僵尸吗？"

第十二章
新奇感

即便是风亦雨这样反应稍显迟钝的人，也能感觉出眼前这位前辈的古怪之处。她虽然涉世未深，生在风家好歹也算耳濡目染，见识过不少心狠手辣的角色。但这位自称是风氏前辈却又不肯透露具体身份、具体辈分的中年男子，用心狠手辣来形容又不是太恰当。确切地说，他的心中似乎没有"生命"这个概念，而只有是否碍事、是否扎眼、是否有存在的必要等诸如此类的判断准则，这样的准则每每让风亦雨无所适从。

她先是被关押在某地的某个充满了皮草味的仓库里，之所以模糊地说某地，是因为她被抓在空中的时候压根不敢睁眼——这对于一个羽人而言很可笑，但她的确是做梦都没想到过自己有一天能在那种高度飞翔。风翔大典上那些铆足了劲在姑娘面前显摆的小伙子，恐怕还飞不到这对黑翼的一半高。那浓墨一般的黑色仿佛蕴藏着恶魔的力量，能够突破天空的极限。它拍动的时候力量是那样的强劲，风亦雨想，兴许一夜之间就飞到了殇州。

当然了，从气候来判断，自己应该仍然在宛州。看守她的是那一夜见过的愁眉苦脸的女人，名叫风离轩的前辈整天不在，总是很晚才回来，然后看着风亦雨担心的样子，摇着头说："你放心，我不是去找云灭的，你在我手里，他自然会来找我。"

风亦雨"哦"了一声，心中稍安，过了会儿又问："前辈，你真的会杀死云灭吗？"

"那能告诉你吗？"风离轩不紧不慢地说，"别多问了，不然我嫌你太吵的话，就把你的舌头割下来。"

　　风亦雨吓得赶紧闭嘴，从此不敢轻易吱声。她倒是从小就习惯了一个人独处，整天整天地不说话也是常事。只是日子一天天流逝，风离轩既不杀她，也没有如声称的那样带她回云州去，而云灭也一直没有现身，令她感觉时间就像完全凝滞了，如同一直萦绕于身边的皮草气息一样。

　　"你倒还真是耐得住性子，"有一天风离轩忽然主动和她说话，"这些天也没看你怎么担心害怕，反而像是长胖了点。很少见到你这么胆大的姑娘。"

　　风亦雨脸上一红，下意识地捏捏下巴，回答说："那不能叫胆大……其实我在家里也和现在差不多。反正就是成天一个人坐着闲着，也没什么人陪我说话，大多数时候，我都会忘了自己究竟身处何地。"

　　这番话她也就是随口说说，没想到第二天就离开了仓库，换了地方。这回可是鸟枪换炮，住进了一间舒服的民居，虽然地方不大，但是陈设典雅精致。当然她并不知道，这是此地县太爷金屋藏娇的所在，不但内部条件很好，外面更是掩蔽得当，等闲人根本找不到。她自然不知道风离轩是用何种手段应付县太爷及其所藏之娇的，否则借她十个胆子恐怕也不敢再在这屋子里住下去。

　　"把你关在仓库里，只不过想磨磨你的性子，"风离轩解释说，"不过看来你的性子压根不需要磨，那大家都舒服一点吧。"

　　他的判断是正确的，从某种意义上说，如果不是惦念着云灭，风亦雨甚至觉得待在这里比待在家里还要好。本来在精英辈出的风家，一个女子本事差点也算不得大事——大不了嫁出去就行了，但摊上一位身为族长的父亲，自己就成为十分不幸的家族之耻了。风氏历史上有颇多知名的女战士，自己这样的，走出去说上一声"我是风贺的女儿"，恐怕会有浑身热辣辣的羞愧感。现在在这里，至少不会随时有轻蔑的目光从自己身上扫过，好似秋日的蚊蚋一般惹人心烦。

　　"愚昧的思维，"风离轩嗤之以鼻，"羽人千百年来就是被自己自以为高贵的错觉一点点耗死的。"

这话就深奥了，风亦雨大抵是弄不明白的，而弄不明白的事情对她而言，抛诸脑后就行了。风离轩却忽然问："风家和云家……这么多年了，现在斗得如何？"

这是他第一次开口询问风家和云家的事情。风亦雨愣了愣，发现自己其实对此也不算太了解："反正就是……隔一段时间总有点纠纷，但是一般情况下也不会有大规模的冲突……好像就是这样了吧。"

"好像就是这样了……"风离轩忍不住笑了，"我要是你父亲，大概也会很头疼。"

他止住笑，目光变得离散，看来是回忆起了某些往事。风亦雨不敢打扰他，只能看着他的脸，这张脸始终绷得紧紧的，即便是笑也只是短短一刹那，但眼神却颇为丰富，让人能从中读到很多复杂的情绪。之前风亦雨亲眼见过他杀人，仅仅是因为那几个路人用怀疑的目光看了他几眼，他就毫不犹豫地出手了。那时候的风离轩，目光中空空洞洞，似乎什么都不存在，而此时此刻，他倒像是一个活生生的人了。

"雁都……还被那么多森林所围绕吗？"他问，"还是宁州最繁华的城市吗？"

风亦雨想了想："是不是最繁华的城市……我也不知道。我听好多人说，宁南城现在活脱脱就像一座东陆的大城市了，羽族风格的建筑，终究不够大气。但是我还是喜欢雁都，看到城市和森林融为一体，我觉得那才像是羽人的家。"

风离轩将手枕在脑后，靠在墙上，两眼望着远方："我们风家的祖屋，还在吗？"

所谓风家的祖屋，其实已经可以算是一个小规模村落了，那是风氏的祖先围绕着一株古老的年木而建立起来的。那棵老树粗大的枝丫上一共延伸出了八座树屋，而围绕在老树旁边的其他的大树上也各有五到六座不等。千百年前，风氏的祖先就是从这里开始，为了自己和整个羽族的生存而奋斗，一步一步地让风姓成为羽族第一大姓的。其后该树屋虽然已不再住人，却仍旧被保留了下来，族人称之为祖屋。每一位风家的新成员经受过成人礼后都会被带到这里，接受光荣的家族启蒙教育。风亦雨自然也不例外。

"在我七岁那年被雷劈过一次，断了一根枝丫，"风亦雨说，"不过主体还在，没受什么损伤。"

风离轩点点头："看你的样子我就知道，除非家族要求，平时你绝对不会靠近祖屋一步。一方面你觉得它很神圣，另一方面那种地方对你而言也很无聊。"

风亦雨嘿嘿一笑，表示默认，风离轩接着说："可是我不一样，从小我就喜欢探究一切东西的底细，越是不让我知道的，我越是要去弄明白。本来我们风氏子弟不到成人礼不允许靠近祖屋，但我五岁那年就忍不住想要试一试。于是我选了一个月黑风高的夜晚，趁着父母不备，悄悄溜出房门，跑到了祖屋。

"那时候我甚至还不会飞呢，但看着那棵年木矗立在那里，就像一个沉默的巨人，实在无法按捺自己的好奇心。摔下来两三次，差点把腰摔断，但最终我还是硬生生地爬了上去。那时候我一个人站在树梢，就好像站在万丈高峰的最顶端，体会着风从身体上掠过的快感，仿佛一伸手就能摸得着月亮。

"我怀着激动的心情，慢慢推开了主屋的大门，那一刻我能听到自己的心跳声。但当我跨进去之后，深深的失望笼罩住了我。那实实在在的只是一座很平凡的树屋而已，由于家族每天派人清洁，里面甚至连尘土味都闻不到。

"它就像我住的屋子，像你住的屋子一样，没有神奇，没有秘密，没有耸人听闻的收藏，没有金光灿灿的财富，甚至没有历史的尘埃和时间的锈迹。千百年来，它就像一个不容侵犯的神圣图腾，象征着整个家族的无上荣光，但此刻在我眼里，它只是一个毫无魅力的死物。"

风亦雨还是第一次听到有人用这样的语气去描述那座伟大的树屋。前辈的眼神中洋溢着深深的遗憾，穿越了漫长的时间，从童年时代绵延到如今。就连她都能想象得出，那个五岁的小孩面对着一堆历史的陈腐物，胸中会充斥着怎样的懊丧与失落。

"但是你可能猜不到，从此以后，我对发掘未知事物的兴趣反而越来越浓了，"风离轩说，"我永远不会忘记那一次的失望，所以我对自己说，一定要找到那种能弥补我的失望的事物。于是等到年满十五岁，我便开始离家游历。十年之中，我只回过两次家。"

"你去了云州？"风亦雨问。

风离轩摇摇头："云州……那是很久以后的事情了，我先是踏遍了北陆，在瀚州草原上被蛮子们追得钻过草堆，和夸父一起在雪坑里避过风，在冰炎地海差点被爆发的熔岩烧成灰烬；然后我又去了东陆，去了西陆的雷州，把九州大地上值得见识的东西都见识过了。我遍阅了古人留下的各种游记，甚至自己还以'邢万里'的名字写了两本书。这些都比家族的祖屋有意思多了，然而，仍然不能令我满足。它们都没能带给我那种出乎意料的、完全无法想象的新奇感，那是我从五岁的时候开始一直苦苦追寻的感觉。

"就像是……就像是什么呢？就像你在冰天雪地里跋涉了很久很久，忽然看到前面有一堆熊熊的烈火；或者说，像是在一个黑暗的洞窟里摸索了几天都找不到方向，这时候有一道光线从你的头顶透下来。那是一种出人意料的狂喜和仿佛一切都不再重要了的满足感。一生中，如果能有这样一次满足，就够了。你能体会吗？"

风亦雨皱着眉头，苦苦思索了许久，最终茫然地摇摇头。风离轩哑然失笑："你还真是诚实呢。好啦，今天就聊到这里。"

他离开了房间，替风亦雨掩上门。风亦雨忐忑不安地回想着风离轩方才说的那些话，心里忽然有些内疚。

其实这位前辈，大概心里有很多话想要找个人说说吧？我是不是惹他生气了，结果他想说的也没说完？

我是不是又惹祸了……

已经是冬天了。虽然屋子里的暖炉烧得很足，但窗外呼啸的风声仍然让人无法抑制从心底涌起的寒意。风亦雨缩在被窝里做了个梦，梦见自己回到了祖屋，那棵巨大的年木在黑暗中看来鬼影幢幢，有如怪兽。当她走进祖屋时，看到的竟然是云灭。风亦雨第一反应是狂喜，第二反应却是……一个云家的人踏入了风家的禁地，恐怕不死不足以谢罪。

"快跑！"她喊了起来，"别被他们抓住了，你快跑！"

云灭却冲着她一笑，上前来抓住了她的手，那只手十分温暖："别担心，跟我来。"

他拉着她来到了祖屋的中央，那里有一团诡异的光晕，正在飞速地旋转，飞速地扩大，风亦雨惊惧地发现，那是一个旋涡。

"我们从这里进去，就能到达云州，"云灭说，"无论是风家的人，还是云家的人，谁也找不到我们了。"说完，他当先一步，向着旋涡跨了进去，身体立即消失了。风亦雨不由自主地被一股巨大的力量吸了进去，顿时陷入无边的黑暗中，整个身子仿佛失去了重量，随着旋涡玩命地旋转着。

她大叫一声，醒了过来。云灭的影像和声音不见了，梦中那种潮水般涌来的幸福感也不见了。现在只有空荡的房间和咆哮不止的风，还有那偶尔从空中飘散下来的初雪。她不禁悲从中来，自从被抓之后，她第一次流下了眼泪。

为什么会梦见云州？她自己也不清楚。但即便真的去了云州，在那样一块未知的、孤立无援的土地上，如果能有云灭在身边，那也没什么可怕的，她想。

门被敲响了，风离轩在外面说："准备一下，我们要离开这里了。"

"去哪里？"

"回云州。"

"为什么今天回去？"

"我们要找的人已经找到了，不必再耽搁时间了。云灭如果真惦记着你，就会来找我们的。我相信他会来。"

"我们要找的人"现在就被捆在外面，放在清晨的寒风中吹着，冻得瑟瑟发抖，清涕直流。但连风亦雨这样善良的人都无法对其产生一丝同情，相反她还觉得有些快意。

"连你都没点同情心了，唉！"对方失落地叹了口气。

"你活……你这是咎由自取！"这大概是风亦雨难得说出的重话了，对于眼前这个毁掉了淮安城的人，她的确很难打消心中痛恨的念头。果然如云灭所料，胡斯归没有死，虽然被几根不知质地的绳索捆得结结实实，但那双眼睛仍透着邪恶。

"人活在世上原本就是咎由自取，"胡斯归轻笑一声，"说起来，你在这儿了，云灭呢？怎么没见到他？或者说，他们抓不住云灭，只好抓了你来请君入瓮？"

风亦雨努力板起脸来："我不告诉你！"话音刚落，就发现自己这种说法无异于承认了，心里气得不行。不过转念一想，反正眼前此君已经比云灭更早地做了瓮中之鳖，何惧之有？

果然，等到风离轩出现，胡斯归马上老实下来，就像在云州班伪装成小厮时那样，头都不敢抬，看起来对风离轩十分畏惧。风离轩一言不发，走到胡斯归面前，盯着他看了很久。

"我现在这样子……很好看吗？"胡斯归虽然强笑了几声，却掩饰不住声音里的颤抖。

"不算好看，至少不比你以前在云州和我玩命作对时好看，所以我在琢磨怎么把你变得好看些。"风离轩的声音很温和，但这种温和同与风亦雨说话时的那种温和完全两样，这里面隐藏着一种剔骨尖刀一般的锐利。

胡斯归登时说不出话来，脸色比纸还要白，身子也轻轻抖了起来。风离轩说："种什么花，结什么果。既然你那么喜欢迦蓝花，就让你变成它的花朵好了，那样你死也安心了。以后有机会的话，我会让你在云州的那些忠实追随者去参观你好看的模样。"

胡斯归欲言又止，只好紧咬着牙关。风离轩笑了："你倒聪明，知道在我面前求情也无济于事，少说点话来烦我，我可能会让你少吃点苦头。"

虽然这是个恶人，风亦雨听了还是老大不忍心，正想避开，却听见胡斯归说："你错了，我已经死定了，也用不着担心别的了，我只是在小小地可怜你一下而已。"

风离轩从鼻子里嗤了一声："我有什么可怜的？"

"你不过是一个傀儡，或者说，连傀儡都算不上，只是一条走狗。"胡斯归一字一顿地说，"你不是云州的主人，也永远做不了云州的主人，你只能在我们这些无足轻重的小角色面前抖抖威风，就像大狗对着小狗狂吠。"

风离轩陡然变色，眯缝着眼睛看着胡斯归："如果你想激怒我让我杀了你，那你就错了。"也不知道他做了什么，胡斯归一下子倒在地上，痛得不住翻滚，但始终坚持着哼都不哼一声，相反还从牙缝中挤出几声冷笑："你想念云州吗？想念回到云州去在恶魔的阴影下生存的滋味吗？"

风离轩勃然大怒，上前恶狠狠地踢了胡斯归几脚，这几脚看来是踢对了部位，胡斯归空自张口，却再也发不出声了。风离轩恼火地命令手下将他推入一辆马车，转身招呼风亦雨，口气倒是显得平和："动身吧。"

风亦雨答应了一声，收拾好自己简单的衣物，跟在他身后，只见他的身躯间或抖动一下，想来是愤怒到了极点。她忽然间有点可怜这位前辈，虽然并不大清楚那个操纵着他的所谓"恶魔"究竟是谁，但从表情可以看出，胡斯归说的全都是真的，而且说到了他的痛处。这个一生都在追求着惊喜，追求着新意，追求着不平凡生活的人，现在却被人像一个木偶操纵着，不知道他心里作何感想。

难道这样也算作一种新奇感吗？

第十三章
亘时之中

青衣书生临终前让云灭去往澈水村。但澈水村究竟是什么呢？

澈水村其实只是三个字。

三个足以让人发疯的字。而已。

云灭已经在莫合山边缘转悠了两遍了，在北面的奓豫山与南面的澈水河之间，是一片广阔的山地，其间散布着不少小村子，居民都很贫困且排外，见到一个陌生的、身上还背着箭的羽人就充满警惕。两天后，村里的小孩一见到云灭就开始喊："我们已经告诉过你了！这里所有的村子都叫澈水村！"

倒霉的羽人苦笑着离开，眼看着四周虽不十分高峻却连绵不绝、无边无际的群山，真想把青衣书生从坟地里刨出来扁一顿。他老人家轻飘飘扔下几句话，就把自己送到这里像只没头苍蝇一样乱转。在来之前，他已经对此行的艰难做好了充分的预估：青衣书生可能会说错方位，可能会找不到一个叫澈水村的村子，诸如此类，但他万万没有想到，困难从另一个方向向他张开了血盆大口——这里的村子都傍澈水河而建，村民们大多缺乏想象力，也没什么讲究，于是就以澈水河来给村子起名。到目前为止，他已经发现了七个澈水村的存在，而这仅仅是……相当相当不完全的统计。至于井，由于澈水河每年都有相当长一段时间的枯水期，所以几乎每个村头都有一口井。

难道我要在每一个村头都画一个圈，然后等上一夜？云灭咬牙切齿地想，且不说为此会浪费掉多少宝贵的时间，那样岂不是太侮辱我的智力了？然而鉴于信息量的严重不足，迫不得已恐怕只能采取这一手，当真是乱七八糟、岂有此理，大损云灭大侠的光辉形象。

但回头想想，青衣书生临死之前虽然说话艰难，但像这样关键的问题，总应该有一两句提及。但他并没有说，反而说了句废话："你一定要想办法找到这个村子。"这句话现在想来，可能包含了特殊的含义。

云灭在河边坐下，眼望着奔流的河水，仔细回味着青衣书生的话。这厮明知事关重大，为何还他娘的对自己语焉不详？澈水村，一个土得掉渣的名字，居然是龙渊阁分支的一个隐秘据点……

他的脑海中突然一亮：隐秘！千百年来，有多少人疯狂地追寻龙渊阁的下落而不可得，可想而知，龙渊阁的保密措施做得多么好。青衣书生其实是在临死的时候给自己设了个谜：除非你能够成功辨认出正确的那一个澈水村，否则你就没有资格得到龙渊阁的帮助，即便这其实只是个伪龙渊阁。所以他才会着重说："你一定要想办法找到。"

好吧，一定要找到。关于该澈水村，青衣书生提供的全部描述是：北面是夌豫山，南面是澈水河，村子在中间。似乎又是一句废话，地处山南水北，这破村子可不正在中间嘛，而事实上，除了一个澈水村在山脚勉强可以排除之外，其他所有的村子都符合这个条件。

虽然只是第一次到达这里，但他仍然清晰地记得每一个村子所处的地形以及周边环境。他仔细回忆着眼中所见的每一处细节，用河络打磨工具一般的精细去审视、筛选、判断，最后他的注意力忽然集中在了时间上。"亘时之中，在井边用木炭画一个圆，会有人……"

这句话显然不是废话，但好像有点不对。仔细一想，是"亘时之中"这个时间的位置不对。按照一般的说法，应当是"在井边用木炭画一个圆，亘时之中会有人来"。为什么不是接引人于亘时之中到来，而要自己在那个时候才去画圈？亘时之中，这个深夜的时刻，难道会有什么特殊的含义吗？

云灭长长地出了一口气，开始有点头绪了。他回忆了一下每个潵水村所处之地的山峰高度，心中一点点地亮了起来。然后他找了一棵大树，就躺在摇荡不止的树枝上休息，直到夜色一点点暗下去。

然后他就发现了最致命的事情：这一夜浓云密布，夜空中一片漆黑，完全看不到月亮，而他从来没有像现在这样需要月光。眼看着亘时一点一点接近了，天空依然没有一点光亮，他焦躁得有如三天没进食的恶狼，恨不能把身边的树连根拔起出气，心里想着，看来只能浪费掉一天了。

幸好奇迹出现了。就在亘时即将到来之前不足两分钟，一阵风吹过，乌云散开了一小块，正好露出月亮的一角。虽然只过了短短的几分钟，月亮又重新被遮住了，但对云灭而言，已经足够看清他想要看清的东西。

山的阴影。他想要看的是山的阴影。在亘时之中的这一刻，月亮知趣地送出了一点半推半就含羞带怯的光亮，将山的影子推向了潵水河方向。高高飞在空中的羽人看得很清楚，几乎所有的村庄都被那影子吞没，只有唯一的一个例外。这村子没有湮没在黑影里，而是恰好处在阴影的顶端与河流之间。

这毫无疑问就是云灭要找的那个潵水村。他迅速飞了过去，落在了村口的老井旁。深夜的潵水村十分安静，除了间或两声狗吠外，听不到其他声音。从表面上看起来，这座村子和其他与它有着相同名字的村子一样，平凡、朴实，毫无特色可言。

云灭拿出早已准备好的炭条，正准备往井上画圈，耳朵已经听到不远处有人靠近。他机敏地一闪身，藏到一棵树后，虽然听这脚步声明显身上有功夫，多半就是要和自己接头的人，但出于职业习惯，他还是决定先观察一下。

来人共有两名，打扮成普通乡民模样，他们左右张望了一下，并没发现云灭。其中一人狐疑地说："怪了，我刚才明明听到一点声音，像是鸟扑打翅膀，这会儿怎么什么都没有？"

"这里是山村，当然会有鸟飞过，瞎紧张什么？"

两人嘴里叽叽咕咕着走开了，云灭却察觉出了不对。紧张什么？如果是等待有人来找他们，干吗要紧张？他感觉这其中有点文章。而且这两个家伙实力不弱，连自己那么轻的飞行声音都能听到。

他伏在地上，听着两个人的脚步声渐渐远去，于是悄悄跟了上去。两人进了一间农舍，那农舍外有条被拴着的狗，见到两人走近，立即大叫起来，被来人狠狠踢了一脚才老实下来。这更加深了云灭的怀疑。

他慢慢靠近了，眼见得那条狗又要叫，眼疾手快扔出一枚石子，正中脑门，狗软软地倒下，哼都没哼一声。屋里的人并没有察觉外面的变故，正在低声谈着话。

"已经到了亥时，那个人会来吗？"

"一定会的，那小子昨天白天还来打听了，等着吧。"

"鬼知道他会不会有那么聪明，能够猜得出来？龙渊阁这帮书呆子还真会给人找麻烦。"

云灭听明白了。这果然不是龙渊阁的人，而是专程来等待他的。那么龙渊阁的人呢，被抓住了？被杀死了？正在猜测，屋子里传出另外一个虚弱的声音："别等了，把他等来了，你们也只是白白丢掉性命。"

一声脆响，随即是一声闷哼，好像是说话的人挨了重重一耳光。不过此人骨头颇硬，云灭听见他又接着说："以你们的手段，也就能对付我，对付那个人还差得太远。我劝你们还是快点逃走吧。"

云灭听着这声音甚是耳熟，但此人好像被伤到了咽喉，说话的声音很嘶哑低沉，一时间不易辨清。耳听得他噼噼啪啪又吃了几记耳光，外加几拳几脚，都很沉重，他被打得直吐血。没想到吐完血之后，此人又开口了："我被你们偷袭中招，只不过是我本事太差，不能说明我们龙渊阁没用。在我们的眼里，你们也不过是……"

里面拳打脚踢依旧，外面云灭都听得大摇其头，心想：这厮如此多嘴，到现在还没被活生生打死，倒也算得上是个奇迹。但紧接着，一想到"多嘴"这两个字，云灭一刹那反应过来里面那人是谁了。他所认识的人当中，大概只有这一个是如此多嘴多舌，喜欢说不该说的话的。

第十四章
活下去

这个死到临头还喋喋不休的家伙，居然是组织里的传令使，那个新近由于父亲去世而入会，并且因为淮安事件和自己接过几次头的传令使。真是万万想不到，此人居然是龙渊阁的人。云灭回忆着和此人之前见面的经历，居然找不到一点破绽。

装傻充愣是掩护自己的好办法，云灭得出了结论，但自己终究还是得救他。他不动声色，先在村里四处查探了一遍，一共发现了四处埋伏，加在一起有十一个人。要打发他们不是件容易的事，看来敌人志在必得，一定要收拾他。

得想点办法。云灭就像一个轻飘飘的幽灵，无声无息地在村里悄悄绕了一圈，弄清楚了大致的地形，然后他找到敌人力量最弱的一个埋伏点：那里只有两个人。他轻手轻脚地靠近，从怀中掏出一根长长的绳索，看准时机，猛然挥出。绳索准确地缠住了一个敌人的腰，不等他反应过来，云灭再度发力，这次是全力一甩，将他扔到了隔邻的一间牛棚中。

同伴听到风声，不知道是什么情况，连忙追了过去。云灭已经提气高喊起来："有人偷牛啊！"

这一声喊当真是中气十足、惊天动地，村里人一下子都醒了。对这些贫苦乡民而言，一头牛几乎意味着全部的身家性命，有人偷牛，这还了得？不消半分钟，几个赤裸着上身的精壮汉子就已经冲了出来，不顾初冬的夜风有多么寒冷，没命地奔向牛棚。

很快全村老少都醒来了，埋伏者顿时陷入了无比尴尬的境地：继续躲藏没什么用处了，在这一片嘈杂中什么也发现不了；抽身离开吧，还会被当作偷牛贼。

云灭已经趁着这一片混乱冲入了传令使被关押的小屋。在两名对手的兵器刚刚拔到一半的时候，他的两支箭已经分别钉在了两人的心口和咽喉上。

"怎么样，我就说他来了你们一定完蛋吧，这下知道教训了吧？"遍体鳞伤的传令使在这当儿竟然还有空对着两具尸体唠叨，云灭真想把这不知死活的白痴揪起来再胖揍一顿，打死活该。

这一段时间，自己果然一直待在宛州西部，风亦雨看到海港的时候才意识过来。不过此地显然不可能是淮安，淮安还在毒雾的笼罩中呢。

"这里是什么地方？"她问。

"和镇，"胡斯归插嘴道，"这里一向是去往雷州的最佳出海地点，可惜就是离云州远了点，谁叫你们毁掉了淮安呢？"

这话说得理直气壮，风亦雨差点都要生起负罪感了，但她不善言辞，也无意去反驳。胡斯归此刻浑身伤痕累累，一条命去了七成，压根用不着在口头上占他什么便宜了。也好，风亦雨想，我还从来没到过和镇呢，看看也好。

其实论直线距离，到西陆最近的港口应当是衡玉，不过当中窄窄的云望海峡暗礁密布，航行风险很大，所以一般的商船都会借道位于宛州西南端的和镇。和镇附近还有著名的幻象森林，那原本是一片浓密的原始森林，可惜由于千百年来人类在此地过度采伐，整座森林的面积已不到全盛时期的四分之一，那些裸露在地面的干枯的树桩，就像一个个沉默的记号。而人类仍旧不知满足，还在此处持续地伐木造船，维系着庞大的造船工业。

这样的场景在宁州是绝对见不到的，即便是在羽族的生活越来越被人类所同化的今天，即便是在几乎和东陆城市没什么区别的宁南，对树木的爱护与崇拜也始终是根深蒂固地渗透到羽人们的血液中的。在古老的羽族传说中，一只巨大的神鸟将一个蛋送到了巨树上，从蛋中孵出了羽人的祖先，因此羽人一向尊崇树木和鸟类。难怪风亦雨看到那些庞大的船坞和源源不断通过陆路水路运送的原木，脸色会如此之白。

前辈风离轩却是神色如常，丝毫不以为忤，反过来劝慰她："慢慢习惯了就好了。羽族的禁忌，在别人眼中或许就是一文不值的废话。"

风亦雨点点头，想象着一株株参天大树在嘎吱作响的锯条面前轰然倒下的场景，还是觉得心里堵得慌。风离轩拍拍她的肩膀："许多年前我在云州沙漠中，有一天无论如何也找不到食物，又饿又渴，没有暗月又无法飞行，眼看就要死了。有两只食腐的秃鹫一直在我头顶盘旋，等着我丧命之后，来瓜分我的尸体，而我一直恪守着羽族的原则，不肯去杀伤它们。后来我支撑不住，昏迷过去了，但没过多久就感觉脸上剧痛，原来是秃鹫在啄我的脸。

"我突然之间生出一股愤怒，不管三七二十一，抓住一只秃鹫，扭断了它的脖子，吸它的血解渴，然后生吃了它——因为我身上没有火种。那一刻我并没有感到有什么惶恐内疚，不杀它，我就得死，这就是最简单明了的事实。

"云州是一个教会你如何求生、如何思考的地方，"他最后说，"很多人一辈子都不会思考，但到了云州，不学会就得死。"

到了云州我大概也学不会，风亦雨忧郁地想。她只能努力做到无视那些可怜的、失去生命的树木，将注意力集中到其他地方。和淮安相比，和镇显得更加平民化一些，由于大量造船工厂的存在，这里有着许多的平民力夫与工人。在这个虽然温暖却仍旧有着冬日寒意的清晨，工人们穿着短衣短衫，挥汗如雨地挣着自己一天的饭钱。此地人力资源丰富，供大于求，谁稍有偷懒就可能因为揽不到活儿而挨饿。这是一种风亦雨永远也无法体会的生活，虽然她也情不自禁地感到同情。

"你要同情的话，不如先同情我，"胡斯归有点凄凉地笑了一声，"他们虽然苦点累点，好歹能活命，我回去之后不但要死，而且死状惨不可言。他们如果能让我在三天之内断气，就算是仁慈的了。"

风亦雨想捂住耳朵不听，却发觉自己的怜悯之心无法抑制，索性离他远点，省得听了难受。几个奇形怪状的来自云州的人对捆绑着的胡斯归寸步不离，对她却很放松，想来是觉得她不可能有实力逃走，所以虽然她走得稍微有些远了，也无人在意。

她看到一群人围在一起，正在激烈地争吵着什么，风离轩站在一旁一脸的不耐烦，却又无可奈何。她走上前去，不等开口问，风离轩已经说了："我来雇船，撞上了这两帮人争活儿。"

他解释说："一个穷人的力量微乎其微，一不小心就可能被这座城市吞掉，所以每个人都知道只有拉帮结伙才能生存。他们各自划分势力范围，有时候井水不犯河水，有时候却寸土不让。现在我们遇到麻烦了。"

仔细一问，原来和镇的客运船业务经过多年弱肉强食的火并后，主要剩下了两大帮会：和气会与和运帮。两个帮会虽然名字里都带"和"字，平日里的行为却是与"和睦"二字毫不相干。当然，通常情况下双方还不至于明着开战，然而近期由于争抢一单大生意，两边都流了血死了人，这就交代不过去了。所以眼下两个帮会剑拔弩张，想尽一切方法挑事。

很不幸的是，风离轩撞上了这个时刻来到和镇。他本来已经和一条属于和运帮的客船谈妥了，把那条船整个包下来，和气会自然要出来搅局，于是事情闹成了这个样子，双方的手都按在了刀柄上，随时可能拔出来互砍。

看得出来，风离轩其实比谁都更想砍人，但此时此刻把这帮人都宰了显然也无济于事。他冷冷地撂下一句"你们先争吧，争够了，一方把另一方杀光了，我再过来"便转身走开了。正在争执的双方似乎没想到这位爷面对着两大黑帮还能那么拽，第一反应有点愣，但随即都跟了上来。

风亦雨有些紧张，想要离这些她从未见识过的黑帮势力远一些，但却忽然看到，那些人看似散乱地追上去，却已经在不知不觉中将风离轩包围了起来。当先三人已经无声无息地拿出了武器，而风离轩恍然不觉，还在往前走着。

这是一种很奇怪的感觉，她是被风离轩抓来的，按道理应该巴不得风离轩被干掉才对，但此时见到他有危险，却还是忍不住叫了一声："当心！"

这一声喊其实是多余的，风离轩并不回头，右手突然伸出，好像是在身后画了一个半圆。只看见一道白光闪过，当先的三人已经血溅当场，"扑通"一声倒地，而风离轩手中的剑连一滴血都没沾上。

这个羽人竟然是用剑的，风亦雨有些吃惊，这是她第一次看清楚风离轩用什么兵器和人动手，之前也见过他杀人，但太快了，还来不及看到兵器。羽人大多使用弓箭，用剑的并不多，但风离轩无疑是此道高手，他连看都不看，就能准确命中背后三人的要害，而且全部是一击致命。

"谁要对付我，叫他亲自来，你们只是白白送命。"他说。但那些人似乎全然不怕死，仍然一个接一个地冲上来，纷纷做了羽人的剑下之鬼。

奇怪，风亦雨想，明知实力差距那么大，干吗还要送死？

风离轩也觉察出了其中的不对劲，他虽然一时判断不出具体状况，但丰富的经验令他明白其中必然有文章，于是当机立断，拉过风亦雨就跑。刚跑出两步，最先倒下的三具尸体突然起了一点变化——他们的肚腹陡然间膨胀起来，就像里面被填进了一个大铁球。

风离轩脸色大变，但此时没有暗月，他也无法飞起来，只能全力将风亦雨向前一推。风亦雨重重跌在地上，摔得七荤八素，然后她就听到了一声沉闷的爆炸，接着是两声、三声、许多声，身后血雨漫天，一股浓烈的血腥味和奇特的腐臭味钻入鼻端，令她差点呕吐出来。风离轩浑身是血，踉踉跄跄地从血雨中奔出来，大吼着："别碰我，有毒！快走！"

风亦雨犹豫了一下，用力扯下衣袖把双手包住，不由分说扶住风离轩，用尽自己最大的力气开始奔跑。背后不断射过来带着风声的暗器，打在她身上，好在都无法透过护身甲，反倒是风离轩不知道捣鼓了点什么东西，她听到背后一连串的惨叫，追兵们暂时收住了脚步。

看得出来，风离轩中毒很深，整个皮肤都隐隐透出靛蓝的色泽。但相比起中毒本身，他更懊悔的是自己的上当受骗。

"我应该想得到的，胡胖子既然敢于背叛，就敢于和外人勾结，"他低声说，"错不了，这种尸爆术的关键在于取得尸毒，而那种尸毒只有在云州的土壤上才能制取。胡胖子跟踪龙渊阁的人盗取迦蓝花花种，给人以他什么都没有的错觉，但事实上，这家伙还留了一手。"

"那……能解毒吗？"风亦雨抱着一点侥幸问。

风离轩摇头："在云州能，在这里，不能，当然我对它很熟悉，虽然大损功力，但它一时半会儿想要弄死我还是没可能的。不过你为什么要帮我？你原本可以借机逃走的。"

风亦雨一怔，好像是现在才反应过来这个问题，她索性避而不答。

风离轩叹息一声："在云州待得太久了，见到你这样的人，反而不习惯了。"

"所以那时候……你才一把把我推开了？"风亦雨低声说。

风离轩不答，艰难地伸出手，抓住自己的肩膀，猛然用力，在血肉之上生生挖出了一个洞。风亦雨吓了一跳，以为他中毒过深以至于神志不清醒了，却看见他从肩头取出一个血淋淋的东西，仔细一看是一块黑漆漆的金属片，形状很不规则，上面没有一点锈迹。

风离轩将上面的毒血擦拭干净，把金属片递给风亦雨："拿着。这是开启云州秘密的钥匙。"

风亦雨不接："你给我干什么？就算你要死了，也该留给你的手下啊！"

风离轩叹气："你这个笨姑娘啊，他们连我都能对付，怎么会放过那几个人。胡胖子是故意装作被擒，把我们都诱到和镇，现在留在我身边的人，只剩你一个人而已。"

"那……这到底是什么？"

"你只管留着就行了，"风离轩说，"也许它对你而言始终只是块废铁，也许在某个时刻，你会发现它的真正价值。"

这话说了和没说一样，但风亦雨一向不擅长拒绝他人的要求，更别提是一个垂死之人，终于还是颤抖着接过那金属片："那接下来我该怎么办？"

"靠你自己的力量逃出去。"风离轩一面说，一面挣扎着站了起来。两人躲藏的这间小柴房绝非安全之地，敌人随时可能追上来，但以他的中毒情况，出去说不定只会死得更快。

"我没有料想到会出现这种情况，可能会有很大的危险，"风离轩苦笑着，"我要争取把他们引到相反的方向，好让你逃命。"

风亦雨一下子手足无措："我一个人？你要扔下我？"

"就我目前的状况而言，扔下你是救你的命，"风离轩说，"没时间给你犹豫了，多耽搁一分钟，就多一分危险。要么想办法活下去，要么……"他加重了语气，"你就再也见不到你想要见的人了。"说完，忽然抛给风亦雨一个东西，正是她以往一直藏在袖子里的针筒。

离开之前，他又转过身，抛下一句莫名其妙的话："如果我死了，那就没什么关系了，如果我毒性发作生命垂危，那也没什么关系。但是……如果你看到一个还能行动自如的我，逃远点，越远越好。"

"记住，如果那样的话，一定要离开和镇，远远地离开！"

真的只剩下自己了，风亦雨觉得自己从头到脚都在发抖。她不断地想象要是云灭在这里会怎么做，那个天才的男人一定有一万种方法可以安全脱身，甚至还可以反击，可自己不是云灭，只是个没用的家伙。

然而正是这样一个没用的家伙，居然稀里糊涂接受了他人的托付，保管一件虽然还不知道拿来干什么但可想而知一定无比贵重的物品。自己活了这么大，这还是第一次受他人如此重托呢。

风离轩给她留下了最后一个指示："我会向西跑，你先往东去，然后想办法折回西边藏起来，因为他们看不见你，肯定会往相反方向去搜寻你。"于是她遵照指示，向西一路狂奔，直到进入了闹市之中才收住脚步，以免引人注目。接下来，就得完全靠自己了。

如前所述，比之充满商贾的淮安，和镇是一座更加平民化的城市，如今身边走过一个个衣着朴素、皮肤黝黑的粗壮汉子，让她很不适应，觉得自己就像是一只无意间闯入狼群的绵羊。她一时有些彷徨，站在路边不知该怎么办好。一个浓妆艳抹的老女人似乎看出了她的无助，主动走上前来搭讪："这位姑娘，可是遇到了什么麻烦吗？"

风亦雨并不喜欢做此种艳俗打扮的人，但出于礼貌，还是含混地"嗯"

了两声。那女人将她从头到脚看了个遍，忽然诡秘地笑了："看您的打扮和气质，一定是偷偷从家里逃出来和情人私奔的大小姐吧？"

不等她回答，对方就继续说下去："您一定是在这儿遇上了麻烦吧？不要紧，我玉姐是这附近出了名的热心人，您跟我来，有什么困难我可以帮您！"一边说一边居然开始动手拉她。

风亦雨哭笑不得，正待拒绝，一抬头看清了悬在自己脑袋上的牌匾，不由得怒从心起——无巧不巧，自己正好站在了一间青楼的门外。她虽然极少出门，但毕竟是风家子弟，外面的事情好歹也听说过一些，眼前这老鸨居然把自己当成不谙世事的娇贵小姐意图行骗，当真是岂有此理。

即便她脾气再好，此刻也忍不住想要发难，然而那玉姐方才说的话却一下子撩动了她的心事："一定是偷偷从家里逃出来和情人私奔的大小姐吧？"她回想起了自己当初离家时的情景。

父亲风贺觉得她一无所长，难当大任，命令她单独出门游历，以锻炼自身。

她噘着嘴答应了，心里却一百个不情愿，即便身上藏着包括族长令在内的几件宝贝，一想到自己一个人孤零零地去江湖中漂泊就觉得头皮发麻。但到了第二天，她突然高兴起来，并且向父亲宣布自己这第一趟出门就要走得足够远——去往宛州的淮安。不明所以的风贺虽然略显诧异，但还是同意了。

那时候眼前也有一大堆让人头大如斗的麻烦事：自己一个人出门在外安全吗，能照料好自己基本的生活吗，那么远的地方会不会迷路，会不会招惹是非？但面对这种种的困扰，一想到此行的终点能见到一个叫作云灭的男子，心境就一下子变得很开朗，仿佛任何困难都不在话下。她最终紧咬着牙关，愣是一个人从雁都到了淮安——虽然比一般人多花了至少一个月时间，但这对于她来说，简直称得上一桩伟大的成就了。

我还想活下去，还想再见到那个人，但我不只要活下去那么简单，风亦雨对自己说。一直以来都是别人在帮助我，别人在拯救我，别人在支配我，但其实我自己也能做到一些事情的。做一个废物连累自己并不要紧，连累别人，心里一辈子都会内疚的。

为了这个目的，我愿意去做一些过去不敢做的事。我要活下去，在重新见到云灭之前，我还要把风离轩救出来，送他回云州，那里才能解他中的毒。

"那就多谢您啦！"她勉强挤出一丝笑容，并努力让这笑容看上去童叟无欺，"我在这儿孤零零一个人，迷失了方向，正不知道该怎么办呢。"

老鸹的脸快要笑开花了："快跟我来，快跟我来！先休息休息，吃点东西，其他的事情我们待会儿慢慢谈！"

第十五章
石　人

　　"都被打成这样了，你的嘴还不闲着，真是个精力旺盛的人啊，"云灭唉声叹气，"我真宁可他们先把你打晕了再说。"

　　"我要是不多说点话分散注意力，就真的疼晕过去了。"传令使龇牙咧嘴地回答。

　　名叫辛言的传令使人如其名，十分多嘴能言，但这么一个角色竟然身兼二职，又做组织的传令使又做龙渊阁的接头人——当然，对于组织而言，他是个卧底——着实令人难以置信。

　　"这没什么难以置信的，"辛言说，"正因为人人都看我大嘴漏风，组织才不会怀疑我的身份。这一次他们虽然找到了这里，在见到我之前也猜不到接头人其实是我。"

　　"也有道理，而且多嘴多舌是和一般秘术的修炼宗旨相违背的，他们很可能忽略掉你身上深厚的秘术功力。"云灭喃喃地说。他不再提问，也不理会辛言惊诧的目光，替他包扎好伤口，让他先休息一阵子，但这家伙好像压根闲不住，往床上一靠又开始说话了："我也见过不少羽人，你这样大家族出来的就是不一样，拳脚功夫比绝大多数人类都强太多了。"

　　云灭哼了一声："因为我说话比你少。"

　　两个人沉默了一阵子，看来云灭是打定主意决不挑起话头了，辛言却是个憋不住的人，没过一会儿又开始找话了："这么说，你真的打算到云州去？你可想清楚了，我们前两批人全死了，第三批也只有两个活着回来，并且活着回来的两个人，也完全没有深入到云州。那可是个要命的地方……"

"对了，他们到底是怎么回来的？"云灭打断他的絮叨，"那一天他们还没来得及说，就遇上了敌人。你告诉我，他们在云州的详细遭遇是怎样的？"

辛言少不得又要把云灭已经听过的部分添油加醋再演绎一遍，仿佛那次历险是他亲历一样。云灭也懒得阻止他，好歹他连比带画将那可怕的触手讲完之后，终于开始讲之后的事情。

两名书生眼睁睁看着海船被毁，却无可奈何。两人至此方知云州险恶，既不敢回到海滩，也不敢再往密林里深入，于是在树林边缘靠着树勉强休息，两人轮流值守，好歹是熬过了这又饥又渴——最重要的是内心忐忑不安的一夜。

天明之后，他们才敢小心翼翼地回到船上查看，其实已经没有船了，只有一堆破烂木片。昨夜出现的怪物没有留下任何痕迹，甚至没有碰他们的食物——难道它们，或者说它，只吃活生生的动物？

如今没有退路了，只能带上食物和水，硬着头皮深入。那片树林十分奇特，外面看着稀稀疏疏，但往里走下去却像是无穷无尽。两人不敢大意，一面走一面在树皮上刻出路标指示方向。但走了一段路后，白衣书生忽然叫了一声："糟糕！"

青衣书生急忙回头，几乎不敢相信自己的眼睛。所有的路标，全部消失了，一点痕迹都没有留下。他颤抖着举起剑，在自己身边的树皮上割了一道，然后目不转睛地盯着它。起初并没有什么反应，但一分钟之后，那道伤口逐渐愈合，树皮完全长出来，吞没了原有的刻痕。

"怎么办？"他禁不住自言自语。可怕的事发生了，两人迷路了，而他们也隐约猜到了，为什么自己的同伴们进入这片密林后再也没有出来。

"现在只能认定一个方向，凭感觉走了，"他思索了一会儿，"不然只能被困死在这里。"

"我不这么觉得，"白衣书生突然说，"我们能不能休息一会儿，晚点再走？"他并没有给出理由。但青衣书生知道，这位师弟平时沉默寡言，却很善于观察，心里有自己的主意，于是同意了，耐心地等着他得出结论并解释。

这一等就是很长时间。白衣书生攀到一棵树的树顶上，默默坐了几乎一个对时，这才下来说："我仔细看过了，这一片树林里的树很古怪，好像能释放出某种物质，干扰我们的视觉。这片林子的树叶并不浓密，如果我们牢牢锁定太阳的位置，再通过时间去判断，至少大方向上不会有错。可是……"

他的声音充满了苦涩："你看看太阳，几乎一个对时了，太阳纹丝不动。我们落入了一个陷阱里。"

果然，在之后的时间里，太阳也始终没有移动过。当他们进入到这片树林时，太阳挂在东方，表示着朝阳初升，现在按照估算，至少也该到正午了，但由于太阳在两人的视线中并没有移动，谁也不知道现在太阳的真切位置，也就无法辨别方向了。

"这大概是一种幻术，"青衣书生回忆着，"当我们进入树林的一刹那，树林外的一切景观，其实我们根本就看不到了，我们所能看到的，只是最后一个时刻的残象。你注意那些云，云朵的形状本来也应当是不断变化的，但它们却保持着原有的样子很久了。"

两人又想到了一些其他辨识方向的手段，譬如砍断一棵树观察年轮疏密，但这种树树干的愈合速度极快，无论怎样都弄不断。

好在两人在龙渊阁待久了，别的没有，耐心倒有一大把。他们席地而坐，苦思着对策，同时还得提防着未知的袭击，天晓得云州到底藏着些什么样的怪物，那一堆凶恶的触手也许不过是道小小的开胃菜而已。

最后青衣书生忽然哑然失笑："我们俩真蠢啊，大概是头脑在这个地方变成木头了。可以靠秘术啊，虽然你我的秘术功力都很浅，但凭借着太阳秘术，找到力量来源的方向，应该不会很难吧？"说罢开始施术。由于这两人在龙渊阁中的身份是属于经常在外奔走的，因此他们的秘术修为确实不高。青衣书生好不容易进入状态，寻找到了太阳的星辰之力，却被白衣书生拍了下肩膀。

"起风了。"他轻声说。

的确是起风了，一阵淡淡的血腥味夹杂在风中，送入两人鼻端。他们对望了一眼，循着气味过去，慢慢找到了血腥味的源头。

走到此处出现了一片空地，一片和整个树林比起来极不协调的四四方方的空地，大约十余丈见方。那片地面竟然全部由平整的花岗石板铺成，带着极不协调的人工痕迹，最不协调的是空地中央，竟然有一尊高大的石雕像。而他们的同伴们，此刻全都死去了，成了一具具毫无生气的尸体，横七竖八地倒在石雕像旁。

"石像？"云灭猛然打断他，"一座石像？是一个人吗？"

"是啊，石人，"辛言有些莫名其妙，"讲了那么多东西你都不吃惊，一座石像你激动什么？"

云灭长出了一口气："我只是想明白了一个词而已。青衣临死前告诉我，'小心石人'，我一直以为是什么食人怪物呢，现在知道了，原来他说的是石人。你们那些人的死，想来都和那石人有点关系？"

辛言点点头又摇摇头："他们俩也说不清楚，因为没有目睹那些人是怎么死的，只看到尸体。所有人，都是在那石人上活生生撞死的，脑浆迸裂，惨不忍睹。他们身上没有任何其他的伤痕，因此很有可能……全都是自己撞的。"

云灭皱着眉头问："那么那具石人呢？究竟是什么样的？"

"奇怪就奇怪在它的模样，"辛言回答，"按照他们俩的描述，这不是一个普通的石人，它的面孔就像是流动的水银，一片模糊，看不清楚。但当你和它面对面的时候，你会感到一种奇特的吸引力，好像你的全部精神都在被它影响，然后你会看到……你自己的脸。"

"大概是某种精神蛊惑术？"云灭自言自语，"那些人的头脑被搅乱了，所以发疯了？那他们俩为什么没事？"

辛言咧嘴一笑："碰巧了，因为他们身上有太阳秘术。那是一个太阳系最为简单的法术，可以吸取太阳光为自己取暖。当然，他们当时的目的不过是找到太阳的方位，但好像太阳秘术恰好是那尊石像的克星，它的力量受到了惊扰，覆盖在树林上的幻术暂时消失了，他们俩借机逃了出去。"

"然后他们找到了血翼鸟？"

"是的。他们离开那座树林后，还想再往前走碰碰运气，结果闯入了一个遍布头颅的山谷，亲眼见到了迦蓝花和血翼鸟，并且见到了血翼鸟带回动物头颅的场面。他们连忙离开，那只血翼鸟还试图袭击他们，被他们制伏，同时还收获了几只其他的云州动物，以及一株幼小的迦蓝花。

"这样他们再也不敢深入了，只好觅路退回到海岸边。前两批人彻底失踪了，虽然还未知生死，但多半是活不成的；第三批人剩下两个，其他人全都在一尊古怪的石像上生生撞死。活着的两人大概只涉足云州大陆上不到二十里长的地带，带回来数量极有限的一些小型生物，这就是我们在云州的全部收获了。"

"那么，他们最后是怎么回来的？"云灭问。他的心里充满了失望，假如把云州比作一棵大树，那两个可怜的书生大概只见到了一片树叶，在更广阔的区域里蕴藏着怎样惊世骇俗的秘密，难道只能留给自己去亲自探查了吗？

"这是另外一桩难以解释的事件，"辛言说，"他们莫名其妙地发现了一些新刻的路标，像是在指点他们的行动。两人抱着横竖是个死的念头，把心一横，跟随着那个路标，竟然在海边的一个隐蔽处找到了一艘完整的船，虽然很老旧了，但也能勉强航行。而且那艘船十分巨大，比我们的海船还要大，从上面装备的那些已经生锈的武器炮台来看，这不是一艘军舰，就是一艘海盗船。"

云灭说："刚开始可能不好解释，但现在很容易了。胡斯归那小子，一直企盼着逃离云州，但苦于没有机会，这一次他借着这两个人的掩护，跟他们一起出去了，等抵达雷州后再盗走鸟和花。等等……海盗船？"

他又想起了那几封三百年前的信，名叫风离轩的古人明白无误地写着他们的船遇上了海盗，然后一同被卷入了大漩涡。难道这就是那艘倒霉的海盗船？

不过，抛去那些细节方面的疑点，整个事件的来龙去脉此时已经一点点变得清晰起来，所有孤立的事情都串了起来：胡斯归在云州得罪了比他更厉害的角色，不得已要逃跑。两名书生来到云州，无意间充当了胡斯归出逃的掩护，还被他盗走了迦蓝花与血翼鸟。在被书生们发现后，他又借云州班的手将血翼鸟运到了淮安，并在那里引发了一场灾祸。那个带着暗月之翼的神秘羽人，显然也是从云州出来追赶胡斯归的，胡斯归本人或许并不重要，但云州的秘密不能流传出去，血翼鸟和迦蓝花，或者其他的古怪玩意儿，都必须被带回去。

"所以问题很清楚了，"辛言说，"就算他们抓住了胡斯归，还有你这个局外人无意间知道了许多云州的秘密，所以接下来，他们最重要的目标就是你。他们抓走风小姐，无非是要对付你，你还真是有面子呢。"

云灭从鼻子里哼了一声："我可不会为此而感到荣幸。"

辛言虽然多嘴多舌，办事能力还真不是吹的，伤好之后没过两天，他就处理好了一应事宜。他的师弟已经在和镇备好了船，只等两人过去，便能开拔。

"两人过去？你自己不认得路吗？"辛言瞪着眼睛问。

"但我不认得他啊，"云灭振振有词，"再说他也不认识我，凭什么相信我？"

辛言苦着脸摇摇头："说到底你还是想让我跟你去云州，我再跟你说一遍，不行，我还年轻，媳妇都还没娶呢！再说了，你看我这张嘴成天不闲着，功夫又不好，跟着你岂不成了累赘？你不是最喜欢独来独往……"

不等他说完，云灭已经打断了他："你的确是累赘，不过并不像你自己说的那么糟糕，比如这次，即便没有我救，你自己也有办法逃出去，你只是想再摸摸底罢了。我还记得你作为传令使和我打交道的时候，明明已经知道事情的真相，却装傻充愣连我都没看出来。"

辛言嘿嘿一笑，还是掩饰不住一丝得意："算是被你看穿了……"但他随即反应过来眼下不是得意的时候，又换回来一张苦脸："可是我真的不想去云州。"

"由不得你选，"云灭斩钉截铁地说，"实话告诉你，如果完全依照我的脾气，我才不会带你去，但最近发生的事情太多，黑白敌友在我的心里有点混乱，我不能相信任何人。既然是你备的船，那你就得陪我去再陪我回来，这样我才能放心。"

"你这话显然是在侮辱我的人格，"辛言看来很忧伤，"我还以为你已经把我当成朋友了呢。"

"我没有朋友，"云灭毫不犹豫地回答，"我自己就是我的朋友，我需要把他照看好。"他一面说，一面有意无意地摸着自己的弓，这摆明了是一种威胁。在这种威胁的震慑下，辛言别无选择，只好跟随着云灭去往和镇。这一路上万般不情愿也就罢了，最倒霉的是云灭每天禁止他说话，声称倘若开口便要把他的嘴巴贴起来，不能说话的日子当真是度日如年、苦不堪言。

好容易挨到了和镇，这座港口城市却是一片肃杀的场景。往日闹闹嚷嚷的人流仿佛一下子蒸发掉了，街头偶尔出现行人，也是行色匆匆，就像有怪物在背后追赶一样。不等云灭发令，辛言已经跑去打探，一会儿带着说不清是沮丧还是暗喜的神情回来了。

"运气真好啊，偏偏让我们赶上了，"辛言说，"本地帮会大火并，不管是伐木工还是船工水手，谁也不敢接活儿了。我们现在虽然有船，也走不了。"

云灭狐疑地望了他一眼："不会是你偷偷捣鬼吧？"

辛言高声叫屈："我要是能有这么大本事，还会受制于你？"

这话倒也有理，云灭只能放过他。辛言没有吹牛，船的确已经准备好，虽不算太大，但是比一般海船更坚固耐用，能抵御较大的风浪，可惜眼下只能空空如也地停泊在港口，随着海浪摇晃不休。这一夜云灭索性睡在船上，但他灵敏的耳朵仍然能不断听到码头上隐隐传来的砍杀声。当然了，这些都只是小规模的斗殴，充其量算得上是正餐之前的开胃配菜，和镇已经是山雨欲来风满楼。当地官府和军队不知是不敢管还是不想管，竟然没有出来维护秩序。

但云灭心里隐隐有点担忧：他也见识过不少帮会之间的相互斗殴，但像这样大规模的，却不是等闲小冲突可以引燃的。通常在这种近乎战争的全面争斗的背后，都会有一些强大的力量在悄悄运作着，煽动、挑拨、推波助澜。而最擅长这一手的，毫无疑问是组织。

难道组织的黑手也伸到了和镇？为了组织自身的势力扩张，这无疑是主要原因，但还会不会隐含一点"收拾云灭这小子"的支线任务呢？

怀着这种担心，他在天亮后的行动格外小心，甚至小小地易容改装了一下。他发现这种谨慎绝非多余，在这座城市的各个角落，散布着一些相当有实力的高手，不大可能属于和镇的地方帮会势力。他记得上一任传令使曾告诉他："以你的武艺和头脑，如果不是只做个赏金杀手，而是愿意正式加入组织，地位将会非常高，至少能坐到前五把交椅。但你千万别以为组织离了你不行，他们也许很难找出比你强的某一个人，但他们能找出十个比你差不了太多的联合起来对付你。"

在以后的日子里，他冷眼旁观，发现传令使并没有夸大其词。虽然组织还远没有可以动摇国家根基的实力，却已经在黑道上占据了重要的地位，并且一点点地侵吞蚕食他人的势力。他也曾尝试着去调查组织的底细，却发现很难挖进去，迄今为止，似乎还没有人真正接触到组织的核心，而这个组织甚至连名字都没有，更没有人见过首脑的真面目——除了知道他的称呼为"老板"。就好像一只藏在暗处的蜘蛛，当一张大网已经悄悄结好时，人们还不知道它的长相。

组织究竟想干什么？这是个费思量的问题。他们出动如此规模的人力来对付自己，当然不是因为我云灭区区之身有何等样的吸引力，而是自己和云州的秘密牵扯到了一起。那么，组织首脑，也就是"老板"的野心……

也许和云栋影一样，在更遥远更广阔的地方？

想到这里，他猛然反应过来了，组织是绝不会白白浪费资源的。现在搞出那么大的动静，显然有比自己更值得对付的人——如果自己没有判断失误的话，那一伙来自云州的家伙，大概此刻就在和镇，并且和自己一样，正在等船出海。

"真是一场惊天动地的大火并啊！"他自言自语地说。

第十六章
麻　烦

妈的，原来我这双火眼金睛也有看走眼的时候，老鸨很郁闷地想。以她多年来相面识人的经验，这个姑娘毫无疑问是那种耳朵软心也软、毫无江湖经验的大小姐，这种人通常几句花言巧语就能轻松诱入彀中。

但她万万没想到，这姑娘刚一进房就突然发难，将一把亮晃晃的匕首抵在了自己的喉咙上。事先安排好的打手仓促冲将出来，却被她三拳两脚揍了个满地乱爬。真是打鸟的反被啄了眼珠子，眼下形势突变，被挟持的变成了老鸨自己。

"姑娘……您这是开的哪门子玩笑？"老鸨结结巴巴地问。她并不知道，眼前的姑娘其实比她还要紧张，只是冰凉的匕首此刻就抵在自己热乎乎的脖子上，而且已经割破了皮——那是该姑娘手法不纯熟的缘故——她哪儿还顾得上在意对方的心情？

这个扮猪吃老虎的姑娘恶狠狠地喘了一口气，努力压制着剧烈的心跳，轻声说："我要你帮我点小忙，不然我就……就干掉你！"

"您要我做什么都行！"老鸨几乎喊了出来，"先把那把刀子收起来，要割破喉咙啦！女大王饶命！"

风亦雨到这时候才明白，要装成一个坏蛋也是一件很困难的事情。当看到老鸨的脖子上流出鲜血的时候，她差点抛下刀子去替对方处理伤口，幸好最后强行忍住了。不过她也渐渐发现了：在一个瑟瑟发抖的害怕的人面前，露出再多的破绽都不会被抓住。所以还得把女大王姿态继续扮下去。

想到这里，她努力板起面孔，用轻蔑的口吻说："先把这些废物赶出去，不许惊动外人，不然你的脖子就不只是流点血那么简单了。"这是云灭曾告诉过她的两个原则：办事的时候，惊动的人越少越好；办事的时候，死亡的威胁多用用也无妨，因为绝大多数人都是怕死的。

老鸹赶忙照办，把那几个被风亦雨放倒在地"哎哟"连天的打手逐了出去，要知道这姑娘虽然总被视作废物，那也只是相对于风云两家层出不穷的高手而言，对付一下普通的小角色还是没什么问题的。风亦雨又问："你们这里的……和气会，还有和运帮，都在什么地方？"

这个问题提得相当之不专业，有经验的人原本很容易看穿她的底细，无奈老鸹正按着自己喉头的伤口惊魂未定，听了这句问话，反而以为这位女大王口气很大，有种视天下英雄如无物的气概，慌忙颤抖着回答："我……我这种小杂碎怎么可能知道他们的总舵呢？女大王可是打算……找他们麻烦？"

女大王既不点头也不摇头，更显得高深莫测。她虽然制住了这个怕死的老鸹，短时间内算是找到了相对安全的栖身之所，但下一步应当如何行动，脑子里还是一片茫然，即便探听到了风离轩被关押的所在，以自己三脚猫的功夫去上门挑衅无疑是送死。

要是云灭在就好了，她又想到了这一点，但既然这种想法完全不现实，聪明也罢，愚蠢也罢，只能靠自己拿主意了，虽然这话实在有点难以启齿。

说不出口还是得说。她怀着豁出去了的悲壮情怀，转过身去，不让老鸹看到自己像刚蒸熟的饺子一样的脸，还要把口气放得很随意："你的手卜个是有很多……很多姑娘们？总得认识一两个帮会里的人吧。不管是和气会还是和运帮的，让她们打听一下，最近有没有抓到什么很重要的人物，尤其是羽人。你要是敢耍花招……"

话说到此处，按照云灭讲过的经验，还得撂下一点有分量的威胁，让对方不敢背后捣鬼，于是她抬起手腕，也不见做什么动作，几声脆响，房间另一个角落里的花盆凭空碎裂了。

"还是您有主意！"老鸹恨不能长出两张嘴来赞美她，"我们这样的下等人一辈子也想不出这么高明的点子！"

按照云灭对她的点评，愚者千虑，必有一得，这一次居然又让她撞上了。第二天真的得到了消息，原来风离轩果然被抓住了，抓他的是和气会的。

"听说是个很厉害的羽人！"老鸨做出神秘兮兮的样子，以此显得和眼前的女大王站在同一战线，"抓他的时候费了好大劲，听说还死了几个人呢。"

"哦？关在什么地方？"风亦雨仍然依照云灭的教诲，越是想打探什么消息，越要显得若无其事，虽然她的双手略有一点抖。

现在地点已经知道了，是不是该行动？可是怎样行动？她盘算了半天，直到夜深，最后她想：不管怎样，黑道上不是有踩点的说法吗？我好歹得去看看。于是装模作样将老鸨恐吓了一番，这才出门，循着问好的路径摸索过去，一面走一面祈祷自己千万不要迷路。

好在一切还算顺利，在拐错了两个弯之后，她终于还是到达目的地。这座黑漆漆的造船厂好似一只巨兽蹲伏在夜色里，让她不自觉地浑身发毛。云灭说了，那些看似防卫松散的地方，实则往往藏龙卧虎，轻易碰不得，眼前这个毫无声息的地方无疑符合云灭所说的状况。

她在外面兜了两圈，自认为轻手轻脚小心翼翼，但以自己的眼光实在无法看出埋伏在哪里。要说飞起来去探查一下吧，自己头脑发傻穿了一身白衣服，似乎是唯恐别人看不见；想要将心一横就硬闯进去吧，云灭老师又说了：谋定而后动，不然只能是肉包子打狗。风亦雨掂量掂量自己的分量，觉得这肉包子还不够人家一口吃的，还是不敢动。

藏在暗处发了一会儿呆，也不知是第多少遍埋怨自己实在太笨，忽然发现一个人影鬼鬼祟祟从船厂里溜出来。于是云灭老师的另一个教诲从记忆里蹦了出来："必要的时候，要看准时机捉舌头。"

"舌头？什么意思？"那时候风亦雨还听不明白。

"就是抓个人来问口供，"云灭说，"如果有实力的话，不妨分别抓两个，单独盘问，防止对方作假。我说你又不打算干我这行，打听这么多做甚？"

"我……我就是想知道你的生活是什么样的。"风亦雨怯生生地回答。

还分别抓两个呢,风亦雨想,就这一个都不知道该怎么对付。但不知怎么对付也得对付,她一咬牙,小心地慢慢向前靠近。那黑影浑然不觉,还在左顾右盼地向远处走。风亦雨瞅准时机,一下子猛扑上去,也忘了云灭老师教育她的擒拿时究竟该拿哪个部位,稀里糊涂冲着对方的脖子就伸出了手。

眼看就要得手,然而敌人比她想象中强得多,左臂一挡,右手已经反切她的咽喉,动作之迅速,她知道自己就算再练二十年也赶不上。"如果你抓不住,就得痛下杀手,不可留情。"云灭老师还有这么一句说法。而在此时此刻,她已经顾不上去思考杀人究竟对不对了,本能地伸出手腕,发动了机簧。

几声轻响从敌人身后响起,那是钢针钉在了树上,没想到这家伙反应如此之快,竟然在千钧一发之际将头一偏,躲过了这几乎不可能躲过的突袭。

完了,这救命的法宝居然都不管用了,风亦雨不知当如何应变。她向来没有急智,这一下居然忘了再发射一次,倒是对手不给她第二次机会,一把抓住她的手腕。

"差点被你弄死!"对方低声吼道,"你怎么跑这儿来了?"

风亦雨听清楚了眼前这个人的口音,然后就肆无忌惮地晕过去了。

云灭轻轻摸着面颊上的伤痕,那夸张的姿势无疑是在表达着某种愤慨,要知道风亦雨的钢针上并没有毒,这一丁点擦伤不出两天就会完全看不出痕迹。更何况,上次被胡斯归在脸上划了那么深一道口子,也没见他有什么反应。

"我哪儿知道是你,"风亦雨的头始终没敢抬起来,"我压根就不知道你在哪儿。幸好没伤着什么。"

云灭哼了一声:"就差一点了。也亏得是我,换了谁也躲不开。不过你还真敢胡来,这可一点也不像你。"

听出了一点赞许的意味，风亦雨的脑袋这才敢抬起来，脸上露出压抑已久的笑意："都是按照你以前说过的做的，就是还不到家。"

"到家？你真到家我就已经挺尸了。"云灭再哼一声，却没有继续说下去。过了半晌，他才问："你怎么会来这里？抓你的人呢？"

风亦雨一口气将事情经过讲了一遍，云灭听得若有所思："真是不简单哪！"

"是啊，"风亦雨接口说，"云州真是个不一般的地方。如果不是用那么古怪的尸爆术，恐怕风离轩也不会中招……"

云灭打断了她："我不是说风离轩，我是说你。"

"我？"风亦雨一愣。

云灭走到她面前，端详着她的脸，那目光好似屠夫杀猪前琢磨从哪里下刀一样，让她有些发毛。

"我发现我对人的认识还是不够深刻，"云灭悠悠地说，"如果不是亲耳听你说，刚才又差点挨了你几针，我还真不敢相信，你居然会混进妓院胁迫老鸨，居然会利用姑娘们打探信息，居然敢孤身一人跑出来救人，虽然没救到……"

风亦雨又忐忑不安起来，不知道云灭是不是在责备她胡闹，好在云灭像拍小狗一样拍拍她的脑袋："终于表现得像一个你们风家的人了，老子可以稍微省点心了。"

什么叫稍微省点心？风亦雨一愣，觉得这话里似乎包含着某些让人心跳加速的东西，从云灭嘴里说出来，当真是比一条狗不啃骨头还要奇怪，但她反而不敢去多想，赶忙找点别的话题："对啦，我们分手这段时间，你又去了哪儿？"

云灭似乎也意识到自己刚才说的话有点不妥，但若要去解释点什么，好像更加显得此地无银三百两，于是顺势拣紧要的也把自己这段时间的经历说了一遍。风亦雨的脸色立马就白了："别开玩笑了，风离轩怎么可能是……三百年前的人？别说羽人了，不管是人类、夸父还是河络什么的，没听说过能活过一百二十岁的。而且他看起来，只是个中年人而已啊！"

"兴许是僵尸复活呢，"云灭一副无所谓的样子，"横竖从云州出来的东西都不正常。看起来，对云州感兴趣的绝不止一家两家啊！这次组织挑起本地帮会的大火并，彻底禁绝了和镇的海运。但是连官府对此都无能为力，可想而知组织的势力。所以我故意挑衅，故意被抓，想要打探点情况。"

风亦雨恍然大悟："原来他们告诉我的都是真话，不过被抓住的羽人不是风离轩，而是你。那风离轩哪儿去了？"

风离轩哪儿去了？这个问题无疑有人比风亦雨更为迫切地想知道答案。和镇的海运全面瘫痪，谁也无法从海上离开，两个帮会的斗殴也逐渐升级。云灭、风亦雨两人鬼鬼祟祟地在城里流窜，发现不明身份的高手越来越多，可想而知风离轩还没有落网，也并没有找到尸首，而组织也越来越着急。

"风离轩到底给过你什么暗示没有？"云灭忽然想到，"你们分开时，他说了些什么？"

"这……"风亦雨好不踌躇。那时候风离轩的确和她说过："要么想办法活下去，要么就再也见不到你想要见的人了。"但这话如何能向云灭说出口？只好跳过这句，汇报下一句："他说如果见到他还活着，就远远离开和镇，越远越好。"

"如果他还活着……越远越好……"云灭重复了一遍，忽然精神一振，"这老家伙，肯定想要在和镇弄出点什么大名堂。"

风亦雨大惊："那会不会和淮安城一样？"

"当然不会，"云灭毫不犹豫地回答，"风离轩的地位在胡斯归之上，他如果真想制造点什么事件的话，一定比淮安城那一桩要大得多。"

风亦雨看起来快要晕过去了："那你怎么看上去那么……那么高兴？"

"我本质上并不是个爱看热闹的人，但出于职业习惯，只有热闹的场面才能浑水摸鱼。"云灭轻松地说，"越热闹越好。"

"我觉得一点也不好！"风亦雨呻吟着说。

但到了这一天的黄昏时分，连风亦雨也隐隐有点盼望能看到风离轩制造出的"热闹"了。当时两人来到和镇西端一处还算热闹的市集时，看到一根高高的木桩竖立起来，上面吊着三具尸体——正是跟随在风离轩身边的那三个人。

那个僵尸模样的中年人手足全被打断了，不知道敌人用了什么法子；擅长用毒的女人皮肤都溃烂了，无疑是中了更厉害的毒；至于一直蒙着面的羽人，这时候面巾被摘除，能看出原本是个很年轻的小伙子，难怪招式虽精，功力却不纯。

这些人都曾和云灭交手，还杀死了龙渊阁的两名书生，于他而言，或许算是敌人，但对于风亦雨而言，这些人似乎都不太坏。和他们相处了很长一段时间，虽然远谈不上感情深厚，但也并不像仇敌一般针锋相对。熟了之后，甚至偶尔还能交流几句。

"你的情人功夫很厉害啊，"那个年轻的羽人最令风亦雨有好感，因为他开口夸赞了云灭，"我一向自以为我的鹤雪术练得很到家，和他一比，却根本算不得什么。"

但现在，这三个人全死了，而且还被曝尸，显然是要利用他们的尸体引风离轩出来。

"那家伙会出来吗，以你对他的了解？"云灭问。

风亦雨沉默了许久，最后说："你知道我很笨，不怎么会揣摩别人的心思，但我觉得，他的心里……其实还是有着很强烈的感情吧。"

"那样的话，这里的麻烦真的会比淮安的更大。"云灭事不关己地说。

不过麻烦在第二天暂时没有到来，倒是正午的时候，两大帮会的第一次正式交锋在码头展开了。云灭事先将风亦雨带到准备好的船上，找了个隐蔽的地方躲将起来，一面看一面偶尔评点两句："看到了吗？那几个人的功夫，一看就是组织里渗透进去的。他们不会互相动手的，而是把两边帮会不大容易收服的干将都杀掉，这样回头吞并他们就会很容易。"

风亦雨轻轻叹气："你们说起杀人来，都是这样无动于衷的吗？"

"我见过比这大得多的场面，"辛言抢着回答，"别看这里人多，都是一帮乌合之众，要是放在战争年代，恐怕还挡不住一次冲锋。"

风亦雨双目半闭："对我来说，死一百人和死一个，没什么大的区别。"

在她的眼前，是原本货物堆积如山的码头。由于海运停止了，所有的货物都运不出去，只能停放在那里。如今货物像变戏法一般消失不见，码头上除了相互以命搏杀的人之外，什么都没有。这些人多数武艺并不高强，有些甚至可能比自己还差，所以用那样的招数去杀人或是找死，下场更加触目惊心。

她看到一个年纪和自己相仿的年轻人，动作有些笨拙，在一群人的包围中显得茫然无措。他的身上已经有多处伤口，鲜血淋漓，却在这样血肉横飞的环境中吓得迷糊了，不知道躲闪。风亦雨看着那副可怜相，就想要冲出去救他，但还没等她考虑清楚这样做的危害性，一把斧子已经将年轻人的头颅劈成了两半。她立即转过身，猛烈地呕吐起来，心里却想起了自己当年学武的时候如何遭受同族们白眼的往事。

那一瞬间她忽然发现，自己总觉得生在一个声名显赫的名门望族是多么多么不幸的事情，这样的想法是何其浅薄啊！那些白眼，那些挖苦讥讽，无论如何总杀不死人，自己还是能衣食无忧地活着，身上带着一两样寻常人一辈子都见不到的宝贝，还有族长令能在关键时刻召唤援兵。然而那些生活在下层甚至底层的人，却完全没有选择，也许一次再普通不过的街头斗殴，就能让一个脆弱的生命不复存在。

她不再看下去，抱着膝坐在甲板上，思考着这些大概永远也想不清楚的乱糟糟的事情。耳听得外面喊杀声渐渐止息，只剩下垂死者的挣扎呻吟声。云灭拍拍她的肩膀："结束了。死了一群中低级的帮众和高级一点的刺头，按照组织的行事效率，两天之内，这两个帮会就会归并到一起。到那个时候，全部力量都会集中起来寻找风离轩。我估计，那大概就会是麻烦的开端。"

对于和镇而言，这是充满了厮杀与血腥的一天，不只是风亦雨，即便是帮会内部的人，一想到白天发生的事情也会觉得心惊胆战。譬如和运帮的小头目张虎，就在这一场火并后下定决心脱离帮会。

然而他也很清楚帮会里的规矩，一日入会，终生不可叛帮，否则便会招来杀身之祸。于是他决定悄悄地溜走，趁着眼下混乱时期管束不严，赶紧跑得远远的。他选在深夜的时候，收拾好行李，悄悄往城东跑，打算从那里离开和镇，去往幻象森林。一路上草木皆兵，听到点风吹草动就怕得不行，花了大半夜时间也没走出多远，其实仔细想想就会明白，谁会费那么大力气去和一个无足轻重的小杂碎为难，世上的事情多半是自己吓唬自己。

来到一处小树林时，张虎意外地发现树林中跳动着一点火光。他唯恐其中有埋伏，小心谨慎地绕开，却隐隐听到从火光处传来说话的声音。

"一定要这么做吗？"那是一个男人带着痛楚的声音，"一口气把几百号人都干掉，这可是个大场面。"

"你的毛病始终就是太软弱。"另一个声音说。这声音混浊刺耳，仿佛是从一个巨大的空洞中传来一样，其中隐含着一种无法言说的冷酷。

"这不是心软的问题，我不会在意无关者的生死。我会把该处理的处理掉，该带回去的带回去，这是我答应过你的，"男人继续说，"但除此之外，我不想把事情做得过于张扬，淮安那件事情恐怕已经引起很多人怀疑了。"

"正因为如此，才必须把这批人全部灭口！"另一个声音依旧刺耳，语气却坚定而不容抗拒，"死几个人是小事，关键是这帮人已经知道了我们的存在，并且都在觊觎云州的秘密，那是绝不容许的。既然现在他们都聚集在了和镇，那就是最好的机会，我要让他们全部消失，尤其是胡斯归，这样才能永葆我们的秘密不会泄露。"

"我并不怕他们胡乱猜测，但是胡斯归是知情者，他和他所投靠的人，都是必须拔除的眼中钉。"

云州的秘密？这一下张虎的好奇心可无法遏制了。他蹑手蹑脚地靠近，偷偷瞟了一眼，这一眼差点让他吓破胆。

他看到一个男人盘膝坐在火堆旁，右手抚着自己的头顶，坐姿无比奇怪。在那人的身前，火堆正在熊熊燃烧，火光高炽，其中赫然有一小片火焰呈现出碧绿的颜色，形成一个人头的形状。那人头在轻微晃动，从中发出了说话的声音，男人正是在和这火焰中的碧绿人头讲话。更加诡异的是，那片绿色的火焰从火堆中延伸出来，绿幽幽的火苗包围了男人的全身，却并没有任何烧灼的痕迹或者焦煳的气味，仿佛人与火焰已经融为一体。在墨黑的夜色中，这幅场景简直就像是噩梦。

鬼！这是张虎的第一个反应。他虽然极力克制，还是忍不住惊呼了一声，刚喊出口，他就知道坏了。那男人已经发现了他的存在，放下右手，远远地虚空一抓，一股大力登时将他抓了过去。也不见对方再做什么动作，他已经全身麻痹，动弹不得。

男人目光中的杀意让他知道自己活不长了。身子僵硬地倒在地上时，张虎看清了火焰中那张碧绿的脸，然后他的精神完全崩溃了。在这样一个寂静的夜里，他最后的惨叫声显得那么凄厉，那么响亮。

第十七章
历史的缩影

从众多高手匆忙的行迹中，云灭判断出有事发生。而眼看着大批帮众被迅速调集起来，连风亦雨都猜到了点什么。

"一定是风离轩被发现了！"她说。

云灭点点头："多半是了。只有这家伙才有这样的价值，能出动那么多人手。组织如果要对付我，最多二十来个一流高手也就差不多了。"他的语声中竟然隐隐有点嫉妒。

辛言笑了："要是换成我，连你的四分之一都达不到呢，你就知足吧。"

"这也算是你们男人的光荣吗？"风亦雨觉得不可理喻。云灭和辛言手脚麻利，很快收拾掉三个普通帮众，扒下他们的衣服，三人改装混进去。好在此时两大帮会刚刚被组织整合起来，其中之人多半不熟，一时间倒也不露破绽。

听旁人的只言片语，风离轩这不要命的家伙居然在清晨时分大模大样出现在和镇街头，当然是立即被发现了。此人看来是存心挑衅，当场格杀了七名高手，然后不紧不慢地逃往东北方向。

"很像是在北陆狩猎的情景啊，"辛言感叹说，"猎人们追逐着猎物，决不放过，猎物则用尽全力地奔逃。啊，我忘了你们羽人不怎么吃肉，这样大规模的狩猎也许很少见吧。"

"要我混在一大帮子人里面去对付一个猎物，这样的事情我也做不出来。"云灭傲然回答。

这次的猎物很奇怪，虽然奔逃，却并没有用尽全力，好像是唯恐猎手们跟不上他的脚步。但他的确脚力不凡，让你能看到他的影子，却偏偏捞不到一片衣角。这同时又是绝不能放过的一头猎物，在他的身上，或许藏着打开云州大门的关键。这一点，胡斯归知道得很清楚，老板想必也很清楚。

"我仔细看了，始终没有发现胡斯归的踪影，"云灭说，"这家伙躲藏得很好。"

"这样一个人，老板会信任吗？"辛言问。

"当然不会，他不会信任胡斯归，胡斯归也绝不是诚意投靠，双方彼此心照不宣，"云灭说，"重要的是目前大家都还互相有利用价值。所以他们一定会通力合作，先把风离轩解决了，然后再来看谁能吞掉谁……我们这是到哪儿了？"

他忽然放缓了脚步，辛言和气喘吁吁的风亦雨也慢了下来。眼前出现了一片高大浓密的森林，其中的树木异常高大挺拔，枝叶繁茂，树干上缠满了粗大的藤蔓，看来已经很有些年头了。风离轩逃进去了，人们也都追了进去。

"是幻象森林吧？"辛言说，"我们来的时候，路过了这里。"

云灭摇头："我没有记错的话，我们路过幻象森林之后，再到和镇的边缘，花了大约一天的时间，而现在，我们从城中出发，不断兜圈子，也不过追了有半天工夫，应该还不到森林呢。"

辛言糊涂了："那这片森林是从哪儿冒出来的？看上去根本望不到边际啊！"

"这也是我想知道的问题，"云灭握住了弓，"小心点，这森林很邪门。"

风亦雨犹豫了一下，插嘴说："我听父亲讲过，我们羽族有一项已经失传许久的高深秘术——利用星辰的力量，可以在一夜之间生长出高大的森林，用来掩护我们羽人作战。"

"不大像，"辛言皱皱眉头，"我的秘术功夫虽然不怎么样，但是常年坚持练习，也算不得太差，况且我一直在训练自己对秘术的敏感度，以便关键时刻可以及时从秘术大家手中逃命。但在这座森林里，我感觉不到一丁点秘术的气息，倒是有另外一种古怪的味道，让我浑身都不舒服。"

云灭也皱起了眉头。他知道，所谓"我的秘术功夫虽然不怎么样"不过是套话，眼前这个多嘴多舌的、完全不像能静下心来锻炼精神力的家伙实际上是个一流的秘术师。如果连他都感觉不到，那这座森林就真的应该不是用秘术制造出来的了。

辛言来到一棵树旁，削下一片树皮仔细看看，又蹲下身拾起一片树叶，脸上的表情更加困惑："这种树……我从来没在龙渊阁的植物图谱里见到过。这种藤蔓我也没有见过。"

一股浓重的不安在两人心头涌起，空气中充满了危险的征兆，他们却看不出这危险来自何方。风亦雨则茫然地站在一旁，抬头看着这些参天巨木。如果在宁州，至少要一百年以上，才能形成这样的一片森林。难道它们真的都是一夜之间长出来的？

云灭忽然吸了吸鼻子："什么味道？"

辛言也发觉了："从树林里飘出来的，很奇怪，就像是……"他的神情忽然间变得凝重起来，"就像是那些弄蛇者用来指挥蛇虫的药粉。我们快退！"

三人赶忙后退，离开了这片森林。还没走出多远，就听到森林中传来一阵怪响，回头望去，那些长长的藤蔓忽地动了起来，离开了树身，随即在树干之间交错缠绕。

"它们还在伸展！"风亦雨喊道。果然，藤蔓仿佛是在无穷无尽地伸展，很快就将整座森林牢牢包围起来，几乎不留什么缝隙。那几百人，已经全部被困在了森林里。

云灭轻笑一声，往地上一坐，俨然是一副坐山观虎斗的嘴脸。辛言想到，要不是云灭发现这座森林出现得古怪，只怕此刻他们已经成为瓮中之鳖，无路可逃。他越想越后怕，表面上却还要强作镇定："我们开个赌局吧，赌一赌里面的人会被哪种方式杀死。"

"不管哪一种，不要发生在我们身上就行，"云灭不紧不慢地说，"杀人的方法纵然有千百种，结局终归是一样的。还有你……"他头也不抬地把手指向风亦雨，"千万别叫我去救人，我不是慈善工作者。"

欲言又止的风亦雨叹了口气，索性也跟着在地上坐了下来。她不无担心地听着森林里的种种奇异响动，嘴里喃喃说道："像这样看着人死，真的是一件很开心的事情吗？"

被困在森林里的人是不会知道外面的人是否开心的——他们知道自己很不开心就行了。这片森林突然间像发疯了一样，伸出似乎无限长的藤蔓，将所有人都围在了当中。最让人觉得心里没底的是，藤蔓还在不断地延伸，这样下去，岂不是大家都要被挤成肉饼？而风离轩此刻影踪全无，他们反而顾不上关心了。

一名帮众首先沉不住气了。他拔出刀来，向着眼前张牙舞爪的藤蔓全力劈将下去，心中已经存了估计斩之不动的念头。不料这藤蔓其实甚为柔软，一刀下去，当即断为两截。

"没什么了不起的！"他宣布说，"一刀就能砍断。"

不远处有人轻声嘀咕了一句："你完了。"

他很愤怒地扭过头，想要找到说话的人，但就在这时，他耳边响起了另外一个声音。从那根藤蔓的断口处，忽然间喷出一股绿色的汁液，溅到了他的头脸上。还没等明白过来发生了什么，他就已经感觉到了一阵无法忍受的剧痛。这个打架时被人连捅十余刀都不会哼一声的凶徒，此刻却痛得高声惨号，在地上不断翻滚。不久之后，他的身体逐渐不动了。

人们都被眼前的情景惊呆了。汁液沾在那个人的身上，迅速腐蚀了他的皮肤与血肉，露出白生生的骨头，很快连骨头也溶解掉了。直到他的半个身体都消失了，这种腐蚀才停止下来。在场的虽然都是杀人不眨眼的凶徒，看到这一幕场景还是禁不住毛骨悚然。几个已经准备要从藤蔓中砍出一条路的帮众慌忙住手，所有人都不知所措。

但不采取行动又不行，这些藤蔓的生长速度是如此之快，如果不想办法铲除掉，用不了多久，这片森林中的广大空间就会被完全填满，到那时候——恐怕就剩不下一丁点地方给人了。

"怎么样啊，东陆人？"风离轩的声音忽然从林中传来。自从进入森林后，他就好像蒸发了一般，现在听到声音，却是忽远忽近、飘移不定，让人无法弄清他的方位。

"好好享受吧，"风离轩说，口气冷得像冰，却有一种掩饰不住的残酷的快意，"这座森林并没有什么难出去的，稍微动动脑子，你们就出得去。只不过，就看谁有这个好运气了。"

林外的三人也听到了这声音。风亦雨疑惑地说："这是他的声音，但又好像不是……"

云灭看她一眼，知道她听风离轩说话不少，既然这么说了，其中必然有古怪。风亦雨解释说："风离轩平日里虽然也时常杀人，但只是有人妨碍他的时候才杀，说话的时候语气一向还是平和的。但这个人……这个人的口吻，就好像……好像……"

她一时找不出合适的语句，憋了半天才说："就好像那时候胡斯归说，淮安城的人都死掉他也不在乎一样。总之……总之不大对头！"

"这可有点意思，"云灭站了起来，"我们来看看它的古怪在何处吧。"他搭上一支箭，射了出去，那支箭射断了三根纠缠在一起的粗藤，随即从那断口中猛烈地喷射出了汁液，箭矢顷刻间被化得干干净净。

"好厉害，"辛言说，"这片森林和这种藤蔓，似乎是一体共生的，肯定又是从云州带来的古怪玩意儿。唉，我突然间都想到那地方去看看了，神秘未知的事物对我们这样的人而言，真是致命的诱惑。"

这话要是被森林里的人听到多半要气死。他们可感受不到什么诱惑，摆在眼前的只有致命威胁。已经有几个倒霉蛋不慎被藤蔓卷住了，他们还没来得及叫出声来，浑身的骨头就已经被缠碎了。看来不能久拖，必须速战速决。

黑帮分子们感受到了死亡将至的恐惧。一个人在争斗中被砍死是一回事，几百号人被奇怪的藤蔓活生生挤死，光是想想就足够让人郁闷的。

在场有带了火刀火石的，试图用火攻，但换来的是更为剧烈的毒汁飞溅；又有带了毒药的，想尝试着毒杀这些藤蔓，也是毫无效果。组织的几名高手中也有秘术师，悄悄地试验了几种秘术，然而这些藤蔓好像对秘术也免疫。

在一片抱怨、叹息、喝骂声中，一个矮胖子不声不响地钻了出来。他小心地翻看了最先被毒液杀死的那个人的尸体，忽然间从身上拔出刀来，将那人的手砍了下去。

"喂，你干什么？！"身旁一人似乎是死者的好友，见到他如此作践死者，冲上来就是一拳。但那胖子虽然身材臃肿，动作倒是蛮迅速，轻轻一晃就闪开了。

"人都死了，为什么不让他发挥一点用处呢？"胖子冷冷地说，"除非你想我们大伙全都死在这里。"

那人本来第二拳已经挥出，听了这句话硬生生收住拳势，有点期待地看了胖子一眼，嘴里兀自嘀咕不休。胖子也不理睬他，趁着断手处还在流血，将血涂抹在了自己身前的藤蔓上。令人意想不到的事情发生了，那根藤蔓猛地卷住了那断手，似乎鲜血中有什么吸引它的东西，但刚一接触到鲜血，便立即枯萎坏死，化成碎片跌落在地上。胖子踏上一脚，那些碎片被踩成了粉末，这一次却并没有剧毒汁液流出来。

胖子指着地上的尸体高声说："这种毒液腐蚀性极强，但是并不能把一具尸体化完，我就猜到有什么东西对它有所克制，现在明白了，是人的鲜血！"

总算有东西能发挥点用处了。人们先是精神一振，但随即反应过来：到哪儿去弄那么多鲜血？至于这种毒藤既然遇到鲜血就立即枯死，却为什么会对鲜血如此贪婪，一时间也没人顾得上去想。

这片森林从一开始就寂静得可怕，没有见到任何鸟兽，现在这里面能贡献出血的生物，只有人了。这些人中，人族占大多数，其中华族人比蛮族人多一些，还有少部分羽人，以及寥寥可数的几名河络与夸父。这样的比例，倒是基本上符合和平年代一座人类城市的构成。

"你们很聪明，找到了方法，"风离轩冷酷的声音又响起来了，"但是光有想法没用，还得赶快行动啊！以这些地阴藤的生长速度，你们还剩不到两个对时。

"要是不抓紧时间的话，地阴藤越来越多，恐怕杀光你们所有人，血都不够用。"

说完这两句话，他的声音又消失了。森林外的辛言听完了这番话，脸上的表情说不清是惋惜还是高兴："果然够邪门，要用人的鲜血……我没有猜错的话，大概一场乱斗会开始了。"

"乱斗？"云灭的眉毛轻轻一扬，"我不这么认为。在我看来……接下来的场面绝对是你们龙渊阁的人应该观摩学习的。"

"那会是一场九州历史的完美缩影。"他的语气中没有半点开玩笑的成分。

被困在森林中的人，有过去分属两大帮会、如今刚刚被归并在一处的本地帮众，也有组织直接派出的数十名职业杀手。但在这一时刻，这一注定将会相互屠戮的时刻，他们并没有按照这样的势力划分相互扎堆。

仿佛是在突然之间，所有华族人都聚到了一起，蛮族人也紧接着彼此靠拢。华族人人数最多，足足有一百多个；离他们最近的蛮族略少，大约有八九十人。双方估摸了一下对方的实力，并没有轻举妄动，而是将视线投向了另外几个种族的人。

相比之下，羽人、河络和夸父的族群明显势单力薄。他们对望了几眼，似乎是有默契般地站在了一起，尽管如此，他们加在一起也不到四十人，比之人类少了太多。几乎没有任何语言，也没有其他形式的交流，阵营就这样在一刹那划定完毕。

正如云灭所言，这算得上是九州历史的某种缩影：在战争年月里，人类始终是所有种族的死敌，即便偶尔有联盟，回头多半也会过河拆桥。此时此刻，这座森林里就是一场小小的战争的浓缩，几个为了生存而拼争的弱势种族即便是经过了数百年和平岁月的麻醉，仍然在本能的驱使下选择联合对抗人类。

三群人各自分开，一面低声商议着策略，一面虎视眈眈地对峙着。但这样的对峙注定不能持续太久，因为还有剧毒的藤蔓对所有人虎视眈眈，必须要速战速决，这就好比历史上的某某某年，九州大陆发生大面积饥荒，不对别人开战就没饭吃。

人数较少的羽人、夸父一方神情紧张，全力戒备着对方可能的发难，却忽略了身后的地阴藤。一名河络不小心踩到了一根毒藤，双脚立即被紧紧缠住。他惊呼一声，同伴们禁不住回头去看他。在这一刹那的分神后，人族已经发难，十余支箭向着那倒霉的河络射了过去。

在己方人数居于劣势的情况下，少一个都是损失，动作最快的羽人们赶忙去救护那名队友。然而就在这一时刻，仅有的两名夸父忽然怒吼一声，双手各自捂住了眼睛，鲜血慢慢从指缝中流了出来。这才是人类真正的攻击点——先除掉最难对付的夸父，之前佯攻河络不过是诱饵。如今夸父的眼睛都已经被微小的暗器打瞎了，战斗力大损，对方更可以无所顾忌了。

羽人们的弓箭仍然十分神准，然而弓箭是一种在远距离才能发挥威力的兵器，每个人最多射出两箭，敌人就已逼到了鼻子跟前。要论近身肉搏，除了云灭这样的异类，大多数羽人比之人类都不过是一盘小菜。至于河络，缺少了将风，缺少了各种器械，论打架就更加不敌了。一片血肉横飞过后，地上添了三十来具尸体，只有两个瞎了眼睛的夸父还在拼力死战。但眼睛看不到，空有一身神力也无处施展。战不多时，一名夸父身上已经布满了伤口，终于支撑不住而倒下；另一名脚步错乱，被地阴藤卷住了，他慌忙中挥起斧头，不假思索地砍了下去，随后在面部无法忍受的灼痛中轰然倒地。

在森林外的几个人看来，再也没有比这座森林更古怪的东西了——它就像一个巨型的戏班大棚，那些藤蔓就是棚壁，把整座森林围得密不透风，而从森林中不断飘出来的喊杀声与垂死的哀号声更让它充满了凶险的气氛。

"这就像是一块试验田啊，"辛言忽然说，"如果有一个观察者藏身于这座森林中，完全理智地记录事态的变迁……会不会很有意思呢？也许他真能看出历史演变的轨迹？"

那股学者的气质又回到了他身上。他嘴里不断地絮絮叨叨，与其说是在向身边的两个人诉说，倒不如说是完全忽略了他人的存在，只顾自言自语。

"龙渊阁的历史记录很完备，"他喃喃自语着，"太过完备了，完备到所有人的眼睛都被蒙住了。我们掌握着一切的细节，却看不到整体，更无法从整体中解剖出规律来。也许我们记录了上千年，却还不如把一群逼上绝境的人在毒藤林里关上半天呢。"

"我真后悔为什么没有跟进去。"他最后真心实意地总结说。

云灭低声对风亦雨耳语说："我随口那么一句，这傻子还当真了。读书人统统无可救药。"

"啊？"风亦雨一脸茫然。

第十八章
毒蛇的苏醒

　　如果是在真实的历史背景中，无论夸父族、河络族还是羽族，即便在某些重大战役中失败，仍然可以依靠着各自的地利保存实力，等待东山再起。然而在这座森林中，不存在这样的条件，因此说这场小规模的血腥战斗是所谓历史的缩影，大概也并不确切——至少目前已经有三个种族的人死光了。

　　于是只剩下了人类，华族人数较多，而且善于在战斗中保护自己，挂彩的多半都是蛮族人。在收拾掉其他种族后，华族和蛮族的两拨人很有默契地分散开。其实单从外表来看，经过多年的通婚同化，已经很难严格区分出谁是华族谁是蛮族了，但他们仍然固执地以此为阵营。

　　"地阴藤还在扩散啊，而死人的血会慢慢凝固，到时候就没法用了。"不知藏身于何处的风离轩又抛下这么一句。这话的效果是显而易见的，蛮族人相互打个眼色，嘴里呼喊着冲了上去。要知道华族中藏有秘术师，若不赶在他们施术前速战速决，情况会更糟。

　　双方迅速混战在一起。在这样狭小的空间中，没有战术、没有阵形、没有相互应援，有的只是以命搏命的砍杀。勇悍的蛮族人虽然人数少，却丝毫不落下风，他们每砍出一刀，嘴里都会大喝一声，以助声势，而自己身上受了伤却绝不会哼一声。但华族人也发了狠，在这生死攸关的时刻，所有战士都不敢后退一步，他们死死挡住蛮族的冲击，为身后的秘术师蓄势争取时间。

他们做到了。突然之间，一道耀眼的火光亮起，冲在最前方的两名蛮族战士整个身体都燃烧了起来。那是郁非秘术的效果。紧接着岁正、亘白、印池，不同的秘术开始施展出来，给予了蛮族人巨大的杀伤。蛮族人发现了问题，试图冲开防线，直接攻击秘术师，但华族人明白这是取胜的关键，决不避让。一片刀光剑影中，不断地有人倒下。

　　战斗到了此时，随着人数的不断减少，个人的强弱慢慢开始展现。现在还能屹立不倒的，大多是组织内的精英，可见组织为了得到风离轩所下的血本。可惜按照组织的行事方式，这些一流杀手之间基本上互相不认识，也只能自相残杀。

　　这些高手并不知道，组织的真正首领——"老板"此时也正在这片死亡森林之中。他混在那几名秘术师当中，眼看着情势急转直下，却也无可奈何。他所能做的，只能是尽量用秘术将自己手下的杀手们都击昏，以期保存实力。

　　这时候他体会到了，自己选择的这一条路或许是错误的。为了复兴那个沉寂已久的、曾经几乎将整个九州大地都玩弄于股掌之间的古老教派，他曾多方苦思良策。在如今这样的和平年代，他的教派和天驱一样，都被列为绝对的禁忌，而坐享平安的国君们，在远离战火的暖风吹拂中早已失却了狮子的雄心。想要说动他们为己所用，以整个国家的命运为赌注来打破这种死水一样的平衡，几乎是不可能的。

　　最终他只能尝试着自己来构建一股全新的势力，那就是组织。在经过了十余年的苦心经营后，组织已经粗具规模，甚至比当年的教派更加强大。这是一颗深植于国家内部的毒瘤，一旦时机成熟，就可以将毒性扩散出去。

　　然而到了眼下这个地步，他才发现自己错得厉害，这并不是因为自身被困在这片森林中。这件事只是一个意外，即便手下网罗的杀手们在这一役中全数报销，他也能想办法找到更多人来填补这些空缺。不，重要的不在此处，让他心里一沉的是，在这种极端的环境下，他完全没有能力去约束这些人。而在千百年前那些辉煌的岁月里，教宗的一个死亡命令，往往是教众梦寐以求的最崇高的荣耀。

利益的驱动，永远比不上人心真正的臣服，老板想。将宗教的力量完全隐藏于幕后，是他一个极其大胆的尝试，但现在看来，这种做法的弊端可能是致命的。在常规条件下，类似组织这样的形式能迅速积累力量，但这样的力量流失起来也快，面对死亡的威胁和种族的隔阂，它几乎会瞬间崩溃。只有对神毫无保留的信仰与热爱，才能保证忠诚。

想到这里，他微微叹息一声，下手不再容情，只想早点解决掉眼前的敌人，离开这鬼地方。以他的秘术功力，在这片大陆上大概没有任何人能拦得住他。他与其他秘术师站在一起，看起来毫不起眼，也并无特殊的动作，但蛮族战士们倒下的速度突然间加倍了。

对于华族战士而言，他们只是听到了一声声轻微的爆裂声，就像是柴堆里爆出的微小火星，但蛮族人却感到自己的耳膜中一声轰然巨响，声音一直冲击到他们的脑子里，让人完全无法抵御。那是气爆术，将蛮族人耳中的空气在一瞬间压缩随即炸开，脆弱的耳膜当即破裂，那是任何人都不能承受的巨大痛苦。

蛮族人发现了问题，情急之间却攻不到秘术师们面前。华族战士近乎完美地为秘术师们创造了出手的时机。虽然蛮族人一个个都是那样顽强不屈，但当无法靠近进攻时，秘术师就是他们最大的克星。

当最后一个蛮族人的头颅被砍下来时，华族还剩下三十来人。他们顾不得说话，也顾不得庆幸，十分默契地将一具具横陈的尸体拖到藤蔓旁。不用他们自己开始取血，那毒藤自己就循着血液的气味伸展过来，将尸体卷走，然后在沾到鲜血之后快速地枯萎、死亡，将生命的空间一点点让出来。

这些人虽然大都是杀人不眨眼的角色，但像这样血淋淋地作践尸体，却还是第一次。虽然不必自己亲手去将血管割开，但当鲜血与毒汁混合发出一种细微而古怪的嘶嘶声时，几乎所有人都有手脚发软的感觉，个别的已经忍不住呕吐了。老板却丝毫不受影响，只是注意到了一个很麻烦的问题：风离轩并没有说谎，地阴藤生长非常快，方才的那一番血腥厮杀。其实前后耗时并不超过半个对时，但藤蔓又生得更加浓密了，而已死的人的血液，已经有不少从伤口流出渗入到地下。

他估计了一下形势，仍旧不动声色，眼看着一具具尸体被地阴藤卷走，通道一点点被清出来。果然不出所料，到了最后一具尸体被投入之后，仍然有少量的藤蔓纠结于面前——血还不够多。

剩余的华族人犹豫地相互看了几眼。倒不是这帮亡命徒刚刚并肩作战过因而不忍心拔刀相向，纯粹是因为此刻所有人都已筋疲力尽，动起手来胜负难料。然而不动手的话，地阴藤还会继续生长，那时候杀光所有人都不管用了。

一个天生巨力的秃子首先忍不住了。他估算着此时所有人的体力都几乎耗尽，脚步动作会慢出许多，那么自己的力气会占点优势，因此索性抢先动手，抡起手中的斧子，向着离自己最近的一个黑衣男子砍去。

黑衣男子急忙举剑招架，但他的手刚刚举到胸口，却突然间觉得背心微微一麻，随即全身都麻痹了，动弹不得，眼睁睁看着利斧落下，重重劈在他的肩膀上。直到痛得晕倒，他都不知道发生了什么事。

秃子看来头脑简单，不假思索地又攻向下一个对手，而同样的事情再次发生，转眼之间，已经有三个人伤在他手下。老板冷眼旁观，发现每一次在那秃子出手的时候，都有一个人的手微微地动了动。

是那个胖子，最早发现鲜血的秘密的那个胖子。这个人不但在惨烈的搏杀中活了下来，而且看上去神情相当悠闲，和其他人既疲乏又恐惧的样子大不相同。他假借着秃子的手，不声不响地又干掉了几个人，最重要的是，将一场新的也是最后的战斗挑了起来。

老板要自保自然轻而易举，但他开始留意起胖子的举动。与他肥大的身躯极不相称，胖子的动作敏捷异常，并且总是想方设法吸引他人互搏，自己则逃出战圈。与此同时，他仍在悄悄施放着那无形无踪的暗器。

新的尸体投了过去，终于，眼前打开了一道缝隙，眼看着就能离开这鬼地方了。众人停止了厮杀，开始疯狂地向着出口处奔去，他们担心要是晚了一步，那剧毒的藤蔓又会重新生长起来。但老板和那胖子却并不着急，不慌不忙地跟在众人身后，落在了后面。当其他人都已经冲到森林边缘时，两人禁不住对望了一眼，眼神中一半是惺惺相惜的佩服，一半则是警惕的杀意。

他们的判断是正确的。当第一个人的脚眼看就要踏上林外土地的一瞬间，从密林深处忽然传来一声哨音，那是一个信号，通道两旁的藤蔓突然间爆裂开来，毒液如雨点般倾盆而下，冲在前方的人无一幸免，身上全部被毒液击中。当惨号声止息时，只剩下两个人还活着。

正是老板和胖子。在危险来临时，两人选择了相同的方式，分别抓住自己身前的人，用他来抵挡毒液。

"他们出来了，"风亦雨叫道，"好像还有两个人活着。"

"那这两个人一定是最不简单的，"辛言说，"能坚持到最后活下来，而且看上去几乎没什么伤。"

三人连忙隐藏起来。云灭打量了那两人好一会儿，哑然失笑："怪不得我怎么也找不到胡斯归在哪儿呢，他已经回复到了以前的肥胖体形，脸都胖得和以前不一样了。"

风亦雨仔细看了看，那张肥脸的轮廓还真有点像胡斯归，但身旁的那个人就没人认识了。那是一个相貌清癯的中年人，经过这么一场恶战，他身上连一丁点血迹都没沾上，那一袭白袍俨然带着点一尘不染的架势。

辛言面色凝重："大家藏好了，千万不要和那个穿白衣服的动手。"

"为什么？"风亦雨问。

"这个人的精神力之强，我再练五十年只怕也赶不上。"

风亦雨很紧张："有那么厉害？"

"说不定比我能感受到的还要厉害，"辛言苦笑一声，"如果你不把全部注意力都放到他身上，你甚至压根什么都察觉不到。但一旦捕捉到了，就仿佛有一座大山悬在你的头上，那种压力……足以让人喘不过气来。组织里怎么会有这样的高手存在？"

"那就只有一种解释了呗，"云灭漫不经心地说，"这大概只能是组织的头儿——'老板'本人了。"

老板和胡斯归对面而立时，风亦雨心里蛮希望两人打起来，但出门在江湖上混了这些日子，她心里也清楚，那种奸猾似鬼的角色，若无绝对把握，绝不会莫名其妙地树敌。

果然两人只是脸上带着不可捉摸的笑意，对视了一会儿，老板先开口："能在这样的情况下活下来，你大概就是向我们通报情况的胡斯归胡先生吧。"

"幸会幸会，"胡斯归说，"没想到能见到老板本人。"

"不必那么紧张，我很欣赏你，杀了你对我没什么好处，我不会向你出手的。"

胡斯归笑笑："而且我们还有一个共同的敌人要对付，对吗？"

老板微微摇头："共同的敌人不假，但却用不着共同对付，也许凭你一个人就能收拾了他呢。"

胡斯归听出了对方话语中讥诮的意味，脸上笑意更浓："是啊，要是我一个人就能打发，你正好省了力气。"

老板抬颔示意："那就看我们这位朋友愿不愿意让我们省力气吧。"

胡斯归回过头去，正看见风离轩从林中走出来，他的脸色变了变，但随即恢复到那副皮笑肉不笑的神情："真没想到，这样都没有杀死你，还让你布了这么一个局。这种毒藤，连我都没见过。"

远远望去，风离轩大步流星，神色如常，丝毫看不出中毒的样子，云灭却感到有些不对。他发现此人走路的步伐虽快，却显得僵硬而不自然，倒似一个提线木偶一般，在被人操纵着行动。

"很像是行尸啊，"辛言皱着眉头说，"行尸走起路来才这种姿态。但他又并不是死人，身上显然有活气。"

这个很像行尸的活人站到了胡斯归身前，打量了他一阵子，叹气说："胡胖子，还是这个形象看着顺眼。你本来就是个挺好看的胖子，一下子弄得那么瘦，我还真不习惯。"

这原本只是仇人相见一句寻常的招呼，胡斯归却猛然间浑身一震。此时他背对着云灭等三人，云灭看不到他的脸上是何等表情，却能看到他的手在颤抖，就如同上一次在淮安对峙、听他说起云州往事的时候。"可是，我毕竟是人，我斗不过恶魔……"那时候胡斯归是这样说的。

　　而眼下，他的身体反应活脱脱就像见了恶魔。风亦雨记得，胡斯归被风离轩抓住时虽然也做出害怕的样子，但现在想来那无疑只是一种伪装。而现在，他才真正被恐惧所笼罩。

　　"怎么……怎么是你！"胡斯归说了这样一句奇怪的话，然后向后退了一步，由于恐惧，他竟然脚下一个趔趄，差点摔倒。

　　"不错，是我，"风离轩冷森森地回答，"你到现在才听出来吗？"

　　胡斯归满头大汗，想要逃跑，却挪不动步。云灭轻声问风亦雨："胡胖子有点不对劲啊，好像是真怕了，这个是真的风离轩吗？"

　　风亦雨凝神看了一会儿，有些困惑："看样子像，可是风离轩不是这样的感觉。这个人……很可怕啊！"

　　可怕，这是一个十分苍白的词语，但在这一时刻，云灭和辛言也只能同意：这两个字还真贴切。风离轩的外貌没什么变化，身上却流露出一种令人不寒而栗的气质，尤其那双眼睛，冰冷而锋锐，除了杀意和憎恨，仿佛不再包含其他情感。

　　"你是自己动手，还是我来帮你动手？"风离轩问胡斯归，直把身边的老板当作了不存在。老板对此浑不在意，却在心里暗暗有些吃惊：他从风离轩身上感受到了一股异乎寻常的强大力量，那绝不是任何人单纯通过修炼自身精神力可以达到的。

　　那是一种直接来自星辰碎片的力量！通常情况下，人体根本无法承受那样的力量，而是将其转化为魂印兵器或者其他法器，通过身体之外的物质去容纳。而眼下，这个风离轩身上散发出的星辰力却和他的肉体结合在一起。寻常人也许很难感觉得到，但那种惊人的压迫力足以让一个秘术师喘不过气来。

　　不知不觉中，老板和胡斯归已经并肩站在了一起，这是两个绝顶聪明的人，从来不会为了所谓的面子而去死扛。胡斯归丝毫也不压低声音："我必须要说明，我知道你很强，甚至比我还强，但我们俩加在一起，也未必能赶上这个人……不，这个怪物的一半。"

"不用你说，我完全能看出来，"老板一面慢慢说着，一面催动了自己的精神力。星辰力出现在血肉之躯上，不可能发生的事情已经发生了，唯一的选择就是对抗它。

风离轩忽然看了老板一眼："你的精神力很不一般，三百年前，我曾经和一个与你很像的人交过手。没有猜错的话，你是辰月教的吧？"

老板沉默了一阵子，终于还是点点头："在行家面前，隐瞒也是没用的。不错，我就是这一代的教主，没想到几百年后，还有人能记得我们的名字。"

"毒蛇在冬天往往会冻僵，"风离轩说，"但是只要还没有冻死，到了春天，它还会苏醒过来。"

"那就承你吉言了。"辰月教教主淡淡地说。

第十九章
失 控

辛言眼睛又是一亮："辰月教！我的天，我还以为他们早就完蛋了，没想到还存在。"

风亦雨照例茫然，云灭回忆了一阵，只能从记忆里打捞出一些不确切的残片："是那个成天吃饱了没事就挑唆诸侯混战，从中渔利的组织？"

辛言一乐："不，他们从来不从中渔利。那只是他们的一种信仰，认为世界只有在动荡中才能生存和前进。就好比瀚州草原上的野羊，当狼群大量存在时，它们总是处于奔逃中，一代代能保持体格健硕；一旦天敌灭绝，它们就变得安享太平，羸弱不堪，此时一旦发生灾变或者天敌再次侵犯，就只有灭族的份儿了。"

"这个理论倒是蛮合我胃口的，"云灭说，"我一直隐隐觉得组织搞那么大的规模绝对有阴谋，既然是辰月教的，许多事情就很好解释了。"

"那辰月教教主会很厉害吗？"风亦雨问。

"当然厉害，但再厉害也只是个人，虽然辰月教总是吹嘘自己有什么神力，"辛言说，"然而现在站在他对面的，根本就是个怪物。"

似乎是为了印证他所说的，远处的"怪物"已经做出了一个惊人的举动。他举手向天，也不知道嘴里念了一句什么，背后那一片森林突然间晃动起来。虽然此时并没有风，但所有的树木却像遭遇狂风一般，枝干疯狂地摇曳着，发出近乎啸叫般的声响。而那些剧毒的藤蔓有如毒蛇，婆娑而起，展现出狰狞的杀意。

几声脆响，最外围一排树木的树枝齐齐断裂，像箭一样射向了胡斯归与辰月教教主。胡斯归身子一晃，以和他的肥大身躯极不相称的敏捷躲开了，辰月教教主却站在原地纹丝不动，那些树枝在接近他身前时全都悬停在了半空中，随即掉到地上。

"还算有点手段，"风离轩称赞说，"既然如此，就不用这些小把戏了，让你直接死在我的手下，也算是你的荣耀。"

随着这句话，那片森林又起了新的变化，方才的异动都停止了，取而代之的是从地下传来的剧烈震动。一阵轰鸣声后，所有的树木和毒藤都在一瞬间枯萎下去，随即化为灰烬，片片飞散。地上只余下还没有被毒液化尽的具具残尸。

风离轩说："你们知道为什么明知会被杀死，这些地阴藤还是要不顾一切地攫取鲜血吗？因为它们的生命太漫长，死亡是一种了不起的解脱。在外人看来，云州是死亡之土，但那些无知的人们并不知道，死亡其实是云州求而不得的恩赐。对吗，胡胖子？"

胡斯归紧咬牙关，目光中混杂着恐惧与愤恨，哼了一声："别把我当成你那样的怪物，你这个万年僵尸。我还想活下去！"

"对我而言，背叛者不需要提出任何理由，只需要接受惩罚。"风离轩漫不经心地抓握着自己的手指，指节间噼噼啪啪地发出一阵爆裂声，显然已经蓄势待发。胡斯归和辰月教教主慢慢后退数步，准备迎战。教主从怀里掏出一块泛着金属光泽的令牌，递给胡斯归。

"这东西本身是用星流石的碎片铸造成的，或许会有点用。"他说。

胡斯归有些意外地看了他一眼："没想到你还那么好心。"

"物尽其用而已，"他回答，"我只是个秘术师，这玩意儿只有在武士的手里才能发挥最大的效用。"

"虽然我身在云州，却也听说了，三百年前辰月教教主手中的法杖苍银之月已经被封印了，"风离轩说，"除了苍银之月，你拿出任何东西，都不会起什么作用的。"说罢，他屈起右手手指，以近乎优雅的姿态轻轻对空弹了三下，空气中陡然响起尖锐的啸叫声，一股刀锋般锐利的劲风向眼前两人袭去。辰月教教主袍袖一挥，身前的空气凝成盾牌，硬挡住了这三下。风离轩仍旧神色自如，辰月教教主却向后退出了三步，脸上泛起一丝血色。

"不愧是辰月教教主啊，"风离轩说，"放眼整个九州，除了你，我想不能找出第二个人能接下我这三招。可惜你毕竟是凡人而不是神。"

他提起手掌，还是对空切了一掌，声势却比单纯用手指强了许多。胡斯归心知凭教主一人之力无法阻挡，忙抢上一步，挥出手中的令牌。令牌与掌风相交，竟然发出金铁交鸣般的大响，但令牌上忽然透出淡蓝的光芒，将风离轩的气劲化解了大半。

"好！"风离轩暴喝一声。随着这一声喝，辰月教教主身边立即燃起了熊熊火焰，高炽的火光将他的身影吞没其中。胡斯归却并不去援救，而是毫不犹豫地冲上前去，抢攻敌人。

风离轩又是一声喝，胡斯归知道厉害，就地狼狈地打了个滚，火焰堪堪在他先前的落脚点燃烧起来。风离轩轻笑一声："胡胖子，这果然是你的作风，关键时刻丝毫不顾及同伴的死活。"

"你错了，"胡斯归摇头，"我只是相信你的这点伎俩不可能伤到辰月教教主。"

话音刚落，包围着辰月教教主的火焰分开了，教主从中走出，身上蒙着一层白气，果然毫发未损。那是岁正秘术，用冰的寒冷抵御住了火的灼热。

"岁正秘术？"风离轩长笑一声，"这个我未必不会。"他收回手掌，十指不断屈伸，倒像是账房先生在算账，但两人却感到身畔的气温在急剧下降，地面上竟然覆盖了一层薄冰。在躲在远处的三人看来，胡斯归和教主正被一团白色的旋风笼罩于其中，那旋风不断扩大，风中夹杂的沙石很快结成冰碴，逼人的寒气甚至在数十丈外都能感受到。

不会秘术的人往往会对秘术师有很大误解，觉得他们呼风唤雨，无所不能，左手燃起一堆火右手就能跟着凝出一块冰，同时口中还能吐出闪电——如果这种猜测属实，一两个秘术师大概就能解决掉一支军队了。事实并非如此。秘术的力量光靠自身精神力是不够的，它通常来自精神力与十二主星星辰力的感应，而不同的星辰力之间存在着抵触湮没，兼修多系很困难。通常的秘术师，一生中能使用一到两个系的法术就算到头了，以辰月教教主这样深厚的功力，也只能精通一小半，只是对于其他法术也有所涉猎罢了。譬如他在驱使寒冰的岁正法术方面造诣极深，在使用火焰的郁非法术方面就无法突破到更高的层次。

但眼前的风离轩远远超出了人们的常识范围。他在短短几秒内就从郁非转化到了岁正，并且都表现出了顶级法师也难以企及的攻击力。辰月教教主原本是岁正系法术的高手，此刻在风离轩的冰风暴中却毫无还手之力。旋风所带起的呼啸声越来越响亮，将周围的沙土、石块、枯枝全都卷入其中，连地上残留的血迹都凝结成冰。旋风的中心偶尔闪过暗淡的红光，大概是辰月教教主在施术对抗，但始终未能脱困而出。

就在躲在远处的几个旁观者正猜测风暴中的两人是否已经被撕成了碎片时，风暴的威力到达了顶点，之前被卷进去的杂物被一股怪异的力量纷纷弹出来，利箭一般射向四方，风亦雨躲得稍慢一点，头发被一片小小的树叶削下来几根。

风离轩长笑一声，收住了法术。方才两人所站立的地方只剩下了一块足足有三丈高的巨大冰块。冰块中隐隐可见阴影，想必是被冻僵的两个人。风离轩大步上前，看着眼前的冰块，笑容反而收敛起来。

他发现冰块中仍然有生命的活力，确切地说，两人的生命力压根就没有被削弱多少。正在惊疑间，冰块上突然迸开一个大洞，胡斯归的右臂猛地伸了出来，食指与中指箕张直取他的双目。

风离轩下意识地伸手挡开，不料这只是虚招，胡斯归的手中紧握着那块据说由星流石碎片铸造而成的辰月令牌，用尽全力直掼风离轩的胸口。这一下猝不及防，"咔嚓"一声，在胡斯归那强劲力量的撞击下，风离轩胸口的肋骨登时断了几根。他倒是临危不乱，立即挥出一道冰墙挡在自己身前，防止胡斯归追击。

胡斯归倒是没有继续进击，风离轩却感到了自己身体的异样。被辰月令牌击中后，他胸口的外伤其实并不算什么，但身上的星辰力却开始以飞快的速度外泄。过不多时，身前的冰墙都已无力维持，"哗啦"一声碎裂在地上。

辰月教教主和胡斯归此时都已破冰而出，两人的情状看来有些狼狈，四肢和脸上都带有一些冻伤，但并无大碍。两人走到风离轩跟前，虽然对手已负伤，他们的表情仍然颇为紧张。

"你的星辰力的确强过人的精神力，可惜在被你的寒气冻住之前，我已经自行把自己封入冰层中，这样就不会为你所伤，"辰月教教主说，"而且，我虽然猜不到你星辰力的来源，却有办法破解它。"

风离轩下意识地看了一眼自己胸前的伤口，恨恨地说："你那块令牌……来自谷玄。"

谷玄，象征着黑暗与凋亡的谷玄，几乎是所有星辰力的克星。被困于冰风暴中时，辰月教教主冒着自身精神力被吞噬的危险，施术激发了令牌中的谷玄之力，正是那令人畏惧的力量消解了风离轩身上的星辰力。

失去了星辰力的支撑，风离轩的脸上变得毫无血色，喘气也粗重起来。他的眼神有些涣散，其中凶狠的杀气却没有丝毫减退，以至于胡斯归都忍不住要佩服一下："我一向最钦佩你的，就是你从来不知道什么叫害怕，也许那是因为你压根就不是人的缘故。"

风离轩哼了一声，正待说话，蓦然间身子一阵猛烈抽搐，满脸痛苦的神情，两人不知何故，稳妥起见都向后退了一步。只见风离轩抽搐一阵后，逐渐止息，却好像换了一个人一样，身上那股凛冽的杀意忽然消失得无影无踪。他支撑着身子坐起来，嘴里嘟囔了一句奇怪的话："他还是没能杀得了你们啊……"

听到这句话，即便是在风离轩失去力量时都十分紧张的胡斯归却一下子松弛了下来。他近乎嬉皮笑脸地蹲了下来，叹了口气："怎么了，支撑不住了？我早说过你只是他的傀儡，一具没有自己灵魂的躯壳，现在灵魂已经离你而去，我对你是从来没有什么畏惧的。"

他缓缓站起，猛地一脚踢出，风离轩的身子横飞而出，又在地上骨碌碌滚了几圈，这才停下来，距离云灭等三人的藏身之所却又近了不少。三人想要缩身后退，又怕脚步声反而败露行踪，只好尽力屏住呼吸。风亦雨见到风离轩满脸鲜血，心里又是一阵不忍。云灭一根食指在她眼皮子底下威胁似的晃动几下，意思是：别找麻烦。

然而不找麻烦，麻烦也会自己找上门来。辰月教教主走到近处，以他敏锐的感官，已经察觉到了树后三人的存在。他不动声色地感应了片刻，说道："云灭先生，久仰大名，可惜一直无缘得见，可否现身一晤？"

"你这戏文腔一样的说话真是让我头皮发麻。"云灭一面说，一面大模大样地站了起来。风亦雨自然是紧跟在他身后行动，倒是辛言犹豫了一会儿，最后想起自己只是一个下级的传令使，老板不可能知道自己，于是也跟着露面。果然辰月教教主并没有过分关注他，倒是和云灭大眼瞪小眼，颇有几分针尖对麦芒的架势。而胡斯归对云灭视若无睹，目光仍放在风离轩身上。

"你为我做过很多事，到最后却背叛了我，我是应该感谢你还是憎恨你呢？"辰月教教主说。

"我宁愿你憎恨我，但我现在不想和你打，"云灭说，"你的功力已经受损，现在要动手，你必败，这种便宜我不爱捡。"

辰月教教主瞪视了他一会儿，最后轻叹一声："就冲着你的这份骄傲，以后如果有幸再会面，我会全力取你性命，决不手下容情。"

云灭哼了一声，指着风离轩问："能把这个人交给我吗？"

"当然可以。"辰月教教主说得毫不犹豫，云灭都禁不住一愣。不过他显然还有后话："等我从他身上问到某些东西，就交给你，活的死的你说了算。"

风亦雨心头一震，看看胡斯归眼神中抑制不住的贪婪，隐隐猜到了他想问些什么。她下意识地摸了摸衣袋——最近头绪太多，那枚"钥匙"几乎被她忘记了，自然也没有说给云灭听。风离轩却已经笑了起来："你们还真的想要踏入禁地？"

他的声音虚弱无力，正是风亦雨听惯了的那种腔调，不再是先前那个恶魔一般凛然生威的人。胡斯归回答："如果不是存着这个念头，我为什么要逃离云州？不过我还没有来得及找到合适的帮手，你就自己追出来了，倒省了我很多力气。"

"大门一旦打开，你觉得就凭你能够控制得了吗？"风离轩问。

"不试试怎么知道？"胡斯归满不在乎地说，"我又不是你们俩那样的万年僵尸，我的生命很短暂，不过几十年，要是不折腾出点事情来，和当几十年的木头有什么区别？"

这番话说得实在是大合云灭胃口，连辛言都忍不住悄声说："这家伙和你还真像呢。"云灭咳嗽一声，板起脸不去搭理他，心里揣测着两人嘴里谜语一般的"大门""禁地"究竟是什么，着实有点心痒难耐。他决定暂时袖手旁观一阵子，倘若这两个凶神真能逼问出点什么来，到时候大不了来个黑吃黑。反正从本质上来说，云灭从来不是什么正气浩然的大侠，他不过是个骄傲到一般不屑于干坏事的人而已。

风亦雨倒是心存同情，但哪能拗得过云灭，只好尽量缩在一旁，一言不发。风离轩却有意无意地摸摸自己的肩膀，再微微摆手，意思很清楚：交给你的东西藏好了，千万别泄露。

这个提醒是很有必要的，秘术师的酷刑通常不会触及表皮，而是直接将痛苦贯注到人体内的每一处细小角落。风离轩真是根硬骨头，死死忍住一声不吭，但那扭曲的五官分明在告诉人们他正在承受怎样的折磨。辰月教教主摇摇头，似乎又加大了力度，风离轩的十指在疼痛的刺激下狠狠抓抠着地面，指甲都剥落了，鲜血淋漓，但他自己却浑然不觉。

"我不得不说，当时抓住我的如果是老板本人，恐怕我不得不招，"辛言说，"我恐怕很难承受这样的刑罚。当然辰月教教主确实是个天才，稍微冷一点点或者热一点点，那个人就死定了。"

辰月教教主冲他微微一笑："你果然也是个行家啊！"云灭却不解："什么叫冷一点热一点？"

"他正在使用印池秘术，操纵对方的血液，"辛言解释说，"人体是个脆弱的东西，血液温度的变化更是细微，温度稍微高一点，血液沸腾，对方就会死亡；若是太低了，当然也不行。换了我，多半直接会让他血管爆裂，但是……"

他一找到话头，立刻滔滔不绝，但没说两句，就听到风亦雨愤怒地喊了一声："停下！"他尴尬地住口，却发现对方其实并没有和他说话。这个一直唯云灭马首是瞻的、除了容貌几乎看来一无是处的年轻女子，此时正抬起手腕，对着辰月教教主。

"停下来！放开他！"她又喊了一声。

"你摆出这个姿势，是在威胁我吗？"辰月教教主平静地说，"我这一生中还没有见过任何人能威胁到我。"

"那我们可以试试，任何事情总会有第一次的。"风亦雨声音颤抖，听得出来很害怕，但身子却向前迈了一步。辰月教教主倒是完全没有将她放在心上，但考虑到云灭和辛言乃是两个扎手的角色，于是对云灭说："我不想无谓地多做杀伤，你应该履行你说过的话。"

云灭叹口气，对风亦雨说："你为什么总喜欢多管闲事？别忘了这个人曾经杀了……"

"那他也是我的朋友！"风亦雨斩钉截铁地说，"如果你想杀了他为两位书生报仇，我不会拦着你，但我不能容许有人这样折磨他。"

云灭语塞，想起近日来风亦雨做出的种种超越常规的事情，不得不承认自己对她的了解仍然远远不够。看着她娇弱的身躯还在因胆怯而轻微发抖，却半步也不肯退让，云灭脑子里一阵迷糊，一时间居然十分难得地犹豫了两秒钟，不知该如何是好。

这两秒钟却已经足以改变整个事态。风亦雨按捺不住了，耳听得风离轩终于忍受不住的呻吟声，到底出手射出了钢针。当然，出于天性中的不喜杀伤，她只是瞄准了对方的肩臂。

河络铸造的暗器毕竟不同凡响，不但迅若闪电，而且悄无声息，当钢针已经快要触及身体时，辰月教教主才猛然惊觉。他并不知道这暗器其实是无毒的，在千钧一发之际用尽全力，使用瞬移之术向右移开了半个身位，堪堪躲过。

但他却忽略了自己正在施展的用于逼供风离轩的印池秘术。这一下忙于躲避攻击，使用的力量失去了控制，风离轩只感到自己全身的血液仿佛都要被烧干了一般。他的皮肤发红，一条条血管清晰地凸出，情状甚是可怖。

风亦雨顾不得其他，抢上前想要扶起他，手一触到皮肤，竟然被烫得叫出声来。云灭赶忙跟在她身后，以防辰月教教主还击。但教主并没有出手，只是遗憾地摇摇头："你如果不来打搅，我的秘术也不会失控，现在是你亲手杀了他。"

果然，风离轩的皮肤已经呈现出触目惊心的赤红色，仿佛随时可能冒出青烟燃烧起来。辛言抱歉地说："热度直接来自血液，我也无能为力。"

"那……那该怎么办？"风亦雨完全慌了手脚，方才的勇敢果决一下子不翼而飞。她将求救的目光投向云灭，希望她一直无限信赖的这个人能想出点办法来。

但云灭也不是神。此时他的心思也并不在将死的人身上，而是全力戒备着教主与胡斯归。风离轩快死了，他们想要的东西终究得不到，说不定就会猝然发难。然而胡斯归却仍然只是死死地盯着风离轩，忽然之间，他转过身去，大步向远处狂奔而逃。

云灭心中一凛，回头看风离轩，只见他圆睁的双目中忽然透出一点碧绿的光芒来。那两点幽幽的绿光逐渐从眼瞳开始向外扩散，遍布全身，终于，绿色的火焰升腾而起，将他整个人都包围在其中。

第二十章

嫉　妒

　　人们总爱说某人逃跑时"跑得比兔子还快"，事实上胡斯归跑得比兔子快多了，他那肥大的身躯就像没有重量一样，轻飘飘犹如鬼影，转瞬间就移出了数丈之远，这样诡异的轻功连云灭都忍不住要在心里叫一声好。

　　然而他终于还是没能逃掉。方才完全无法动弹的风离轩，此刻一下子坐了起来，伸指遥遥一点，胡斯归的身前立即燃起一团绿焰。绿焰不断爆起，胡斯归别无去路，又被逼了回来。

　　那股令人震骇的星辰力再度升起，而且气势比方才更加强烈。风离轩站了起来，浑身都被包围在绿焰之中，面孔上不再有痛苦，只是由于愤怒和残忍而变得扭曲。

　　另外一个风离轩又回来了，云灭脑中闪过这样一个念头，胡斯归的反应证实了这个猜测。恐惧再次出现在这张胖脸上，更确切地说，是绝望。他喃喃地说："你疯了，不想要他的命了？"

　　风离轩狞笑着说："他不过是我的傀儡，比起取走你们的性命这件事，根本无足轻重。"他仰起头，长啸一声，声音中竟似包含有千军万马的夺人之势。一阵风刮过，地上的枯枝残叶片片飞起，其中夹杂着由尸体带来的浓浓血腥气息。辰月教教主能感觉出来，那无法解释的星辰之力又变强了，仿佛眼前站立着的根本不是活人的脆弱肉体，而只是一件没有生命的魂器。

但他并没有急于出手，而是将目光转向了云灭。那双碧绿色的眼珠子中并不包含任何情感，却又深邃犹如无底深渊，看得云灭这样的胆大妄为之徒也禁不住有点心底发毛。但他绝不愿意示弱，于是和风离轩四目相对，恶狠狠地对视着。不知道是不是错觉，他感觉眼前这个怪物看向这个方向时，杀气有些微微地减弱。莫非他还能微微记得一点和风亦雨的交情？

　　不是错觉。胡斯归和辰月教教主也同时感受到了这一点，两人绝不会放过这一丁点的转机，相互之间没有任何暗示，已经十分默契地同时暴起出手。辰月教教主的十指中射出无数根细如蛛丝却比刀锋更加锐利的冰线，向风离轩刺去，而胡斯归却高高跃起，手握辰月令牌，直取对方头顶。

　　风离轩纹丝不动，胡斯归眼看就能击中，手上却感到一股无法穿透的阻力，有如遭受雷击一般，整个身体被弹了回去。他重重摔在地上，反应倒是迅速，想要一跃而起，却发现身体在这一击之下变得麻痹，刚刚跃起，又摔了下去。与此同时，辰月教教主的身体也被击飞出去。

　　两人勉强站立起来，只见风离轩一步步向他们走过来，并没有做任何动作，那雷电一样的巨大冲击力却越来越强。辰月教教主连换了三种秘术，都无法突破风离轩身上的屏障，反而被反噬之力震得浑身发麻。而斗圈中的落叶枯枝，在这股力量的影响下，已经全部化为焦炭。

　　这才是风离轩真正的力量，他就像上古传说中的雷鸟一样，身上不断发出闪电的弧光，即便在绿火中也清晰可见，四周的空气中因此跳跃着闪亮的火花。而天空也慢慢昏暗下来，浓重的乌云堆积起来，黑沉沉地压在人们头顶，云层中传出低沉的轰鸣声，仿佛一场暴风雨的前兆。

　　但那并不是暴风雨，而是风离轩驱动秘术的结果。突然之间，一道雷光从云层中闪现，向着地面直劈下来。胡斯归与教主一左一右，慌忙闪避开，那闪电劈在了地上，一声巨响，泥石飞溅，硝烟散尽后，地面上留下了一个深深的大坑。

　　在距离这个战场几里之外的地方，人们惊恐地发现，天空中的乌云都向着同一个地方飘移，然后聚集在一起，就像是一群盘旋不去的食尸秃鹫。乌云中电光闪动，震耳的雷声在数里外都清晰可闻。这像是自然的奇迹，也更像是恶魔的杰作。

闪电不断地从云端劈下，风离轩直接借助了自然的力量，将星辰力发挥到了极限。两个被攻击者疲于奔命，不断地闪躲着，身上被崩起的碎石划得鲜血淋漓，却不能得到片刻的歇息。而风离轩身上的绿色火焰已经几乎看不出来，取而代之的是一道道蓝色的电光。这样疯狂地施展秘术仿佛能令他感受到无限的快意，他纵声狂笑起来，笑声中饱含着邪意。

"看来他们俩完蛋了。"云灭说。辛言却皱着眉头："看他们还能不能再坚持一小会儿，能坚持过去，死的就会是风离轩。"

"星辰力的作用是强大的，远远超出生物的肉体所能承受的极限，这也是为什么九州大地上从来没有出现过能直接使用星辰力的秘道家的原因。"他解释说，"虽然我不知道这家伙用了什么古怪的法门，居然能逆天而行，但他的身体终归只是寻常的肉身。时间长了，即便精神还能支撑，身体却是熬不住的。你们看！"

云灭仔细看去，果然，风离轩的身体越来越僵硬，皮肤上也出现了细微的裂痕，眼睛、耳朵、鼻孔里慢慢有血液流出。随着一声不易察觉的轻响，他的左臂骨断了，但那只胳膊仍然以一种怪异的姿态举向天空。看得出来，他已经进入近乎癫狂的状态，完全没有注意到身体的变化。

不过正在雷击中奔逃的两人能否坚持到风离轩崩溃的那一刻，还很难讲。其实这几乎是这个大陆上最强的秘术师和最强的武士了，只不过他们此刻面对的，实在称不上是一个人而已。胡斯归突然嚷了起来："云灭！帮我一把！"

云灭嗤之以鼻："你我非亲非故，我凭什么帮你？再说你死了，我可能会更开心点。"

"因为你欠我的，你得偿还我！"胡斯归费力地躲开一次雷击，顾不得嘴里填满泥土，含混不清地大喊着，"还记得你第一次和这个老怪动手的时候吗？还记得你听到过一声血翼鸟的叫声吗？那是我模仿的！是我救了你！"

云灭虽然并未处于乌云笼罩下，此刻却也如同受到雷击一般，一下子呆住了。他想起了那个暗月遮挡明月的夜晚，在最危急的关头，的确是传来了一声血翼鸟的啼鸣，吸引了敌人的注意力。否则的话，自己虽然有能力脱身，却没有办法救出青衣书生，更加无法听到他至关重要的遗言了。

胡斯归就地一个打滚，又避开一击，这才来得及继续说："我并非出于好心，我也知道你会是个危险的敌人，总有一天我们会分个你死我活！但我深知这老怪物更加厉害，觉得以你的能力或许会有机会对付他！你自己选择吧，我言尽于此！"

云灭回想着那一天的场景，知道胡斯归所言非虚。他扭过头，看着风亦雨："你猜我会怎么做？"

风亦雨微微一笑："我打赌你一定会出手，随便押什么赌注，因为要你欠别人点什么恐怕比杀了你更难受。不过我还是希望你能……"

云灭打断了她："你还真是滥好人，我不被他杀死已经不错了，你还指望我手下留情？"说罢，他张开弓，皱眉思索了一阵子，却并不出手。

"你还在等什么？"辛言问。

"如果辰月教教主都无法突破他身边的屏障，那我也不能，"云灭说，"我现在加进去，只是给他多一个靶子而已。你懂得驱散雨云的秘术吗？"

辛言有些为难："原理很简单，只需要将唤雨术逆转就行了，但我一个人的能力，很难做得到。通常秘术师唤雨都得多人合作才行。"

"不用你自己施放，"云灭说，"我要你把所有的力量凝聚起来，附着在我的箭头上，剩下的交给我来完成。"他顿了顿，补充说，"不要小看了一个鹤雪士的精神力量，虽然和你们秘术师的有所区别。"

辛言不再多问，把手放在云灭抽出的一支长箭上，开始全力施术。片刻之后，他大喘着气瘫坐在地上，向云灭挥手示意，连话都说不出来了。

"我真喜欢你现在这样子，"云灭笑笑，"你还是说不出话的时候最可爱。"他搭上箭，瞄向天空，全身的肌肉在这一瞬间如弓弦般绷紧，目光中骤然焕发出夺目的神采。

他将箭射了出去。

一声有若龙吟的破空之响，这支箭带着一道耀眼的白光直刺天际，没入乌云之中。那白光最初被乌云所遮盖，随即却变得越来越亮，在空中化作一团浑圆的光球。云层在光球的驱逐下慢慢散去，露出灰色的天空，而持续不断的雷电终于止息了。

风离轩心无旁骛，全力施术，却猛然发现自己再也无法召唤天雷，抬头一看，方才知道发生了什么。他愤怒地大吼一声，想要再聚集雨云，但乌云已被驱散，他已经无能为力。狂怒之下，他将自身的力量燃烧到顶点，决意一举格杀眼前的三人。

但他没有想到，自己的身体已经无力再坚持下去了。刚刚向前跨出两步，他就听到"咔嚓"一声脆响，左腿已经生生折断。他身子一歪，倒在了地上，还想用双手支撑着爬起来，不料又是一声响，右手也齐腕而断。

虽然完全感觉不到痛楚，他似乎也意识过来，这副身体已经无法再支撑下去，不得不停住了攻击，并将自己身边秘术屏障的范围缩小，先图自保。胡斯归和教主松了口气，但两人身上也是伤痕累累，不敢贸然进击。一时间局面僵持起来。

云灭的脚步也有点摇晃了，为了让自己心安理得，不再亏欠胡斯归什么，刚才那一箭，其实已经耗尽了他全部的精神力。不过云灭最是好强，兼且不想让敌人看出自己虚弱，将弓拄在地上支撑住身体，站得比箭还要笔直，不让风亦雨去扶他。风亦雨却不识趣，还要摆出小女儿姿态去替他擦汗，简直令他哭笑不得。

风离轩略微喘息一阵，恨恨地转过头来对云灭说："刚才我的雨云被驱散，是你捣的……"他一个"鬼"字还没有说出口，猛然见到风亦雨和云灭亲密的神态，那一刹那，他的眼中闪过了一丝极度强烈的妒意。他的喉咙中咯咯作响，发出一阵野兽般低沉的咆哮，悄无声息地消去了身边的屏障，突然抬起断掉的右手，从伤口处涌出一团黑色的血球，向着风云二人激射而去。

云灭一直在小心提防着，看到这样怪异的攻击，心知必然是一种剧毒血咒，千万中不得。但他脚步一迈，却是虚浮无力，眼看躲避不及。风亦雨此时方才注意到这一击，她仍然是一招鲜吃遍天，一下用背脊将云灭护住，满以为自己的护身甲能解决问题。

"笨蛋！躲开！"云灭大叫，伸手想推开她，却已经晚了。那黑色的毒血正击在风亦雨的背上，并没有什么了不起的声势，却迅速地透过衣甲，直接渗了进去。

她的眼神立即变了，方才温柔的神情刹那间化为了凶残的杀气，翻掌切向云灭的后颈。这一掌带着劲风，力道大得出奇，绝不是风亦雨平日里那点粗浅的功力。云灭猝不及防，被一掌击中，身子重重撞在地上。还没来得及起身，风亦雨又是一脚踢过来。

转瞬之间，风亦雨已经疾风骤雨般连攻十余招，云灭只能勉强躲闪，身上吃了不少拳脚，虽然怒从心起，却也不能真的对她下狠手。正在为难，辰月教教主已经不声不响地遥遥出手，风亦雨当即跌倒在地上，停止了攻击。

"你干什么？！"云灭转向教主，怒目而视。

"云灭，关心则乱，"教主说，"不然你怎么可能看不出我只是冻僵了她的四肢，让她无法动弹而已。"

云灭自知理亏，不去回应，大步走向风离轩。风离轩此时好似风中残烛，浑身的力量在经历了最高峰的燃烧后，已然开始不断外泄，浑身迸裂出的鲜血说明他已活不长了。但他看着云灭的目光，仍然是方才那样，充满了强烈的嫉妒。

"你他妈的真是个疯子！"云灭咬牙切齿地说，"你在嫉妒些什么？算辈分，你还是她的同门长辈呢，难道你们风家的人都这么变态？"

风离轩"嘿嘿"轻笑一声，想要说话，却已经脱力，身上的绿焰完全燃尽，目光一滞，方才的怨愤与杀气一下消失无踪。云灭明白，那个远在云州的主宰者已经无力再维系对这副躯体的控制，眼前的风离轩已经恢复本性，却已离死不远。

"你理解错了，那不是你所想象的那种嫉妒，"恢复神志的风离轩轻声说，"我知道他在想什么……一个人在孤独了三百年之后，突然看到旁人之间的真情流露，即便他是一只已经失却本心的野兽，也会抑制不住自己的。你虽然也算得孤僻，但多半是不能体会这种痛苦的。"

"管他妈的什么痛苦！快告诉我，怎么解掉她身上的诅咒！"云灭用力摇晃着风离轩，后者用极其微弱的声音断断续续地说："那是……太阳血咒……无法可解，除非……除非……"

"除非什么？"云灭恨不能把自己的身体换给他，只要他能顺畅地说话。

"除非能……杀掉……杀掉施咒者，那种精神上的联系……才会断掉。他向来对付敌人不喜欢直接杀死……而是……一定……要用咒，因为他是不死的，要让……敌人的痛苦……尽量延长。你要去云州……杀他……救她……"他说出这最后一句话，终于停止了呼吸，整个身体随即枯萎，肌肉片片剥落，露出白骨。而那些血肉与白骨也渐渐化为灰烬，最终消散在风中。地上只留下了衣物和一些玉佩之类的随身物品，胡斯归走上前，仔仔细细地辨识着，最后失望地叹了口气。虽然他还是把那些东西纳入怀里，但看来，这其中没有他最想要的。

"谢谢你。"云灭对辰月教教主说。教主淡淡一笑："我虽然恶事做尽，但和你一样，不喜欢欠别人什么。今天是你救了我，我自然应该偿还。这具冰柜不会融化，我的秘术可以保她在其中三个月内无恙，但超出三月，秘术消失，寒气侵入内腑，就不好办了。所以你抓紧办你的事吧，下次见面，再决胜负也不迟。"说罢，他飘然离去，没有停留半步。云灭转向胡斯归："你真的要回云州？"

胡斯归点点头："刚才他已经借助风离轩的身体看清楚我了。我这次给他造成了这么大的麻烦，毁掉了他最得力的助手，他不会放过我的，不把他除掉，我此生恐怕寝食难安。有你联手，自然能多一点胜算，我俩的账，和辰月教教主一样，不妨秋后再算。"

云灭笑笑："其实最重要的是，你还舍不得放弃云州吧？你需要在那里见证你的胜利。"

胡斯归也笑了起来，还没来得及回答，辛言却已经插嘴："我改变主意了。我……我也和你去云州。"

"算了吧，"云灭说，"你有更要紧的事情需要帮我去做，这事只有交给你做我才放心。"

"什么事？"

"帮我把她送到宁州，宁南云家。她这一次擅用族长令闯了大祸，回到风家也难逃一死，我大概只能向我的堂兄低头了。"他一面说，一面凝视着冰层中风亦雨沉睡的脸。这张脸此刻显得很恬静，一点不像方才和他动手拼命时的凶悍。这张脸让云灭的心头百味杂陈，但最后，一种坚定的情绪仍然占据了上风。

"那你要我怎么向他陈说？"

"告诉他，保护好这个女人，只要最后她能不死，我就从此为云家效力，绝不食言。"

辛言像不认识一样地看着云灭："这种话从你嘴里说出来，让我觉得今天的太阳是从南边升起的……等等，别走啊！还有个问题！"

云灭好像很不喜欢谈论此类话题，颇不耐烦地问："还有什么？"

"如果他们问起这个女人是谁，我怎么说？难道就告诉他们，这是风家的大小姐？"

云灭停住了脚步，踌躇了一小会儿，恶狠狠地摆了摆手。

"你告诉云栋影，这是我的未婚妻，倘若出半点差错我会把云家夷平了。"他的口气听来很生硬，像是在掩饰什么，随即逃命似的走远了。胡斯归带着一脸事不关己的漠然跟在他身后。

第二十一章
实验田

　　船在波涛中颠簸不定时，云灭却显得很平静。这趟行程绕了个大圈子，从和镇乘辛言准备好的船出海到达雷州，经陆路至毕钵罗港再次搭船出海，目的地是位于西滁潦海的陌路岛，根据风离轩三百年前写给云清越的信，那是距离云州禁航区最近的一个有人定居的岛屿。

　　闲暇时，云灭只是坐在甲板上望着碧蓝的天，也不知道在冥想些什么。胡斯归本以为他该有一肚子问题要问，没想到一路上他居然半句未提。这一天傍晚的时候，胡斯归终于忍不住了："云州的一切，你都知晓了吗？"

　　"基本不知道。"云灭答得轻松惬意。

　　"那你为什么不问我？"

　　"我怕知道得太早，反而想得太多，"云灭说，"有些事情也许凭本能处理会更好。不过嘛，你既然提到了，那就不妨说来听听。"

　　"你这小子真是矫情！"胡斯归鼻子都气歪了。

　　"你路上提到那些几百年前的信，自然知道风离轩在海上的遭遇，"胡斯归说，"我来告诉你之后的事情吧。他们的商船与海盗船一起被卷入了大漩涡，所有人都失去了知觉，但他们醒来之后，却发现自己已经到达了云州。所有人都安然无恙，但是船却不见了。"

　　"不见了？"云灭很奇怪，"后来龙渊阁的书生们逃生用的船，难道不是那艘海盗船吗？"

　　"的确是，但那已经是后话了，"胡斯归说，"当时所有人都发现自己处在一片一望无垠的荒原上，除了形状各异的怪石之外，寸草不生。他们原本是在海上，此刻却一下子到了一处连水都找不到一滴的地方，光是这种变化本身就足以让人发疯。

"那时候冒险家出身的风离轩挺身而出，轻而易举地成了所有人的首领。他带领着众人向同一方向坚定不移地行走，平均分配大家随身携带的淡水，并且强忍着恶心从死人身上取血解渴，在死掉了大约四分之一的人之后，众人终于走出了荒原，找到了水源，也找到了可以狩猎的野兽。

"很自然地，活下来的人开始唯风离轩马首是瞻。他们开始在那一片水源周围营建居所，并且逐渐向远处探索。他们发现，云州并非完全无人居住，虽然的确很稀少，但在这片大陆上，仍然有人生存。令人惊奇的是，相当一部分人嘴里说的都是东陆和北陆的古语，穿着打扮也很近似古人，但他们的确是世世代代生活在云州。所以我怀疑，其实他们是自古就流落到云州的探险者的后代，慢慢聚集起来形成村落，只是由于年代久远，过去的记忆早已烟消云散罢了。他们依据自己定居点附近不同的自然条件，打猎、放牧、耕作、捕鱼，过着艰难清苦的生活，勉强维持着生计和繁衍。这些人当中也有野蛮好斗的，但其余大多与世无争，一问三不知，几乎不加反抗就默认了风离轩对他们的领导。

"当然并不是所有人都不反抗。海盗们也曾经起过异心，但是离开了大海，没有人是风离轩的对手。在海盗头目被杀死后，其他人也只好降服于他。"

说到这里，他有些诡秘地一笑："那个被杀死的海盗头子，就是我的远祖，而他的妻子，原本只是一个被他强抢的普通云州女人，后来却对他死心塌地。很有趣，是不是？"

"那也不应该成为你恨风离轩的理由，"云灭说，"你这种狼心狗肺之徒，别说远祖了，就算是亲生父亲，我看也未必会激起你的什么仇恨。"

胡斯归大笑起来："承蒙夸奖，不愧是云灭啊！你说得不错，我恨他另有原因，因为他是他的主子最忠实的走狗。而那个主子，是个彻头彻尾的疯子，在他的手下，随时都能感受到无法言说的恐怖。"

云灭想了想："就是那个可以远程操纵风离轩身体的人？"

胡斯归点头："那仍然是三百年前的事情了。具体细节我也不甚了了，但简而言之，就是在云州待了几年后，风离轩不知怎的，突然间宣布退位，而臣服于另一个人。有传言说，他其实是在云州某处寻找宝藏时，一不小心放出了一个……一个禁锢许久的恶魔。谁也不知道那个恶魔的真面目，但我怀疑，那可能是一个邪恶的魅灵，甚至没有实体。风离轩自此之后就始终处于它的控制之下，像是完全变了一个人，沦为了彻头彻尾的傀儡。他不知怎的，获得了长生，存活了三百年之久。

"那个恶魔自称为领主，很快营建起了自己的军队，通过风离轩统治了所有人，包括那一批闯入者和陆续发现的原住民，偶尔有能闯入云州的探险者，也大都被他抓获。后来人们在海岸边找到了当年乘坐的海船，却被他抢先收走，不许任何人离开。"

云灭眉头一皱："领主？这是我们羽族的词语。他是个羽人吗？"

胡斯归说："不知道，谁也没见过他的真面目。后来经过三百年来的探索，他所统治的区域越来越大，但好像已经习惯了领主这个称呼，并没有改称什么皇啊王啊的。"

云灭摇摇头："不是习惯了。领主的权力其实比羽王大，后者不过是个空架子，更何况，他也许对自己的权力还不够满意。真到他称王的时候，也许他的爪子已经伸到云州之外了。我也明白了，以你的性子，自然不会甘心受人支配，多半是一直在反抗他，终于惹恼了他，要全力追杀你，所以你才会借着有外人闯入的机会，逃离云州。我听那两名书生说了，云州是一个奇怪的地方，发生在那里的一切都十分诡异。你是在云州长大的，对它的了解总会比较深吧？"

胡斯归苦笑："表象的东西了解得再多，看不穿本质，终归还是无用。你和我，同风离轩的几名手下都交过手，应该看得出我们实战经验很丰富。我在云州活了二十多年，和各种各样的猛禽怪兽、食人植物厮杀过，和凶悍不屈服的土著居民战斗过，甚至和充满怨忿的魅灵交手过，那是一个真正的你死我活的地方，任何软弱的人都无法生存下去。但是再多的战斗，都不能让我们触及云州的真相。这究竟是什么地方？为何会长期与世隔绝？始终都没有答案。"

"三百年前，当时的先辈们在风离轩的带领下站稳了脚跟，开始探索云州，却发生了十分诡异的事情——分别向东、西、南、北四个方向走出去的四组人，其中的三组竟然在三天后碰面了。但他们的方向差得那么远，罗盘也始终没有出现过问题，怎么可能碰到？"

云灭的神情专注起来，知道已经听到了关键的地方。胡斯归继续说："以后不断地小心实验，大家终于发现，云州这块地方，所有的方向都完全是混乱的！如果你一直向东走，很可能会到达北面，而你向北却有可能不停地兜圈子，永远找不到正确的路。先祖们苦苦思索，最终得出的结论是：如果云州本身不是用幻术建构的，那么一定有常人难以想象的星辰力量蕴含其间，足以令空间发生混乱。"

"空间混乱……"云灭长出了一口气，揣摩着这个概念，"是不是就好比我们面对面地走近，却忽然发现我已经站到了你的背后？"

"是的，有点类似于填阔秘术中的瞬移术，但秘术需要人的施展，云州的混乱却是天然的，让人找不到破解的方法。"胡斯归一面说，一面从自己的头发里取出一个小小的纸卷，展开时云灭才发现，其实那是一张很大的纸，不过由于薄如蝉翼，所以卷起来显得很小罢了。

他接过那张纸，发现是一张云州地图，这地图非常奇特，甚至没有一个外形轮廓，只是罗列出了一块块彼此分隔的区域，完全没有连成一体。这些区域之间有一些线条，大致描绘出所谓的"连通点"。他明白，想必这三百年中，身处云州的众人努力勘探，却只能在这些区域中来回打转。彼此"连通"的两块地方，可能近在咫尺，也可能相距万里。根据图上的标尺以及根据其余八州面积的粗略推断，这些已被探知的地区加在一起，大概不会超过云州总面积的十分之一。

至于云州全貌如何，依然无人知晓。

"为什么这些地图上还标注着主星的名字？"云灭皱着眉头问，"太阳、暗月、密罗……这些和地图有什么关系？"

"这就是这幅地图的关键了，"胡斯归神秘地说，"它牵涉云州另一个无法解释的现象。标记这些主星名字的原因在于，在相对应的区域里，属于该系的秘术效果会得到大大的增强，一个秘道家修炼五十年，也未必能达到那样的进境。事实上，人们正是根据秘术效果的界限来描绘那些地区的轮廓的。"

　　云灭一怔，想起了些什么。胡斯归说："你先看看吧，我相信你一定能从这幅图上看出些什么。晚上我们再谈。"

　　于是云灭仔细看图。到了夜风渐起，海鸟都不见踪影时，他还在船舱里点灯看着这张图，一边看一边在一张白纸上乱七八糟地涂抹着什么：圆圈、箭头、三角形。图画得越多，他的面色就越是凝重，到最后额头上竟然隐隐有层冷汗冒出来，这对他来说可是太罕见了。

　　胡斯归给他送来了晚餐，那是一份寻常人类的膳食，其中有鱼有肉，云灭却并不介意，很快狼吞虎咽掉，目光始终未曾从那份地图上移开。胡斯归叹气："早知道我往饭里掺点毒药，以你现在的状态肯定察觉不到。"

　　"那可未必。"云灭随口回他一句，把地图放下，站起身作出门状。胡斯归问："你要干吗？"

　　"我记得我们雇来的船工里有一个兼营算命的大仙，"云灭说，"我有一样东西记得不是太明确，想找他确认一下。"

　　胡斯归扑哧一乐："别逗了，那种江湖骗子只会胡扯而已，你还指望他能画得出元极道的星盘？"

　　云灭瞥他一眼："看来你不是蒙我，而是自己也确实看出来了。既然如此，我也就直说了吧，像，非常像。从所有地点的连接关系来看，刨除掉其他杂乱的小地方，这十二片区域是最不可或缺的——它们就像门户枢纽一样，缺少了它们，所有区域将不能被连通。

　　"而这十二个区域，仔细比对下就能发现，它们彼此之间存在着单向的传送关系，也就是说，只能从甲地到乙地，只能从乙地到丙地。如果用线把它们连起来，正好能首尾呼应，形成一个……圆环。"

　　胡斯归收起笑容，提起笔来，好不容易在被云灭"荼毒"得一塌糊涂的纸上找出了一小片空地，将那十二片区域分别以其对应的星辰魔法为代号，在纸上画出了一个圆环。

"看看这个顺序，"他轻声说，"我决不相信这只是巧合。完全一模一样的顺序啊！"

纸张上那环环相扣的地名，正是按照这样的顺序排列出来的：

亘白——岁正——印池——密罗——明月——太阳——郁非——寰化——填阖——裂章——暗月——谷玄——亘白

那正是元极道的星盘序列，根据这个羽族古老宗教的星相理论所推演而出的、象征着宇宙间万物演化顺序的星盘序列。

云灭怔怔地看着这个圆环。虽然他早已得出了结论，但得到胡斯归的确认后，仍然有一种无法言说的震撼感受。云州，这块迷雾中的神秘之地，这块人迹罕至的蛮荒之地，怎么会和十二主星的星盘序列联系到一起？遥不可及的星空与浩瀚辽阔的大地，究竟蕴藏着多少惊世骇俗的秘密？

"我年轻的时候，对自己那种疲于奔命的厮杀生活很是厌倦，有空的时候就喜欢拿着这幅云州地图瞎琢磨。后来我无意中发现了这幅地图和星盘的对应，开始有了新的想法。我不要再像野兽一样浑浑噩噩地活着，我要做一些与众不同的、惊天动地的大事。"

胡斯归说到这里，意识到自己似乎不必对云灭这个临时伙伴说得那么深，于是晃晃脑袋，把话题转移开："关于这个星盘，我猜测了很久，最后我觉得，这似乎是一种人为的布局，甚至于……甚至于是某种实验。"

云灭看着他，并不说话，脸上表情阴晴不定。胡斯归说："其实你也有类似的想法，对吗？"

"我只是在想，究竟什么人能布下这种气势磅礴的实验场？"云灭说，"用一片数万拓的土地来作为实验田，用天空中的星辰作为工具，以无数的生命为实验品？"

胡斯归斟酌着，最后带着一种无法言说的神情回答："大概那根本就不是人吧，因为这种事……根本非人力可为。"

"你逼问风离轩所图谋的东西，和这种力量有关吗？"云灭忽然问。

胡斯归脸上现出了愤怒之色："废话！如果有谁知道该如何克制这种力量，那个人就是风离轩，所以我们才那样拷问他，偏偏被你那好心肠的女人给搅黄了！现在我们只能硬拼了。"

云灭默然。两人结束谈话，各自安息，云灭却翻来覆去睡不着，一会儿想到吉凶难测的云州之行，一会儿想到正在去往宁州路途上的风亦雨，各种想法纷至沓来，令他的头脑里"嗡嗡嗡"响个不停。他向来不畏惧任何人，但对于即将面对的可能拥有超能力的对手，却是半点把握也没有。而身边的胡斯归，在某种程度上也许比那个对手更加可怕。眼下两人为了共同的利益不得已而结成同伴，但只要时机恰当，这个阴险的胖子百分之百会回头往自己身上插几刀。

可那也没有办法。为了解除风亦雨身上的诅咒，再大的危险也只能硬着头皮上。也许这世上只有一个人能让自己心甘情愿地束缚住手脚吧，他又想，虽然这很违背自己的自尊心，但却是无法改变的事实。

他妈的，终归我也只是一个脆弱的普通人，他在心里恨恨地想着。与此同时，隔壁不断传来翻身的响动，虽然很轻，却瞒不过云灭灵敏的耳朵。胡斯归也在辗转反侧，不知道心里想着些什么。

几天之后，船已经接近了陌路岛，他们毫不犹豫地劫持了整艘船——其实船本来就是他们的，只是在目的地上撒了个谎——逼着船转舵向西去往云州海岸。两个恶棍略微施展一点手段，吓得从船长到水手谁都不敢反抗。然而当真的进入禁航区边缘时，船长却下定了决心，死犟着就是不允许再前进了。

"前面是死亡区域，再往前走整艘船的人都没命，"船长说，"与其淹死在海里，还不如被你们一刀杀了痛快！"

这话倒也说得不错，两人无奈，海船暂停下来。云灭抬头看着远处天空中翻滚不休的浓云，问船长："这一带真的有那么可怕吗？"

船长从他的语气中听出了一点转机，刚刚那种"反正死定了不妨豁出去"的气势一下子收了起来，带点劝说意味地说："可不是！陌路岛上生活的羽人们直接把这一带称为长眠之海，意思是无论谁擅自闯入，到最后都是难逃一死。这里的气候变化无常，风暴随时可能发生，完全不可预计。海里还有许多巨大的海兽，它们从来不在长眠之海外出现，却会疯狂地袭击所有敢于侵犯它们领地的船只。"

"那么漩涡呢？"云灭问，"我听说这片海域经常会出现吞噬一切的大漩涡。"

船长的身子像筛糠一般抖了起来，双手一阵乱摇，脸上现出了怒气："不能提！不能提！那是海神的震怒！你们会惹怒海神的！"

看他的模样，如果再提到大漩涡，说不定真会拔刀子拼命。云灭只好放过他，想了想，到甲板上抓了一个打杂的水手来逼问。这水手虽然也怕得不行，但最终还是说了。

"羽人们说，自从创世之后，人的足迹就遍布了整个大洋，让海神不得安宁，"这个胆小的水手拼命压低了声音，似乎是害怕被海神听到，"所以它为自己保留了一片宁静的海洋，就是长眠之海。无论谁敢惊扰海神的宁静，都会付出死亡的代价。据说，海中的礁石暗流都是海神布下的陷阱，身躯庞大的神秘海兽是海神的奴仆，风暴和海啸是海神不满的呼吸，而大……大漩涡，就是海神最愤怒时的诅咒。对于那些用暗礁和风暴都无法驱赶的胆大妄为之徒，海神就会用这个诅咒将他们拖入海底，让他们陷入永恒的长眠。如果你死于海啸或者触礁，运气好的话人们还能找回你的尸体，但是被拖入大漩涡的人，全都尸骨无存。"

"看来这个诅咒是为我们俩这样的人准备的。"胡斯归咧嘴一笑，但看起来仍很紧张。云灭皱着眉头问："奇怪了，你和那两个书生离开云州的时候，怎么就没碰到漩涡？"

胡斯归一摊手："我哪儿知道？我们一路出海，虽然也并非风平浪静，还是有许多惊险，但的确没遇到最致命的大漩涡。如果真有什么劳什子海神的话，他老人家对云州这鬼地方的戒条好像是只许出不许进……"

云灭叹息："但是现在我们需要进去啊，怎么才能让这浑蛋的海神开开眼呢？"

看起来海神是听到了这两个渎神者的不敬之词，空中的乌云越发浓密，隐隐有雷声传来，海上起了狂风，海水中泛起肮脏的泡沫。这艘坚固的海船似乎变得轻飘飘毫无重量，在海水中颠簸摇晃着。可想而知远方的洋面会是怎样的状况，这艘船倘若冒险前行，肯定难逃葬身海底陪伴海神的命运。

在船长近乎哀求的喊叫声中，海船费力地掉头行驶了一段，以免被卷进"长眠之海"恶劣的天气状况里。即便是完全没有航海知识的人，此时一眼也能看出前方凶险莫测，贸然闯入实属自杀。而在长眠之海上，这样突如其来的风暴每天都会出现。

两个人绷着脸坐在甲板上，虽然不愿意把内心的愁闷表露于外，但那种眼神只怕连海神都能杀死。云州仿佛已经触手可及，却无法再前进一步，这样的悲哀，大概过去数千年中试图一探云州秘境的人，都曾经遭遇过吧。

"你怕死吗？"云灭忽然问。

"我只怕没有价值的死，"胡斯归说，"人生在世就是需要不间断地冒险、挑战、以命相搏，在这些过程中死去，我倒绝不会介意。"说到这里，他有些狐疑地看了一眼云灭："你不会真的打算硬闯进去吧？那不过是白白送死而已。"

云灭摇头："倒也未见得是白送死。前几天你和我说了云州原住民的事情，我就一直存着和你相同的怀疑。那些人，应该是历代探险者活下来的后代，这就说明了，许多被认为必死无疑的人，到最后其实都活着！只是他们没能再找到办法离开，只能永远地留在了云州，偶尔有能活着回去的，因为所经历的事情太过怪诞，没有人能相信，反而被当成了骗子的胡言乱语。"

胡斯归一怔："那么你的意思是……"

"刚才那个水手也说了，被卷入大漩涡的人，无一例外，全都尸骨无存。

一个人消失得无影无踪，真的就代表他死了吗？恐怕也未必。至少，那个死去的书生临死前对我说的最后两个字就是'漩涡'，我相信他一定也对此有所领悟，毕竟他曾活着到达云州。"

"照你这么说，我们像傻子一样直扑大漩涡，也许恰好是扑向了一扇门？"胡斯归的语气中不含嘲弄，倒是若有所思。不过看得出来，他对于这个疯狂的念头还是有些犹豫。

云灭一笑，忽然换了个话题："我以前在宁南城的时候，因为本地人类很多，很多人类的风气也被带了过去。比如那时候宁南城开了不少茶铺，里面总有人类的说书人在那里讲些帝王将相、英雄美人的滥俗故事。我那会儿年纪还小，有时也会去听个热闹。"

胡斯归不明白他突然扯起这些鸡毛蒜皮的事有何意图，不过还是耐心地听他继续讲下去："有一个说书先生，年纪很大了，脑子好像是有点不大清醒，讲起故事来颠三倒四的，但他反而受欢迎，很多人都把他当成笑料来围观，听他故事里的破绽，然后去取笑他。

"有一次他说了个故事，大致是古代某位英勇的将军和他所保护的王妃之间发生的种种暧昧情事。其他细节我都忘了，唯独记得那位可怜的将军在这个并不长的故事里至少落水七八次，有时候是从悬崖上坠入深潭，有时候是被敌人追赶掉进了河里。在每一次落水事故中，他都会失去知觉，然后每次到最后他醒来时，都会发现自己已经莫名其妙地趴在岸边。

"到后来他每次讲到这位将军落水，所有人都开始狂笑，并且替他说下去：'……将军晕了过去。当他醒来时，发现自己已在岸边……'我们总结说，以后这世上的人谁都不必学游水了，只需要随身带一根木棍，谁掉到水里去，就赶紧一棍子把自己打晕，然后就能上岸了……"

胡斯归嗤嗤笑了起来："所以现在，我们俩也需要用木棍把自己打晕，然后等待着醒来上岸？"

"我同意你的说法。"云灭严肃地回答。

第二十二章
兔死狐悲

某些事情说起来轻松，做起来却艰难无比。比如两个不要命的家伙想要到大漩涡里去享受海神的诅咒，海神却未必肯赏这个脸。眼下的长眠之海中波涛怒卷，哪需要什么大漩涡？再坚固的船进去后，一分钟之内也肯定被彻底拆散。

云灭把船上所有人都聚拢起来，简明扼要地表达了这么一个中心思想：老子不想活了，非要进大漩涡不可；你们只要能想办法把老子活着弄进大漩涡里，接下来是死是活都无所谓了；你们要是想不出办法，老子就把这艘船驶进风暴里，大家一起玉石俱焚。

其实他只是色厉内荏，即使最终找不到法子，他也不会真拉了全船人给他陪葬。但面对着死亡的威胁，谁又敢轻易去尝试，让自己这玉陪着这两块石头一起焚掉呢？

最终还是船长站了出来，从眼神来判断，他已经确凿无疑地在这两人身上贴上了"疯子"的标签："你们真的想要被大漩涡吞掉？"

看到对方肯定的动作后，他叹了一口气，以破财免灾送瘟神的姿态返回到自己的船舱，不久后走出来，手里拿着一个薄薄的布片一样的东西，但等到抖开之后，人们才发现这玩意儿大得出奇，好似一个透明的口袋，里面填上七八个人都没问题。

"这东西叫浮漂，河络与鲛人合作的结晶，"船长说，"里面有盛放空气的鱼鳔，可以呼吸，本来是河络用来探索地下暗河的，也可以做海上紧急救命用，很结实，海浪应该也撕不碎。但是，你们也看到了，人进去之后，不可能操纵方向，你们只能任由海流卷走。所以如果无人救援，在海里用浮漂，终归是一个死。"

"谢了，我们要的就是去死。"胡斯归一把抢了过来。船长嘴里咕哝了一句，看样子有些舍不得，但所谓两害相权取其轻，他巴不得这两个恶棍赶紧去死。

于是两个恶棍就去死了。当风向变化为东风后，他们钻进了那个古怪的浮漂，被扔进了海里，之后便随着波浪被冲入了风暴之中。

如船长所言，海水的确无法浸入，而两人也完全不能控制方向，但那种感觉——实在太难受了。片刻之间，两人已经在浮漂里打了无数个滚，若不是平时训练有素，只怕已经吐了一身。身边偶尔还有巨大的鲨鱼、章鱼出现，但它们也疲于奔命，完全无暇攻击。

此时两人才真正体会到大海的力量，体会到为什么海上航行的人都那么敬畏海神，它的确是一个无可抗拒的主宰者，只要愿意，它可以在任何时候夺走你的性命。而再大再坚固的海船，在大海中都只是一个脆弱得不堪一击的玩具。

云灭忽然想起了在阳光中舞蹈的尘埃，那样的渺小，那样的忙乱，自己现在就是这样的尘埃。浮漂忽上忽下，忽左忽右，他的心却在一点点下沉：也许自己不该这么冒险，把自己扔进这种甚至完全无法自救的境地。外面狂风呼啸，巨浪滔天，即便自己反悔想要飞回去，也必然被卷入惊涛骇浪中。

正值午后，天空却已经昏暗得近似夜晚，即便浮漂材质特异，水在上面停留不住，两人的视界也已经十分模糊，几乎不能辨物。只有当电光亮起，才能勉强看见四周如山峦般起伏的巨浪。

云灭耳听得胡斯归对他说了几句什么，却压根听不清内容。他大喊一声："别说了，我一句也听不到！"随即反应过来，对方也听不到自己的这句话，不由得苦笑一声。然而就在此时，他听到了另一个声音，一个听起来很低沉，却迅速压倒一切风浪声的声音。

那声音像是什么受伤的野兽在低鸣，又像是在很遥远的距离之外千军万马在奔腾，两个人的耳膜中都充斥着一种无法言说的震荡与轰鸣。海水突然开始向着同一个方向奔流、聚集，当下一道电光闪起时，两人看到了大漩涡。

那真的很像是一只怪兽贪婪的嘴，正要把天地间的一切都吸进去。漩涡在不断扩大，而乱转了许久的浮漂也终于找准了方向，义无反顾地冲向了漩涡的中心。虽然这是两人一直所期待的，但真到了这一时刻，心中仍然紧张万分。

正如青衣书生所描述过的，海水竟然都直立而起，好似蓝色的墙壁，更确切地说，是一口巨大的深井。浮漂载着云灭和胡斯归在井壁上疯狂旋绕着，一点一点地逼近井底——大漩涡的中心，那种轰鸣声也渐渐变得让人无法忍受，充斥着整个头脑，仿佛要把自己的头颅生生撑裂。云灭甚至有种幻觉，觉得自己的眼珠正在一点点凸出，随时可能爆掉。但他狠咬了一下舌尖，强撑着不让自己晕过去，想要看看漩涡究竟能将自己带向何处。假如自己判断错误，最终难逃一死的话，他也不希望闭着眼睛去死。

胡斯归大概也抱着同样的想法，尽管难受得压抑不住喉咙里的呻吟声，仍然死死地把两眼睁得贼大。正当两人都感觉马上就要撑不住了的时候，眼前忽然出现一丝白光。

真的只是一丝白光，从漩涡黑漆漆的底部透出来，但对于两人来说，这一点微弱的光芒就是希望。那白光渐渐扩大，突然之间将整个浮漂包裹其中。云灭感到一种刀尖般的锋锐从身上切过，仿佛要把自己的身体切成无数的碎块，却又感觉不到疼痛，只是好像身体已经不属于自己了似的。

但这种感觉只维持了一瞬间，紧接着是一阵剧烈的震荡，然后是"砰"的一声，身体撞在了什么坚硬的东西上。这下子真的差点散了架，两人都疼得快要晕过去。但可以肯定的一点是：着陆了。

于是胡斯归伸出指甲，"哧啦"一下划破了浮漂，两人龇牙咧嘴地站了起来，往周围一看，立刻愣住了。

"看来我们上岸了。"云灭揉着额头磕出的大包说。

无论大漩涡还是长眠之海，都已经消失得无影无踪。眼前一片白雾氤氲，赫然是一个一望无边的大湖泊。岸边的泥土潮湿冰凉，芦苇疯长，其中间或传来一两声鸟类的鸣叫。最为奇妙的却是那湖面上的雾气，浓重得让人什么都看不清，其中跳跃着无数星星点点的亮光，正在有规律地向着远处或者近处移动。

　　"我们真的到云州了，"胡斯归喃喃地说，"这里就是我曾和你说过的迷云之湖啊！"

　　听到这句确认，云灭总算放下心来，回想起大漩涡里的苦状，暗暗叫了一声"侥幸"。看来这个用性命做赌注的赌局毕竟是押对了，大漩涡真的是通往云州秘境的门户。现在自己的双脚已经踏在了云州的土地上。

　　这一刻，云灭甚至觉得自己的内心有一阵许久没有体会过的激动，他完全忘记了身上剧烈的疼痛，不为了拯救，不为了复仇，也不为了其他任何理由，仅仅为了踏上云州本身。有关这片神秘土地的种种传说，一直都是困扰九州的巨大悬念之一，如果有机会揭开它的面纱，倒也能满足自己内心对挑战的渴望。

　　"我们现在是在迷云之湖的南岸，位于星盘序列中寰化域的边缘，"胡斯归一面看着地图一面说，"如果穿越到北岸去，就可以传送到填阓域，然后再到裂章域，那就是我的地盘了。"

　　云灭哼了一声："你的地盘？我听说整个云州都是领主的地盘吧！他老人家仙踪何处呢？"

　　胡斯归不理会他的讽刺，脸色看来有点发白："他位于谷玄域。那里是禁地，向来不许人进入。无论如何，我们先到了裂章域再做打算吧。"

　　于是云灭不客气地拎起胡斯归，向着对岸飞去。在他的身下，在那片千年不散的迷雾中，无数发着亮光的小虫正在做着同样的飞行，但它们是那样的脆弱，往往飞到半途就会坠入湖中失去生命。而自己貌似强悍得多，在那个完全不知底细的危险敌人面前，是否也会像这些小虫一样微不足道呢？

　　迷云之湖比他想象中要大。当再一次经历那种身体撕裂般的怪异感觉后，两人经由瞬间传送来到了填阓域，此时已经入夜。方才在襄化域的时候，云灭还未感受到星辰力对自己有什么影响，此刻进入填阓域，立即觉得身子沉滞起来，感官似乎也开始略显迟钝。他是羽人，身体本来很轻，这一下就觉得脚步沉重了不少，胡斯归这大胖子反而没事。

"填阓的作用，习惯了就好。"胡斯归不怀好意地一笑。

云灭问："我就奇怪了，难道你没有觉得自己身上多出来几十斤肉？"

"因为我早就习惯了这样的分量，"胡斯归笑得更开心了，"以前我在云州的时候，比现在还要胖上快一百斤。"

不过体重的问题很快解决了。胡斯归毕竟是土著，第二天一早就在附近抓来了两只大鸟，它们和一匹小马差不多高大，翅膀短小，双腿却是粗壮有力。这一带地面凹凸不平，忽而遍地碎石，忽而布满黄沙，这两只怪鸟却是奔驰自如，比寻常马匹还要稳当。

"要是在东陆大量饲养这种鸟，大概商机也颇可观吧。"云灭说。

"那可得赔死，"胡斯归说，"沙驮不吃草，光吃肉，而且胃口相当之好。我用它们来当坐骑，也是考虑到这方面的需要。"

云灭不解，但也没有追问，胡斯归沿途极为谨慎，老是抬头望着天，让人以为他睡觉时落枕了。这一天午后，沙驮刚好带着两人在荒漠中找到一片水草丰美的绿洲，胡斯归正撅着屁股，艰难地把脑袋埋进水里，就在此时，天空中传来几声清亮的鸟鸣。云灭抬头看去，却是一只灰色的大雕，正迅速地从空中掠过。

胡斯归突然之间蹦了起来，若非云灭闪得及时，已经被他甩了一身水。他随手抹了一把脸上的水，压低着声音对云灭吼道："快点！躲到沙驮身子下面去！"

等到大雕飞走后，胡斯归仍然一脸警惕，直到确认它不会再兜回来了，才敢站起身来。他"呸呸"吐掉嘴里的沙子，这才对云灭说："那是领主放出来的探子，遍布整个云州，要随时当心哪，这片大陆上有什么异动，都会很快被他知晓。"

"哦？那又是一种云州的奇异生物吗？"云灭问。

"倒没那么奇异，这叫作迅雕，不过是北陆名种的雪雕和云州本地雕的杂交产物而已。重要的是驯雕术，据我所知，那种方法早已经在东陆和北陆失传了。"

云灭点点头，心里想着，原来风离轩信中的"凌风"，指的就是雪雕，看来他还真是对自己的主子忠心耿耿，连这种驯兽的秘技也倾囊相授。

"领主的势力，看来确实很强啊！"他对胡斯归说，"这一路上我瞧着你，总以为天上会下金子。"

"如你所见，"胡斯归一摊手，"金子是没有的，迅雕倒是不少。他对云州各地监视极严，唯恐出什么乱子。"

"发现了之后又如何？在千里之外的谷玄域出手击杀吗？"云灭想起了能在遥远的大海彼岸被操控的风离轩。

胡斯归神情很严肃："你别以为这是句笑话，这种事他未必不能做到，别忘了他是怎么操纵风离轩的。只不过云州如此广大，每一刻每一秒都有那么多事情在发生，他一个人既管不过来，也没必要白白消耗自己的力量。所以和东陆、北陆一样，一块大陆的主人要剿灭各种叛乱、消除各种隐患，靠的还是老套的招数。"

"军队吗？"云灭皱起眉头，"云州一共有多少人？他的军队怎么能成气候？"

胡斯归脸上的肥肉微微抖了一下："那就是领主的本事了。别忘了云州是一个星辰力异常强盛的地方，他可以利用岁正的星辰力，加速婴儿的生长……"

岁正是九州的十二主星中主管生长的一颗星，从古代起，农夫们就根据岁正的运行轨道来安排农事。秘术师们也可以利用岁正之力加速植物的生长，但要作用到动物身上，凡人的精神力却难免不够用了。但如果能直接运用星辰力的话，又是另外一回事了。

云灭长出了一口气："我明白了。为了这些婴儿，云州正当育龄的女人，大概也没少受到领主的戕害吧。"

胡斯归眼中闪过一丝恨意："植物没有智慧，用岁正魔法催生长大，并没有什么异常。但人类加速长大后，却会带来一些无法避免的致命缺陷：他们的头脑发育不足，几乎都是半白痴。但这样的白痴偏偏身强力壮，而且非常听话，领主命令做什么从不违抗，也绝不怕死。"

云灭摇摇头："忠诚而不怕死的军队，是多少帝王梦寐以求的啊！蠢一点倒是不妨，有聪明的将官指挥就行了。"

"所以我们的起义才总是屡战屡败，"胡斯归叹息着，"毕竟人数差得太远啊！偶尔有时候局部占了优势，引起了他的注意，派风离轩一出手，就没人能挡得住。"

云灭抬起头，仰望着天空："无处不在的眼线，绝对优势的兵力，还有风离轩那样非人的星辰力……看来硬拼是绝不可能的，刺杀呢？"

胡斯归狡黠地一笑："你的刺客本能让你手痒了吧？跟着我走吧，你很快就能知道刺杀的下场是什么了。"

大约两天后，两人来到了一个小村落，这是云灭来到云州第一次见到胡斯归之外的云州本地人。村里居民以羽人为主，也有不少人类，但云灭实在很难认同这些羽人是他的同类。他们一个个身材粗壮，腿部肌肉发达，几乎没有人会飞翔。云灭眼看着一个大约只有十四五岁的少年羽人肩头扛着一头野猪大步流星地狩猎归来，禁不住感叹道："真应该把宁州那些端碗吃饭都嫌太重的贵族小屁孩都扔到云州来磨炼磨炼。"

"那他们多半就磨死了，"胡斯归说，"若不是经过千百年的演进，这里的羽人也不会变成……"

话还没说完，就被一阵惊惶的喊叫声打断了。那是一个衣衫褴褛、浑身肮脏无比的男人，头发、胡子长得吓人，完全分辨不出年龄。他原本呆呆地坐在村里的一口井旁，好像在晒太阳，一听到有人靠近就跳了起来，边逃边叫着："你不是我！你不是我！"

看来这只是个疯子，云灭不以为意，胡斯归更是视若无睹，两人继续交谈。按照胡斯归的解释，由于星辰力的紊乱，云州各处的气候、地貌、植被、动物等都不依常规，不只是眼前这些和蛮族人没太多区别的羽人，许多在其余各州无法想象的奇景也会在此处出现。

"比如这里有一个夸父部落，里面的夸父高大得出奇，"胡斯归说，"据说上古时代的夸父，都没有那种高度的。和他们作战实在是太可怕了，我感觉自己好像一个婴儿，手里拎着奶瓶，想要去和最勇猛的战士交手。"

"但你最后还是赢了，不是吗？"云灭淡淡地说。

胡斯归得意地一笑："那是当然。夸父毕竟是夸父，不管块头有多大，终归是直肠子不会耍花招。在云州这种地方，身体上的优势并不是最重要的，关键在于头脑。"

"但是凭你的头脑，仍然无法对抗那个幕后的恶魔？"云灭目光炯炯，直视着胡斯归。

胡斯归沉默了一会儿，那种久违了的畏惧和惶恐又回到了他身上。他轻叹一声："那有什么办法？起兵硬扛的代价前两天我已经和你说过了，那时候你对刺杀似乎很有兴趣，但他的力量你也曾见识过，仅仅凭借着一个傀儡，都比你我和辰月教教主三个人加在一起还要强，若不是凡人的身体终归太脆弱，我们已经死在那里了。而这个浑蛋不只有力量，还有极高的智慧，似乎能洞悉身边的一切。在我之前，其实也有很多人想过要对抗他，都以惨败告终。大约十年前，有一个很厉害的杀手无意间流落到此处，他的名字叫扈微尘……"

云灭一怔："十年前失踪的扈微尘？听说他是那个时代东陆最有名的杀手，我出道后还一直想会会他，没想到他竟然也到了云州。以他又臭又硬的性子，没可能忍受被人驱使奴役，一定和领主干上了吧？"

"一个人能被你说成又臭又硬，那可真不容易，"胡斯归讥讽地一笑，"不错，他自以为凭自己无迹可寻的暗杀之术，一定可以杀死对方。他详细策划了两个月，自以为整个计划已经无懈可击，便展开了行动。大约半个月后，他回到了自己的居住地，已经变成了一个心智全失的疯子，在他此后的一生中，见人就躲，而且反反复复只会说四个谁也听不懂的字……"

云灭心中一凛，回头看去，那个疯汉躲得远远的，却仍在警惕地朝着自己这边张望，嘴里兀自不停地嘟囔："你不是我！你不是我！"他的身子神经质地抽搐着，满脸的污垢让人除了那双惊恐的眼睛之外，完全看不出容貌。

两位不同时代的金牌杀手目光相触的一瞬间，云灭分明感受到一丝兔死狐悲的苍凉。

这一夜两人留宿在村里，胡斯归安排好住处，从天黑后就不知所终，云灭也不去在意。他好像完全不惧怕什么迅雕之类的监视者，在村里大模大样四处行走。羽人们各自忙着手里的事情，没有谁去多看一眼。云灭想，这一半出自生活的折磨，另一半大概也是因为云州总有奇怪的来客，他们早就看惯了。千百年来，在外人眼里尸骨无存的云州探险者们，其实还是有那么一小部分侥幸被卷进大漩涡，活了下来。

但是这些人并不知道自己是怎么进来的，云灭又想，他们只是牢牢记住在怒涛中的死亡恐惧，再也不敢以生命做赌注离开了，从此只好定居在云州。偶尔有人离开了，回到东陆、北陆，又会被当作骗子。因此云州的秘密就这样被隐藏起来，无人能揭破。

他想要去找扈微尘聊聊，看自己有没有办法让这位发了疯的前金牌杀手稍微透露一点刺杀领主的细节，转来转去却始终见不到人。当然云灭找人的功夫比猎犬强多了，最后还是在村口的一口枯井里发现了扈微尘的踪迹。此人正把身子缩成一团，死死贴住井壁，仿佛只有那里才能让他安全。

云灭叹息一声，知道此人已经没救了。他又抬起头，看着云州的天空。不知道是不是居住的人太少的缘故，这一片天空比他在所到过的任何一处所见的都要干净、清澈。在填阓域中，填阓的黄色光芒格外醒目，给人一种平和静谧的错觉。

"很好看吗？"胡斯归不知什么时候如幽灵般在他背后出现。

"你去哪儿了？"云灭头也不回地反问道。

"我又不是你情人，你管那么多干吗？"胡斯归嬉皮笑脸地说，但很快从云灭的表情意识到这玩笑不能随便开。他咳嗽一声，一本正经地说："我去联系我的人去了。他们本来对我不告而别很有意见，但我告诉他们，我逃跑的目的是引走风离轩，在云州之外干掉他，并且已经成功了——所以我轻易就取得了他们的原谅，而且声望反而提高了。"

云灭点点头："论到厚颜无耻、见风使舵，你认第二，全九州也找不出第一。"

"多谢夸奖！"胡斯归哈哈大笑，"你真是我的知己！那也没办法，要对付领主，离了我这样的恶人是不能成事的。"

"关于这个领主……还能多告诉我一点他的事情吗？"云灭问，"比如说，有没有谁见过他的真面目，或者见过他出手？"

胡斯归摇摇头："从来没有人见过他。根据历史记录，风离轩当年也曾跋扈一时，却几乎在一夜之间臣服于这个不知何方而来的领主。谁也不知道领主的力量来自何方，也从来无缘见识，他悄然躲在幕后，一切事务都由风离轩出面打理。"

"但大家所看到的是，风离轩力量激增，行事也比过去老辣阴狠得多，显然都出自领主的幕后帮助，对吗？"云灭又问。

"不错，这就是领主最可怕的地方，"胡斯归阴郁地说，"他虽然从不露面，带给人们的却是更大的心理压力。即便我们能谋划对抗风离轩的方法，可一想到背后还存在着领主，总是难免心情沉重。但是现在，最好的机会已经出现了，你明白我的意思。"

云灭点点头："风离轩死了，领主暂时没有发现你已经回来了。最重要的是，还多了我的存在。"

胡斯归宽容地一笑："你说最重要那就最重要吧。反正我们的利益是联系在一起的，领主必须死，否则谁都活不下去。"

填阓域地域并不算广大，两人只走了几天就已经到达边缘。由于填阓的星辰特征，该区域内的植被生长十分整齐有序，反而给人一种很不舒服的感觉，就像是淮安城内那些被刻意修建以装点市容的灌木植物一样。沙驮倒是始终跑得稳稳当当，性情也还算温驯，只是胃口不小，两人沿路射杀的动物，有大半进了沙驮的肚子。云灭常忍不住想：要是辛言见到这种动物，只怕求知欲又要泛起。

想到辛言，就难免想到托付给辛言的风亦雨，云灭心里微微一沉。他渐渐发现，对风亦雨的牵挂已经有些影响自己日常的反应和判断能力了，也就是说，偶尔会莫名其妙地走神，虽然都只是短短一瞬，但对于我们高标准严要求的云灭大人来说，总不是什么好事。更何况，身边还有胡斯归这样危险的同伴在。

他微微晃晃脑袋，把各种复杂的思绪都驱赶出去，回想着自幼开始的精神训练，渐渐进入心境澄明、感官敏锐的状态。于是他很快发现了一点不对劲。

"停下！"他勒住了沙驮，"你看看远处，那个山坡上，有不少人。"

胡斯归慌忙停下。两人翻身下来，缩身于沙驮之后。这时候两人正面向阳光，胡斯归用手遮住额头，眯缝着眼睛仔细看去。他费了好大力气才看清，正前方的一座高山上，果然隐隐有些黑影在移动。他不禁叹了口气："不愧是射箭出身的，眼力真是不一般。不过我们的麻烦也来了。从填阃域到裂章域的入口，好像已经被领主的人给看住了。"

"不是好像，是确定，"云灭说，"那么多人，可不会是去郊游野炊的。"

第二十三章
夺权

从填阖域进入裂章域，连接的入口位于一座高山上。许久以前，曾有一些猎人或者樵夫去往山上打猎砍柴，却神秘失踪了，从而引起人们关注。当然，那些失踪者后来七七八八都从其他的区域慢慢找回了家，而填阖与裂章二域的联通点也终于被发现：它藏在某一棵茂盛的老松树的阴面，后面是一片小树林，还有一个熊洞。难怪猎人们和樵夫们都被吸引而去。

本来胡斯归和云灭应该通过这里进入裂章域，但现在这个连接点却意外地被人占据了，当然从另一个角度而言，也不算太意外。

"领主肯定猜到了我还会回到云州，因此预先做好了防范，"胡斯归说，"裂章域是整个云州已探明的区域中幅员最广阔的一块，地形虽然相对单一，却也恰恰最便于隐匿行踪，我一直都以裂章域作为主要的活动地点，在那里，领主有再多的迅雕也不管用。"

"所以他一定不能让你回到裂章域，"云灭说，"这才采取了这种堵门的策略。堵门从来都是一种不得已而为之的笨办法，但用起来效果往往不错。"

"尤其是在门特别小，还没有窗户可以扒的情况下。"胡斯归补充说。

岂止是没有窗户可以扒，根本连墙都没得跳。这如果是一座防卫森严的城池，云灭至少有上百种方法越雷池而入，但云州就是这么古怪的一个地方，不找到那唯一的一个点，整个区域几乎是完全封闭的。

两人仔细检查了自己的装扮，确认对方至少在远距离不大容易认出自己，然后开始琢磨有什么办法能靠近。这若是在东陆倒也好办，混进人群就行，偏是生在地广人稀的云州，等了半个对时，连个经过的鬼影也见不到。

不过两人倒是兜了个大圈子，绕到另一个离得更近的土坡上，大致看清了敌方兵力。如胡斯归所言，山头上驻扎的都是领主用岁正法术催生出来的怪胎们。他们头脑发育并不完全，智力低下，但正因为如此，他们能够一丝不苟地执行命令，既不会受他人花言巧语的蒙蔽，也不会怕死脱逃或者懈怠。

"我眼里能见到的，有五十二个人。"胡斯归说。

"五十三，有一个在树上，"云灭说，"凭我和你，并不是没有办法打发掉他们，或不动手直接硬闯过去，但那样必然会打草惊蛇。"

"如果能把领头的干掉，就不会，"胡斯归说，"这帮人当中，至少会隐藏一到两个聪明的手下，用来发号施令和处理突发情况，那是领主的老习惯。我说过了，那种用法术催生出的战士空有力量没有头脑，一旦失去指挥，就会变为纯粹的打架机器，必须有人带队。只要把带队的干掉，要教会这些蠢货逃跑去向领主汇报，恐怕稍微困难点。"

"照你这么说，我倒是有主意了，"云灭想了一会儿，"如果我们能辨认出领头的正常人，把他干掉，再把尸体一起带着强闯过关，剩下的蠢货们在慌乱一阵后，只怕就会继续回到各自哨位，按部就班地守卫，而完全忘记掉之前的事情。领主即便派出了迅雕，见到那里没什么变化，也不会起疑——迅雕恐怕不会注意到五十多个人当中少了那么一两个吧？"

这个作战方案说起来倒是容易。两人远远地观望着，但毕竟相隔太远，无论目力多好，也很难在这样远的距离看清楚人物细节。乍一看，全部的五十三个战士都是那种呆头呆脑的模样，除了来回巡视，基本没有其他的动作。很显然，领头的正常人有意识地把自己的身份隐藏了起来，混同在傻瓜们当中，不让自己露出痕迹。

渐渐地，太阳开始西沉，周围的温度也慢慢降了下来，眼看着黑夜即将来临。胡斯归还好，对云灭而言，时间却是不能再宝贵了，但这个死要面子的家伙在胡斯归面前偏偏不愿意流露出一丁点焦急，只能在心里煎熬了。

两人找到一处背风的岩石坐下，也不能生火，胡乱啃了点干粮。对面山头上的人们倒是不客气地点起篝火，开始烤剥猎物。胡斯归只觉得自己鼻端仿佛能闻到那几里外的烤肉香气，肚子里一阵咕噜噜直叫。

"这么点东西，只能塞牙缝……"他看着自己手里干硬的面饼，喃喃地说。云灭没有搭理他，仍然眼望着远处的火光，若有所思。

过了很久，云灭才转过脸来，慢慢地说："一个人，可以装成自己肚子很饱一点也不饿，但当他的肚子咕咕叫起来时，却是绝对隐藏不了的了。肚子咕咕叫，是一种身体的本能，没办法控制的。"

胡斯归望着他，皱起眉头："你想到了点什么吗？"

"如果有什么紧急的事情发生，那种平静的秩序就会立即被打破，"云灭说，"会有人站出来发号施令，指挥着蠢货们行动。而那个发号施令的人，就是我们要找的领头人了。"

胡斯归咕哝了一声："发生什么紧急的事情……那岂不是要我们俩现身去捣乱？"

"不是我们，是你一个人，"云灭悠悠然说，"很显然我的弓术比你厉害得多，吸引敌人注意的事情应该交给你，我则去负责射杀。"

胡斯归摇摇头："我们没必要那么着急。这个方案太冒险，万一一击不中，反而会暴露目标。我们应该慢慢观察，他们迟早会露出马脚……"

"我没有时间了！"云灭脱口而出。这话说出后，他立即有点后悔，因为这会给胡斯归向他提条件带来方便。果然胡斯归先是一愣，接着开始阴阴地笑起来："云灭，你过去是一个没有什么弱点的人，但现在，你已经有了致命的弱点了。"

云灭突然张弓搭箭，对准了胡斯归的咽喉："所谓致命，并不意味着是丢掉自己的命。你要不要试试看，我的弱点对谁更致命？"

他的目光冷峻，不带一丁点波动，双手更是稳如泰山。在这样近的距离里，胡斯归想要躲闪只怕并不容易。两人僵持了一会儿，胡斯归叹了口气："好吧，你说什么就是什么。我听你的。"

云灭盯着他，慢慢放下手里的弓箭。胡斯归忽然莞尔一笑："其实我不答应你，你也绝对不会拉弓的。因为我死了，没有人能把你带到领主身前去。云灭啊，说到头，你这个弱点仍然是致命的。我只不过是顾全大局而已，因为我们俩的相互利用才刚刚开始，先让你欠我一份情，对我有好处。"

云灭没有回答，只是从鼻子里哼了一声。两人重新坐了下来，仔细分析着地形和敌人的分布，慢慢商量出动手的具体步骤，以确保胡斯归的行动能在最短时间内引起指挥者的反应，而云灭能以最快的速度辨别出这个人或者这些人，并迅速击杀之。

"还要提防着迅雕，"胡斯归说，"所以我们应当等着下一只迅雕巡逻离开后再动手。"

云灭没有反对。两个忽敌忽友的伙伴各怀鬼胎，倾听着来自夜空中的响动。月上中天时，迅雕响亮的鸣叫声在夜空中响起。一只灰色的大雕从高空中掠过，盘旋几圈后，振翅飞向远方。云灭耳听着雕鸣声渐渐远去，拍拍胡斯归的肩膀："准备动手。"

胡斯归点点头，正准备长身而起，两人耳中却忽然听到一声凄厉的鸟禽惨叫。抬头看时，迅雕已经从半空中掉落下去。云灭眼尖，发现雕身上好像多了一支长箭。

迅雕被人用弓箭射下来了！两人面面相觑，有点不知所措。正在此时，对面山头上又传来了一阵激烈的动静。两人这一看，更是大吃一惊。

——还没等他们动手，居然就有人抢在他们之前对守卫者们发动了突袭。从装束看，那是一群云州的土著民。他们大概是从山的背面攀登而上并且突然动手袭击的，因此云灭和胡斯归之前并没有发现他们的存在。这群人显然早有准备，寒光四射的兵刃已经握在手里，上来之后就直取目标，很默契地几个伺候一个，个个凶猛剽悍，下手绝不留情。守卫们虽然殊死抵抗，但一来遭遇偷袭，先伤了不少人，二来人数处于劣势，眼看就要被杀个干净。

"以一敌三，领主那点人再四肢发达也不够用。"云灭大致估算着袭击者的数目，口气虽然轻松，心里却隐隐觉得不安。表面看起来，这群突然出现的人替他们解决了麻烦，但在这背后，却未必不会藏着更大的麻烦。

果然，胡斯归的脸色变得十分难看。他将指节捏得咯咯作响，嘴里咬牙切齿地骂道："这个王八蛋，居然趁这种时候来给我搅局。"

"王八蛋？谁？"云灭问。

胡斯归愤愤地回答："那是我过去的副手，一直都想要取代我。自从我被领主通缉而被迫离开云州后，他就顺理成章地接替我发号施令。这次我回来之后，虽然已经秘密和一些手下进行了联络，命令他们不可莽撞行事，但这家伙是不会听我的。他一定是听到了风声，刻意来和我作对来了。"

战斗很快结束了。领主的战士们无一幸免，全都被杀死。胡斯归和云灭很快攀上山头，胡斯归径直走向一个三十来岁的精瘦汉子。

"我不是已经说过了，不要轻举妄动吗，龙雷？"胡斯归冷冷地说。

名叫龙雷的汉子瞥了他一眼："胡胖子，现在我才是头，轮不到你来发号施令。"

云灭饶有兴味地看着这针尖对麦芒的一幕。但双方又都很默契地收敛住了对抗的情绪，胡斯归站在一边，冷眼旁观龙雷指挥着手下把所有的尸体都掩埋好。然后众人一起穿越填阖域的通道，进入了裂章域。

如胡斯归所言，裂章域地域广大，远远超过之前的几处。刚刚传送过去，云灭就看到了眼前一望无垠的石头荒原。这是在东陆和北陆无论如何也难以见到的奇观，几百里地的范围内都只能见到石头，各种各样形态、颜色、大小的石头。小的可以摊在手掌心，大的巍峨雄浑几乎成了一座小山。这些石头从脚下延伸开去，铺满了整个荒原，别说树木和动物，就连枯草也见不到一根，几乎将生命的气息彻底抹去，满眼所见都只是无限的荒凉，散发出阵阵死亡的味道。这种荒芜与壮美相结合的奇景，带有一种令人心悸的震撼。

最常见的三四人高的巨大石柱，沿路密密麻麻伸向远方，阳光照下来，留下万千怪异的阴影。这些石柱外表凹凸不平，粗细也并不均匀，却都很默契地向着东方略微倾斜，那种杂乱无章之中暗含的整齐让人心里很不舒服。

"你想到了什么？"胡斯归问，"我第一次踏入这片石原时，想到的是野草。当春风拂过时，草原上的野草也会这样向着一个方向点头。"

"胖子，你虽然长得糙，心思还挺细的。"云灭挖苦道。这话一出口，胡斯归倒还没什么反应，身边的龙雷却已经发出了幸灾乐祸的嗤笑声。

云灭沿路冷眼旁观，偶尔不动声色地随口问两句，已经弄清楚了这两位之间十分微妙的关系。在云州与领主对抗的叛军势力中，胡斯归本来是领袖，由于半年前策划了一次成功的打击，诱杀了领主手下几名得力干将，被震怒的风离轩追得太急，无奈之下，借着龙渊阁书生闯入的机会逃离了云州，龙雷成了新的首领。但现在胡斯归回来了，还干掉了风离轩（虽然实际上是云灭、胡斯归、辰月教教主与辛言四个人合作的结果），反而提升了声望，让龙雷感受到强烈的威胁。

可见权力这种东西，无论大小，对当局者都有着致命的吸引力，云灭想。在云州这样险恶的地方，面对着领主那样非人的对手，人们仍然会执着于争权夺利，而不懂得精诚团结。不过话说回来，风氏与云氏之争，又好到哪儿去呢？

龙雷说，风离轩新死，正好乘虚而入，如果让领主再提拔几名得力干将去填补了空缺，机会就丧失了。这话貌似有理，但云灭心里清楚，所谓得力干将，并不是对付领主的重点。从根本上来说，只有不露痕迹的突袭，才可能有一丁点成功的可能性。像龙雷这样大张旗鼓地杀戮，看来是立了威，实则打草惊蛇，愚不可及。胡斯归这样阴险深沉的角色，才可能成为领主的对手。

但奇怪的是，胡斯归自己绝少和龙雷争吵什么。一路上，他并没有对龙雷的号令提出过什么异议，似乎是默认了现在的局面。但云灭绝不相信胡斯归是这样肯服软的人，他的脑子里一定在策划着什么不可告人的勾当。

在裂章域的荒原里走了几天，头上每天都会有迅雕飞过。但这片荒凉的石原给众人提供了天然的屏障，只需要往石柱下方一躲，就不会被发现。

而万一出现什么追兵，那些怪石更是人们逃跑或是藏身的好去处，胡斯归没有说错，以此地作为起义或者叛乱的根据地，的确是最合适不过的。

"这是我挑的地方，"胡斯归看出了云灭的心思，"云州看似广大，其实不外乎是在有限的十二星域里转来转去，出口又单一，非常利于强势的统治。只有裂章域才能给人腾挪手脚的空间。"

"那你手里一共有多少人可用？"云灭问。

胡斯归苦笑一声："云州总共能有多少人，能和宛州的公国相比吗？我多年来苦心经营，也不过能聚齐几千人手，但就这么点家底，在我离开的日子里，估计都被这位热血上脑的新领袖败得差不多了。"

龙雷阴沉着脸没有回应，但看上去，胡斯归应该点到了痛处。等到终于走到石原边缘时，云灭见到了叛军的大本营。

大本营就在距离石原出口不足三里地的一片乱石中，此地地形高低起伏，路径复杂，方便疏散。同时距离石原外的水源也不远，方便食水物资的运送——石原内部可是寸草不生的生命禁地。一头头沙驮进进出出，运送着粮食。而龙雷一定是通过某种方式发出了召集令，很快就陆陆续续有许多人找到这里，听候他的调遣。

云灭一眼扫去，可以判断出这些战士都有着不俗的作战能力。单从眼神就可以看出来，这是一些在生死实战中摸爬滚打出来的真正的亡命徒，也许武功招式不及东陆名家子弟那么精巧，却绝对具备更强的杀伤力。这样的一群人，如果放在胡斯归手下，确实能发挥出很大的作用，但若交给冒冒失失的龙雷，只怕免不了白白送死。

"怎么样，终于吵完了？"云灭揶揄道。此时已经是东方发白的清晨时分，叛军的首领们聚在一起商讨了一夜，云灭懒得去管，自顾自大睡了一觉。清晨起来后，正在眺望朝阳，胡斯归已经从帐篷里钻了出来。

"吵完了，没什么好结果，"胡斯归满眼都是血丝，"龙雷那个蠢货已经疯了，他完全听不进去任何反对意见，一定要趁着风离轩刚死的机会……对谷玄域发起总攻。"

"我不太清楚领主的兵力，如果抛开领主本人不计在内，你们有胜算吗？"云灭问。

"不能说完全没有，"胡斯归答得有些犹豫，"因为领主的确分不清我们的兵力究竟隐藏在哪儿，也不知道我们想要攻击什么地方。他当然也可以收缩自己的力量，全力防守裂章到谷玄域的连通点——但那样未免太示弱了，不是领主的风格。"

"所以你也并没有坚持？"云灭追问。

"因为我也心存侥幸，"胡斯归说，"龙雷虽然目光短浅，具体到一场战役的战术指挥，倒的确是能手。拼一下运气吧，这或许真是个机会。"

云灭没有说话，心里却生起了一阵疑惑。拼一下运气？心存侥幸？这可不像胡斯归一向的作风。以他的脾气，原本应当无论如何也要据理力争，避免硬碰硬的伤亡，但他却如此轻易地服从了龙雷。

这个死胖子到底在打什么主意？云灭一时猜不透。但他相信以自己的能力，无论身处怎样的境地都有脱困的方法，因此并不紧张。生活于他而言，无非是解决一个麻烦，紧跟着再来一个麻烦，这个麻烦是在宛州、殇州还是云州，其实关系不大。

他甚至在打着这样的主意：抛开这帮内讧不休的蠢材，自己去解决问题。如果放在往常，以他的性格，只怕早就这么做了。但考虑了一阵后，他却放弃了这个念头。摆在明面上用来欺骗自己的理由是"这些人我完全可以利用一下，免得自己太辛苦"，但在内心深处，其实还是在担心任何可能导致失败的因素。这一次是他人生中面对的最危险的挑战，却偏偏是唯一一次绝对不允许失败的挑战。他不能意气用事去冒险，哪怕为此暂时收束起往日的高傲，陪着这帮废物在这里磨蹭。胡斯归是个无比狡诈的家伙，绝不可能把一切与云州有关的事情都告诉自己。如果贸然孤身行动的话，哪怕是一个细微的被忽略的环节，也可能带来致命的后果。

事实证明他的小心绝非多余。胡斯归等人结束争吵后，小睡片刻，便开始向裂章域和暗月域的连通点行进。按照元极道星盘的方向，从裂章到暗月，紧接着就可以到达谷玄，而谷玄域是领主的老巢所在。因此暗月域的防守是领主的重中之重，也是这一次叛变胜负的关键。

"对了，在暗月域的话，是不是明月的力量就完全被压制了？"云灭忽然想起这个问题。

"理论上应该是吧，"胡斯归漫不经心地回答，接着好像突然想起了什么，"对了，你是羽人，如果在暗月域的话，只怕就飞不起来了。"

羽人的飞行是靠着背上通过精神力凝出的双翼，而对绝大多数羽人来说，这样的双翼，需要感应到明月的力量才能凝聚。但如果暗月的力量占了上风，就只有风离轩那样的暗月之翼才能施展开。

云灭淡淡地点点头。胡斯归这家伙，果然隐瞒了很多东西，自己不问他就不说出来。在这个全新的陌生环境里，非得加倍小心才行。

从裂章域到暗月域的连通点守卫也被龙雷以迅雷不及掩耳之势解决掉了，和上一次一样，干脆利落的突然袭击，负责守卫的几十名士兵几乎来不及还手就被杀得干干净净。胡斯归没有说错，尽管缺乏长远眼光，但具体到一城一地的争夺，这个龙雷的确算得上将才。而他的身先士卒也颇能激励士气。

云灭懒得出手，站在一旁观察着龙雷的武功路数。他有些惊奇地发现，这个用剑的人招数很有章法，一招一式间法度谨严，雄浑正大，隐然有东陆贵族剑派的大家之风，和胡斯归那种纯粹要人命的邪恶狠毒的手法完全是两种路数。这样的剑招，如果遇上真正的高手，也许就会因为诡诈不足而输在那变招的刹那。只不过眼下的敌人太弱，不足以对他构成威胁罢了。

会是什么人教给龙雷这样的剑法的呢？

云灭看着最后一名领主的守卫倒下，不动声色地随着胡斯归来到了连通点之外。这是一条平静的小河，水面在夕阳的映照下泛出粼粼波光，偶尔有一两条鱼跃出水面，那些金色便片片碎裂开，随着波纹荡漾不止，接着复归平静。这种静谧的气氛仿佛天成，即便是刚刚近在咫尺的惨烈厮杀，也没能影响到它。

但胡斯归却粗鲁地打破了这种宁静的精致，他脱掉鞋，涉入河中，开始捉鱼。和通常人们所采取的垂钓方式不同，他的手段更为直接而迅速，看准目标后，手往水中猛地一插，便会有一条鱼挂在他的五指上被抓出水面。

云灭摇摇头，估计是这胖子嘴馋了想要吃鱼，不料胡斯归抓起一条鱼仔细看看，立马随手扔掉，再抓一条起来，看看还是扔掉。他禁不住说："难道你要捉住一条和你一样肥的鱼才肯吃吗？"

胡斯归瞪他一眼："我可不是弄吃的！你们也都来帮忙，找一种背脊上有紫色斑点的红鱼。"

这后半句是向他的手下们说的，云灭不再多问，反正自己不擅此道，下去也只会碍手碍脚，所以只是在岸上看着他们忙碌。

二十多个人一起下河寻找，但这种紫斑红鱼看来很是罕见，足足忙碌了大半个对时，才终于抓到一条。胡斯归将鱼提在手里，验明正身，顺手就扔给了一头正在岸边饥肠辘辘却找不到肉吃的沙驮。沙驮张开大嘴，嚼也不嚼，一口吞了下去。云灭还没来得及眨眼，沙驮就已经倒在地上，痛苦地抽搐了两下，就此毙命。

胡斯归吁了口气："还好，安全。"

云灭一头雾水："鸟都毒死了，还说什么安全？"

胡斯归说："鸟死了就对了，鱼有毒，才说明水没毒。"他解释说："我们需要穿过这条河之下的另一条暗河，那条暗河的源头和一处充满瘴气的沼泽相通。根据每日的涨落情况不同，有时候瘴气会溶入暗河，令河水充满毒素，有时则不会。所以如果不想冒冒失失地被毒死，就只好依靠这种不知名的鱼来判断。"

"这种鱼生活在暗河里，偶尔会出没于外河，它体内本身蕴含毒素，但和溶入了瘴气的河水恰好可以中和。所以如果它身上带毒，就说明今天暗河里是安全的，我们正好洄渡。"

云灭拍拍他的肩膀："看来你对云州的一切还真是熟悉。"

胡斯归简短地回答："这些年我在云州不是白待的。此外，等穿过了那条暗河，我们就将到达暗月域，那就不是我的地盘了，一切都在领主的直接支配下。我们可能会遭遇到的敌人也远比这两天遇到的多。至于谷玄域，连我也从来没能进入过。"

"那样才有点意思，"云灭居然看起来有点兴奋，"这些天什么事都让你安排好了，老子的骨头都要发霉了。"

胡斯归苦笑一声："也许还轮不到你出手呢。看看我们的龙雷，说不定他只手就能解决问题。"

这话中饱含着讥讽意味，云灭感到龙雷握剑的手上肌肉一下子绷紧了。看来这的确是个不怎么能沉得住气的人。

第二十四章
戏剧性结局

作为羽人，云灭对暗月这玩意儿并无好感。抛弃掉诸如"暗月带来灾祸"之类玄之又玄的说法，暗月对他的直接影响就是——不能飞翔。尽管他平时并不轻易使用飞行的本领，但此时走在暗月域里，仍然有种被锯掉了一条腿的感觉。

胡斯归不时幸灾乐祸地看他一眼，那意思大概是说：现在你和我们一样了。

和裂章域荒凉的石原不一样，暗月域的植被生长异常旺盛，一进去就是一片广袤的草原。那些疯长的绿色野草几乎有一人多高，让人的视线不断受阻，而且草质怪异，不像寻常的草叶那样柔嫩，而是粗糙坚硬，边缘尤其锋利，一不小心就会被割伤。好在胡斯归等人对这片草原并不陌生，安排了熟手在前方割草开道，就像是在森林里铲除树枝藤蔓开道一样。只是草丛里扑飞着数不清的蚊蚋，一团团地向人们脸上撞去，这一点即便准备了驱蚊水也没那么容易解决。当化整为零的叛军分批泅渡并最终在草原上的一个水泡子附近集结在一起时，每个人脸上都或多或少带有一些蚊虫叮咬的痕迹。

最后清点下来，可用之兵总计有将近三千人。相比于昔日华族与蛮族作战动辄数万人乃至数十万人的规模，这三千人实在是微不足道，但对于云州这片荒芜之地而言，已经是一个庞大的数目了。难怪龙雷如此有信心。

"本来该有差不多四千人的，"胡斯归低声对云灭说，"龙雷这孙子，只有勇力去蛮干，却不懂得保存有生力量。"

"你和龙雷交过手吗？"云灭问。

"没有，好歹名义上他和我还是一拨的，但他的身手比起你我至少要差了一截，华而不实。"胡斯归随口说。云灭点点头，没有再问，很快又想到兵力问题。三千人的确不算少了，但敌人显然并不只有人，龙渊阁的书生们曾遇到过的触须怪物，风离轩曾布下的杀人树林，都是能在一瞬间取走无数人性命的东西。

还是觉得这一战胜算极微，甚至根本没什么胜算，云灭的眉头皱到了一起。可一向老辣的胡胖子为什么不阻止呢？

接下来的几天里，胡斯归和龙雷等人聚在一起谋划进攻方法，云灭无所事事，只能坐在帐篷门口，看着草原里似乎永不停息的雨水。按季节来看，现在应该已是隆冬时节，但云州的天气好像也和东陆不大一样。那些雨水并不带来刺骨的寒意，却好像连绵不断的秋日絮语，把一阵阵的愁思带给浸润其中的人们。吹过草原的风把那些雨丝吹得歪歪斜斜、四处飘散，在空气中划出晶亮的轨迹。

秋风、秋雨，加上暗月对人情绪的影响，云灭很自然地又想起了生死未卜的风亦雨，这好像已经成了每天的一种功课。这个一辈子都把自己藏在高傲与自尊的外壳中的男人，一旦外壳上被弄出了一个小缺口，想要补上就不那么容易了。当然，他绝不会把自己的真实内心外化于脸上，甚至在身边完全无人时，也会在嘴里用挺不耐烦的语气嘟囔两声给自己听："真会给人找麻烦。哼。"

他曾趁着这最后的清闲时光骑着沙驮在暗月域里察看地形。暗月域比裂章域略小，但仍然算是地域广大的地方，地形也很复杂，形状近似一个东西走向的长形口袋。这里西面与裂章域相连的一端较宽，也就是这片野草不断疯长的原野；东面与谷玄域相连的则相对狭窄，是一片环境相当恶劣的湿地。而叛军和领主可能开战的区域，大概会在"口袋"的中央。那里的气候难得地适宜农耕，在两块草原之中，居然开辟出了不小的耕地，能收获一些品质中等的作物，养活一些人。领主原本并不很重视这些耕地，但就在几年前，却突然派兵强行驱散了耕地上的农夫，将其中最肥沃的一块地霸占下来，禁止任何人接近。

"他在那里发现宝藏了吗？"云灭问。

"就算是宝藏，不出云州也没法用啊，"胡斯归回答，"进出云州那么难，再值钱的宝藏也没法吸引商人舍命来交易。就像沙漠里快要渴死的旅人，一坛金子绝对比不上一杯清水更有价值。"

"那这杯清水究竟是什么？"

"我多次派人去偷偷打探，为此牺牲了不少性命，不过最后总算得到点消息。领主在那里的地下找到了某种特殊的矿石，如果交给河络研究冶炼的话，有可能会造出足够坚固的船，抵御云州海域的风浪。这一点，恐怕是领主一直以来梦寐以求的吧。"胡斯归说。

云灭想了想："没错。单纯当这片蛮荒之地的统治者，绝对不是领主的目标。他的眼光必然还是会落在富饶繁荣的东陆。但如果云州始终维持着这样与世隔绝的状态，他的野心就难以实现了。"

胡斯归点点头："所以这片矿藏就成了我们与领主交锋的重点，也成了牵制领主兵力的重点。历次交战，我们都摆出一副要端掉这片矿藏的架势，逼得领主陈重兵于此。但我们其实每次都只是佯攻，却借着他其他地方兵力空虚，打击其余。"

"这一次就会反其道而行之了吧？"云灭说。

胡斯归愣了愣："你怎么看出来的？"

"这些日子里，我也并不是每天呆坐着，"云灭淡淡地说，"虽然不能展翼，我也还有眼睛。我注意到龙雷这几天每天都会派出一队身手最敏捷的人，向东方而去。他们的出发时间不定，比较多的是在夜间，回来时人数几乎不变。他们究竟是去做什么呢？我想，是去打骚扰战去了，故意唤起敌人的注意，让敌人根据过去的经验判断，认为你们这一番动作还是为了佯攻矿场。而实际上，等到全面进攻时，你们会把大部分兵力都投进去。"

胡斯归瞪着眼睛，好半天才说："云灭，你如果生在战争年代，只怕也是个一肚子坏水的奸人。"

"而且是个恶毒的奸人，"云灭冷冰冰地说，"胖子，你很清楚，我的目的可不是帮助你们打击领主的有生力量。我需要尽快地直接干掉他，而不是陪着你们玩无聊的战争游戏。拿掉他的矿藏这种事，对你们有好处，对我却半点好处也没有，因为那反而会令领主更加提防谷玄域。告诉我，你究竟在打着什么主意？如果你真的愿意听龙雷的话来打一场持久作战，我只能撇下你自己行动了。"

胡斯归长叹一声，左右看看，低声说："跟着我来。"

两人像是好朋友相约散步一般，大模大样、悠哉游哉地离开营地，向着远处走去。直到离开了所有人的视线，胡斯归才停住脚步，开门见山地说："我会杀死龙雷。"

云灭瞥了他一眼，等着他解释。胡斯归接着说："我已经和我过去的心腹们联系好了。正面的对抗毫无意义，如果不小心让这区区三千人再分裂一次，那就更难办了。所以我先假意顺从他，再在起事之前偷袭他，我的心腹们则会迅速响应我以收束人心，把权力掌握到我一个人的手里。"

"你不必帮我，这是我和他之间的事，"他补充说，"如果不能亲手干掉他，也必然不能服众。"

"这才像是你的作风。"云灭说着，一脸平静地离去。

"记住，不管发生了什么，你不要顾及其他任何事，紧紧跟住我就行了。"胡斯归在他身后撂下这么一句奇怪的话。

在云灭内心焦急外表若无其事的等待中，进攻的日子总算是到来了。这一天很难得地天放晴了，但这样的天气反而令龙雷心中不快。

"雨天才更好偷袭啊！"他叹息着，仍然开始有条不紊地下达各种命令。三千人分作六个五百人队，分不同方向向矿场包围而去。胡斯归本来要求带领一支五百人队，却被龙雷拒绝了。他命令胡斯归跟随在他身边。

"这叫作欲擒故纵，"胡斯归坏笑着悄悄对云灭说，"我越要求单独行动，他越不会同意，所以最后我只能跟在他身边。"

黄昏时分，龙雷已经悄然完成了对矿场的包围，虽然三千人没办法做到那种水泄不通的合围，但要击垮矿场中的守军，应该不是难事。

龙雷手握着剑柄，和胡斯归、云灭二人站在附近的山谷上，看着远处夕阳照射下的矿场。如胡斯归所说，矿场外围遍布守军，作严密看防状，但习惯了被骚扰的领主恐怕未必会把大批人手放在矿场里。

夕阳已经渐渐坠下，西天最后的暗红色光芒带给人阴冷无助的感觉。等到太阳完全下山，龙雷就将发令，云灭看了胡斯归一眼，慢悠悠地走到一旁，胡斯归点点头表示会意。

"龙雷，我建议你留半个五百人队在此虚张声势，剩下的所有人立即强攻暗月域与谷玄域的连接口。"胡斯归语气平淡地说，就好像在和龙雷商量晚饭吃什么。

龙雷转过身来，目光锐利如刀："胡胖子，我们之前所定的步骤，好像不包括你跳出来搅局这一环吧？"

"的确不包括，"胡斯归微笑着回答，"反正整个计划我都会推翻。"

两个人只是这么简单的几句对话，已经明白无误地表露出无法调和的敌意。龙雷握住剑柄的手上青筋露出，已经蓄势待发，胡斯归看上去则很悠闲，但闪到一旁坐山观虎斗的云灭能感觉到，他的全身就像拉紧的弓一样绷紧了。

两人对面而立，足足五六分钟都没有动弹，耐心寻找着对方的破绽。但相比之下，胡斯归更专注一些，龙雷的视线却经常扫向远处，显然还在惦记着即将展开的战斗。当最后一点夕阳的余晖完全消失时，他看起来终于忍耐不住了。

龙雷长剑出鞘，向着胡斯归的胸口刺去。这一招光明正大，出招前准备动作明显，颇有几分东陆王室贵族比剑的派头。但他接下来的几剑连环进击，可就不再留情了，剑招精妙、出手凌厉，逼得胡斯归左支右绌。

但这个胖子是在一次次濒临绝境的死战中锤炼出来的，应变能力可不一般。躲过了最初的几招后，他抓住机会，双手刀剑齐出，很快抢得先手。

几个月前，云灭第一次在淮安与胡斯归交手时，就见识过他的双手分搏之术，那时候胡斯归一手持银簪，一手化掌，双手招数截然不同，给他制造了不少麻烦。

但现在看来，一手剑一手刀才是他的最拿手兵器。他左手长剑刺削，右手短刀劈砍，招招毒辣凶狠，招式出人意料不依常规，连云灭看了都忍不住在心里暗赞。反观龙雷，被胡斯归一阵近乎无赖的舍命猛攻之后，已经渐渐落于下风。只是他的剑术本身带有那种不动如山的沉静气质，处于守势的时候，倒也滴水不漏。但胡斯归得势不饶人，手上刀剑攻得更紧，金属划出的炫目白光如疾风骤雨般把龙雷围在其中。

胜负已分吧，云灭想，论实战，龙雷和胡斯归的差距还是不小的。但不知怎的，他的心里却隐隐有点不安，龙雷的剑法老在提醒着他点什么东西。这种剑法自己似曾听说过，它究竟出自何方呢？

正当他苦思冥想地在自己的脑海深处翻搅着那些久远的记忆碎片时，场中形势忽然起了不可思议的变化。其时胡斯归看准时机，右手刀猛劈下去，力道十足，逼得龙雷不得不回剑招架，而他的左手剑趁机中途变招，刺向对方的右肩。龙雷如果架住了刀，肩头就会被剑刺穿；如果挡住了剑，则会被一刀劈掉头颅。看起来，他不得不挨一剑了。

但谁也没想到，龙雷的剑迎向胡斯归右手刀的同时，左手突然伸出中指食指，闪电般插向胡斯归的双目！这一匪夷所思的阴毒招数绝非无可奈何的临时变招，其力道、速度均无懈可击，显然习练已久。如果胡斯归不撤招，充其量刺伤龙雷的肩膀，自己却难免被抠出眼珠。

他大惊之下，反应仍然迅速，只能撤回刀剑，头颈回缩，先全力护住自己的眼睛再说。观战的云灭却在这一刻下意识地摸了摸背上的弓箭，从龙雷刚才那一下诡异阴狠的变招，他终于猜出来龙雷武功的来历。

扈微尘！那个曾经是东陆最有名的杀手如今却被当成疯子，在云州的荒僻村子里默默等死的扈微尘！云灭一刹那回想起了自己所听说过的扈微尘的事迹。此人虽然是个杀手，却出身于一个很有名望的东陆贵族之家。但他和自己一样，都天生不喜欢一成不变戴着面具的贵族生活，再加上对自己所学的死板拘谨的武功也很不满意，终于叛离家族，成了一个杀手。从这一经历来说，扈微尘和自己很有几分相像。

但扈微尘和自己最大的区别在于武功。自己的武功是家族之外的人传授的，后来才慢慢补习云氏自身的绝学，扈微尘却是成年后才离家，在此之前早已把家传剑术练到登峰造极的境地。他家传的贵族流剑法在招式上精益求精，但在变化和诡诈方面却颇有不足。于是扈微尘凭借着自己的聪明才智改进了这一剑法，添加了不少阴损的巧妙变化，成为他日后杀手生涯的杀招。

龙雷的武功，无疑就来自扈微尘！但此人平时深藏不露，把一切精巧的变化都藏了起来，却在这关键时候亮出了毒蛇的獠牙。

云灭已经来不及去想扈微尘为什么要装疯，因为胡斯归快要被逼入绝境了。龙雷两指袭眼虽然落空，接下来的几招都是这样变幻莫测，每一招皆从难以想象的方位发出，直指各处要害。如果龙雷一开始就用这样的招数倒也罢了，偏偏是在胡斯归看似稳操胜券时突然发难，实在让人猝不及防。而且龙雷显然也做好了最充分的准备，一旦反击，用的就是扈微尘赖以成名的最让人琢磨不透的变招。

在这几招狂风般的怪招突袭下，即便胡斯归这样实战经验丰富的人也难免手忙脚乱，他费尽全力躲过了龙雷踢向下阴的一脚，又慌忙收腹避开自下而上撩向腹部的一剑。

但紧接着，这一剑又起了比毒蛇还要可怕的变化：剑锋突然间断裂了，断开的剑尖部分就像一把飞刀，笔直飞向胡斯归的心脏。原来这柄剑本身也包含着变化！这一下距离太近，胡斯归就是神仙也无法躲开，他发出一声低低的惨叫，已经被剑尖刺中心脏，身子像断线的风筝一样，向着山谷深处坠下。

胡斯归就这样完蛋了吗？云灭心里微微一乱，下意识地就想弯弓搭箭。龙雷的武功虽然古怪，但自己已经看过他出手，有所防备，而自己的箭术，全九州恐怕没有任何人能拍胸脯说躲得开。但就在这一瞬间，他想起了出发前胡斯归对他说的话："记住，不管发生了什么，你不要顾及其他任何事，紧紧跟住我就行了。"

这句话，难道指的就是现在的这个状况？胡斯归已经猜到了自己会被龙雷击败？跟住他是什么意思，他已经跌下山谷了，自己也跟着跳下去吗？云灭的心里转过了无数个念头，但最终，他狠狠咬了咬牙，居然真的向着山谷跳了下去。

他当然不会闭上眼睛胡跳。多年的杀手生涯让他养成了无论在哪里都先把周围环境观察清楚的职业习惯。他老早就看见山谷下方的山壁上有一棵向外生长的树，这一跳方位力量都拿捏得刚刚好，稳稳当当抓住了那棵树。

然后他就看到了胡斯归。胡斯归居然也抓住了这棵树，另一脚踩在山崖上，似乎是害怕自己的体重把整棵树都压断了。他的胸口有一片血迹，看来还是受了伤，但精神如常，和垂死之人半点沾不上边。

"你早在胸口做了点花样的，对吗？"云灭说，"和龙雷这一战，完全都在你的算计之内吧。"

"你也很信任我啊！"胡斯归轻笑着，"我还担心你真以为我死了呢。"

云灭摇摇头："祸害万年在，这只是个简单的道理。当然我还需要你多点解释。"

"再等一会儿，"胡斯归神秘地说，"我偏好戏剧性的结局——虽然现在还远不到结局的时候。"

云灭没有说话，靠在山壁上养神，耳边隐隐听到喊杀声不断传下来，大概是龙雷的手下与领主的军队交上手了，谁胜谁负却一时间难以判断。但他一向极有耐心，尤其在外人面前没有耐心也要表现出耐心，所以始终一言不发，等待着胡斯归所谓的"戏剧性结局"。

喊杀声慢慢消失，夜色沉静下来。云灭算算时间，假如矿场中真的埋伏着一支能与这三千人旗鼓相当的大军，这场战斗不应该那么快就完结。正在纳闷，却忽然感到山壁微微颤抖了一下，紧接着一阵雷鸣般的轰隆声由远及近地传过来，一些碎石子和沙土落了下来，仿佛整个大地都在颤动。

他连忙抬起头，发现漆黑的夜空竟然被什么光线照得红亮，从方向判断，正是矿场方向。紧接着，一股热浪夹杂着焦臭味从头顶掠过，呛人的烟尘四处飘散。

云灭心里一凛："矿场那边……爆炸了？"

胡斯归带着懒洋洋的笑容点点头："炸了，冲进矿场的人都死光了，包括龙雷在内。至于那个矿场，本来就是个空架子，拿来骗人上钩的。龙雷听信了斥候的话，我却是货真价实自个儿进去摸过究竟的。一个不开工的矿场，却偏偏到处安置了引火的药物，显然是个圈套。"

云灭默默地想了一阵子，最后抬起头来："你早就看穿了这个圈套，却不但不阻止，反而借机安排这么一场失败，让你的手下全部送命。因为你很久以前就发现，以这区区几千人，想要和领主对抗根本不可能，唯一有可能击败领主的方法，还是一两个高手近身后的刺杀。所以你需要这么一次全军覆没，自己也借机装死，才好让领主放松警惕，然后趁着他不备，想办法依靠刺杀去解决问题。"

胡斯归叹了口气："没办法，死的人不多一点，失败不惨重一点，以领主那种多疑的性格绝不会相信我已经死了，还会继续提高戒备。只有这样惨不忍睹的全军覆没，我才有可能捡到那么一丁点可乘之机。此外，你有一句话说得对，最重要的是有你帮助，光凭我一个人，还下不了这个决心。你我二人联手，应该有机会混进谷玄域。"

"那么龙雷呢？龙雷的武功是怎么回事？真是来自扈微尘吗？"云灭问，"我估计还是你的安排吧。"

胡斯归狡黠地一笑："云灭，你真是太对我的胃口了，干脆陪着我一起做坏蛋算了。扈微尘确实老早就发疯了，而且始终没有被治愈，但我从他身上搜出了剑谱。要通过装神弄鬼的方式糊弄一下龙雷，让他以为扈微尘只是装疯，并且在传授他武功，并不是太困难的事。"

云灭一下子想起了在那个村子里时，曾看见扈微尘躲在枯井里："你用了什么法子逼迫扈微尘每天晚上必须躲进那口枯井里，这样你就可以安心在夜里冒充他。反正龙雷本来有武功底子，你只需要口授，也不用暴露你肥胖的身躯。而且你多半严令龙雷，只许你找他，不许他找你，这样他白天见到扈微尘，也会以为对方是在故意装疯，不会露出破绽。"

胡斯归点点头："我只是小小地吓唬了一下扈微尘，告诉他，把他变疯的那个人——其实连我自己都不知道到底是谁——会在每天夜里找他，他就乖乖地每到日落就躲到那个自认为安全的枯井里，直到天亮才敢出来。"

云灭想象着那个可怜的疯子被胡斯归捉弄的场面，心里陡然一阵愤怒，但他若无其事地把这股愤怒压了下去，又说："你装成扈微尘给龙雷传授功夫，就是为了培养他夺权的野心吧？因为领主知道你的智计，不会相信你是那种干蠢事的人，换了龙雷就说不定了。所以你一直苦心孤诣，等的就是今天晚上。反正他的武功路数你全知道，他不可能真正杀死你。"

"谁说的？现在我们俩可都是死人了，"胡斯归耸耸肩，"能反抗领主的势力也死绝了。这正是我们接近领主最好的机会。"

两人一直等到天亮，大火才渐渐熄灭，地面的泥土仍然在发烫。两人绕过已经失去意义的所谓矿场，向着东面前行。叛军被彻底拔除了，领主的监视明显松懈了很多，天空中很难再见到迅雕就是明证。然而，刨除掉人为因素，还有一些东西会给两人带来麻烦。

"见鬼，这里为什么偏偏会是暗月域！"云灭发着牢骚。

胡斯归对此也深感无奈："现在正是需要你双翼的时候。"

他将手往前一指："我们要穿越前方的草原湿地才能到达连通点，虽然路程不算太长，却是难走至极。其中除了瘴气和隐藏的无底泥沼之外，还有种种毒虫猛兽，凶险莫测，如果能飞过去那是再好不过的。不然的话，我们会消耗很多精力在此处。

"但这是唯一一条能够通往连通点的路线，没办法绕开，而且还能避开迅雕的视线，因为即便是它们，也惧怕上空的瘴气。"

云灭放眼望去，前方的草原呈一种病态的黄绿色，远远绵延开去，草地上空飘浮着黑色的瘴气，果然是个凶险之地。若是风亦雨还在身边，只怕又要吓得两腿发颤，拉着他的衣袖不让他继续往前走。想到风亦雨，他禁不住轻轻叹了口气。胡斯归嘲弄地坏笑一声说："云灭，虽然你我以前并不认识，但我猜你最近一个月所叹的气，大概比你过去十年的还要多吧。"

云灭瞪他一眼："关你什么事？"

"不关我什么事，"胡斯归悠然说道，"只是想到一位大有前途的青年人就此陷身泥潭，难免掬一捧同情之泪罢了。"

"看好你的脚底！"云灭恨恨地说，"一会儿你要是陷进了泥潭，别指望我伸一把同情之手！"

两人深一脚浅一脚地跋涉着，靠着云灭身体轻盈在前探路，躲过了不少危险的泥潭。那些泥潭表面覆盖着腐草，下面却都是让人无法着力的软泥，一不小心踏入，就只能眼睁睁看着自己被吞没。一天下来，两人浑身沾满泥浆草根，苦不堪言。更糟糕的是，衣服都湿透了，却还不能点火烘烤。

"棘魅会被热源引出来，不大好对付。"胡斯归解释说。

"棘魅，什么玩意儿？"

"如果那两个书生曾经和你讲起过的话，就是那种危险的触手状的怪物，"胡斯归说，"我相当怀疑它们是领主豢养的，因为它们总是出现在最要紧的、最可能威胁到他的地方。而这片湿地是进入谷玄域的唯一通道，偏偏里面的棘魅数量最多……嘿，你的表情看来还真无所谓。"

"的确无所谓，"云灭说，"我当年接受我的老师训练时，比这样的环境艰苦多了。我曾经在雪地里趴了一天一夜，直到全身冻得僵硬，若不是老师医道高明，我的左臂现在已经没了。"他撩起袖管，左臂上有一道明显的冻伤痕迹。

胡斯归说："要是一般人，这左臂真的就没了。你老师是个什么样的人，究竟为什么要这样训练你？难道那时候就想把你培养成天下第一的杀手？"

"天下第一杀手？"云灭愣了愣，随即哑然失笑。他仰起头，似乎是在回忆着什么，又似乎只是在看着夜空中的星辰发呆。胡斯归所言不虚，当瘴气散尽之后，云州的夜空是那样的清澄柔和，闪烁不定的星光给这片神秘的土地抹上了一层温情的色彩。

"那倒不是，"云灭说，"我在家族里本属旁支，地位不高，但是天性不服输，而且善于动脑子，总是把家族的兄弟们整得嗷嗷乱叫，可他们却又拿我无可奈何。后来我就被我师父看上了，他觉得我根骨奇佳，应当能继承他的衣钵。当然最开始他没明说，只是告诉我要让我变成最强的武士。后来到了我差不多可以出师的时候，他才告诉我他的真实身份——原来他是这块大陆上所剩不多的天驱武士之一，还是一个宗主，希望我能继承他的指环。"

"原来你是一个天驱？"胡斯归有些吃惊。

云灭大摇其头："我不是。最后我拒绝了他。"

"你拒绝了？"胡斯归的眼珠子都快瞪出来了，"天驱的宗主指环，你竟然拒绝了？你脑子里究竟装的是什么玩意儿？"

云灭轻描淡写地笑笑："因为我不希望由别人来安排我的理想与信仰，仅此而已。天驱是好是坏当时我并不知道，但不管它有多么伟大多么神圣，我也不会像头被蒙住眼睛的驴子一样乖乖去拉磨。我师父气得要死，差点就杀了我，但最后还是放过了我，当然我怀疑他可能是没有杀死我的把握。"

胡斯归咳嗽一声："真不知道你那种老子天下第一的自信心是从哪儿来的。"他一面说，却一面对着云灭悄悄做了个手势。云灭不动声色，大大咧咧地拍着自己的弓："自信心嘛，大概是从这种地方来的。"

两人相互使着眼色，骤起发难。云灭一口气连发五箭，每一支箭都射入泥沼中，随即响起了三声短促的惨叫，却还有两名敌人避开了攻击。但这两人刚从泥浆里钻出来，就被胡斯归快若闪电的两刀干掉。然而地面不断地被掀开，有更多的人跳了出来。

"撤！"云灭靠到胡斯归身边，"人很多！"

胡斯归会意，两人看准了东北方向，逼开身边的敌人，一同发力奔跑。东北是两人来时的道路，路上什么地方有泥潭，心中大致有数。敌人虽然多，但以两人的身手，逃命应该不难。然而追兵毕竟熟悉道路，一直穷追不舍。

跑出了几里地，云灭发现了不对："我说，他们的攻势稀稀落落，追得也并不紧，好像是想生擒我们。"

胡斯归摇头说："不对，他也许想生擒你，但绝对没兴趣还留我一条命。"

云灭猛地停住脚步："那就只有一种解释了，他们想要把我们引到这条路上来。"

胡斯归苦涩地接口："那是因为他们已经在这条路上藏了很多的棘魅。"

在听他人讲述棘魅时，云灭总是难免有点心痒痒的，希望有朝一日自己能亲眼见识到，但等到真见到时，他又有点不大乐意了，因为这种怪物实在很难对付。

它们身躯庞大，当纠结在一起的时候，就像是传说中的海蟒，可一旦分开，就化身为无数触手，动作异常灵活，令人防不胜防。它们的确没有眼睛，但攻击时却比任何有眼睛的生物都要精确，如果这两人不是胡斯归和云灭，恐怕已经被缠住吞食掉了。

更糟糕的是，棘魅的身上散发出一阵阵腐臭的气息，这气息带有毒性，和它们缠斗久了，两人都有些晕眩之感，脚步也缓了下来。胡斯归一不留神，左臂险些被缠住，留下了一个血淋淋的伤口。

这样打下去可不行，云灭暗想，光是这些棘魅已经足够收拾了，还有一群人在远处虎视眈眈着呢。他尝试着想要突围，但棘魅的数量太多，分散开来后，挡住了所有的出路，剩下的地方都是泥潭的领域，贸然踏入很可能会遭灭顶之灾。

不过越是面临险境，心态就越要放平和，这是云灭多年来养成的习惯，因为紧张和冲动从来都只会误事。所以他一边和棘魅对抗，一边和胡斯归说话。

"胖子，我看这些人不像是普通巡逻的，倒像是专门冲着我们来的，"他说，"你不是跟我说领主不会再怀疑什么了吗？看来你那三千人算是白死了。"

其实他心里想到这一点也觉得很恼火，倒不是为了三千人的死，而是兜了那么大一个圈子，陪着浪费了那么多时间，最后仍然没能逃过领主的眼珠子。早知如此，还不如根本不要管什么劳什子的策略、计谋，两个人甩掉多余的负担直扑谷玄域就好了。但他强行压制住火气，保持着头脑冷静，弓弦响过又射伤了两条棘魅。

"我也不明白！"胡斯归一刀砍掉一颗棘魅的头颅，"我们都这样装死了，凭什么还是骗不过他老人家，他真有那么料事如神吗？"

云灭身形晃动，间不容发之间躲开了三四根触手的夹击，那几根触手找不到目标，一转身缠上了胡斯归。可怜胡斯归虽然身法相当迅速，但体积实在过于庞大，辗转腾挪怎么也不及云灭方便。"刺啦"一声，他的衣襟被撕开了，险些遭开膛破肚，衣服里的东西一股脑掉到了沼泽地里。他一低头，正看到一块绿油油的玉佩，那是从风离轩的尸灰中拣出的战利品。

胡斯归猛然一个激灵："我明白了！这块玉佩！是这块他妈的玉佩惹的祸！"

云灭一下子也反应过来："死胖子，你至于那么贪财吗？"

"我不是贪财！"胡斯归喘息着，"我本来在想，风离轩出来办事，却偏偏带着块玉佩，一定不是普通装饰品，多半有什么用。但现在看来……这应该是他和领主联系的方式！这玉佩里一定嵌入了星辰碎片，领主能感应到碎片的方位，也就随时知道我们的所在。我们一路上挖空心思隐匿行藏，其实领主都知道得一清二楚！早知道我就应该……"

云灭恼火地说："现在不是开总结会的时候！先想想怎么保命吧！"他身子一斜，避开一根向他胸口袭来的触手，顺手在上面插了一根箭，回过头接着说："棘魅有什么害怕的东西吗？比如火之类的？"

胡斯归挥刀砍断一根触手："老实说，我只见过棘魅杀人，这还是第一次和它们交手。"

"那迦蓝花粉呢？你不是有解药吗？"

"等它起效，我们俩的骨头都化了！再说我怕在浮漂里的时候它洒出来，反为其害，下船前都给扔了，现在身上只有解药没有花粉……"

云灭哼了一声，看看无法可想，在暗月的影响下自己又不能飞行，此时没空多想，只能兵行险招了。他低声问："你假死的本事还好使吗？"

胡斯归蒙然点头，还没来得及说话，就听到云灭恶狠狠地喊了一声"现在死吧"，随即被拉住，向着泥潭的方向跑去。没跑几步，胡斯归脚底下一软，陷了进去。他明白云灭想做什么，压低声音说："你有把握出得来？"

"尽力而为，"云灭回答，"人生就是冒险。"胡斯归无奈，跟着他在泥沼中作拼命挣扎状，此时远远避在一旁的敌人才走近前来，收束住棘魅，带着残忍的微笑看着越陷越深的两个人。云灭注意到，他们的行走姿势异于常人，手脚上都带有蹼，身躯尖细，难怪能在泥泞中穿行埋伏，不知道是领主用什么方法培育出来的，专门用于这片湿地沼泽。他本以为这些怪人会说些什么，但他们却一言不发，脸上那种糊满泥水的扭曲的笑容几乎和野兽毫无区别，似乎只是一群捕获到猎物的狼，心满意足地看着猎物慢慢咽气。半空中，一只迅雕出人意料地冒着瘴气歪歪斜斜地飞了过来。

胡斯归体胖，沉得比云灭快多了，此时云灭不过是没到了腰，他却已经没到了肩膀。在云灭的嗤笑声中，他很费劲地说："老子诅咒你下辈子变得比我还胖……"

云灭叹气："这个难度大了点，你还是祈祷你变得瘦一点比较实际。"说话间，泥水也慢慢没到了他的胸口，他已经做好准备，一旦没过口鼻就开始闭气。以他的功力，能够生生闭上小半个对时而不用呼吸，唯愿脚底的泥沼深得不算离谱，到时候他自有一些古怪的法门，让自己脱困而出。

胡斯归也做好了假死的准备，泥水已经没到他的下巴了。然而就在此时，那只明显受到瘴气侵袭、已经飞得歪歪斜斜的迅雕却忽然间落了下来，低鸣了几声。这几声鸣叫仿佛某种命令，本来已经退回地下的棘魅忽然之间又钻了出来，不由分说将两个动弹不得的倒霉蛋卷了起来，在旁边静候二人被吞没的敌人也紧跟着上前将二人放了下来，当然兵器始终对着两人的要害。

云灭以为计谋败露，一颗心在胸膛里打鼓一般，随时准备好暴起发难，不得已只有在实力占劣势的情况下拼死一搏。但敌人这次却并没有动手攻击，只是胁迫着他们向前方走去。

"这帮家伙半人半兽，头脑简单，只是会接受领主的指令而已，"胡斯归说，"大概是他通过那只迅雕看清了我们的样子，改变主意又不想让我们死了。你好像说过，他曾经想让风离轩带你回云州？现在看来，也许不止杀你灭口、防止泄露云州的秘密那么简单吧？"

"也许他对我的脑袋感兴趣，想拿去做装饰品？"云灭耸耸肩。绕来绕去还是难逃正面对抗，这一点固然令人恼火，但不管怎样，暂时避免了杀身之祸，能够完整不缺零件地进入云州的核心地带——谷玄域，总是一件好事。至于到时候该怎么脱身，两名经验丰富的老恶棍固然心里忧心忡忡，外表却始终是气定神闲的样子。对他们而言，一生中距离死亡只有一线之隔的时候太多了，只要能稍微拖延一时，就总有机会找到扭转局面的办法。

"戏剧性结局啊，"云灭挖苦着胡斯归，"恭喜你，果然足够戏剧性。"

与此同时，在千里之外的宁州，一辆马车趁着夜色驶入了宁南城。车夫是一个满面风尘的年轻人，从他疲倦的面容和衣领的污垢可以看出，此人已经赶了很长时间的路了。如果靠近点看，还能看出他的嘴唇一直在不停地翕动，好像是在自言自语。

此时正是一年中最寒冷的时节，宁南虽是相对温暖之地，年轻人的脸上仍然隐隐可见霜花。当然，嘴上是什么都没有的，谁让那两片嘴唇就是闲不下来呢？

"咱们快要到啦，"年轻人嘴里说着，"到了云家，你就安全了，我也可以松口气了。要是半道上出点什么事，云灭那孙子非活撕了我不可。这一路上我都提心吊胆，偏偏你又不能陪我说两句话，真是憋死我了。

"云灭总是说我多话，其实多话哪点不好？至少我不会把该说的话藏在心里，不像云灭那小子，一辈子就是死鸭子嘴硬，明明很在乎你，偏要装出无所谓的样子。不过和他相处久了，倒是觉得他越嘴硬越可爱，尤其逗他发急的样子更可爱，哈哈。

"他和胡胖子现在应该在云州了，我相信这两个疯子在一起，九州大地上没有谁拦得住他们。其实我真的很想知道云州究竟是什么样，但我也清楚，我虽然精通秘术，实战经验却太差，去了多半也是累赘。那种生死一线的地方，也许只适合他们那样的疯子。

"辰月教教主也是个疯子，但他身上担负的使命太重，不能去轻易涉险。我知道你恨他折磨你的朋友，但他其实更可怜。我在龙渊阁里读过资料，你都想象不到，辰月教在九州曾经是何等的举足轻重，但自从被血腥剿杀之后，就几乎从这世上销声匿迹。三百年前他们铸出魂印兵器苍银之月后，曾一度恢复声势，但随着那柄法杖的毁灭，他们又重新沉寂了。

"你看，其实天下的事情不外乎如此，起起落落，沉浮不定，就像你们羽族的贵族之争一样，纵使有些人能得势，也不过是短暂的一瞬。有时候回头想想，难免会觉得可笑。所以我喜欢龙渊阁，不用去争什么搏什么，平静地做自己该做的事情就好了。

"但是云灭这样的人是不会同意这种想法的，他们天生就是那种一定要站在高处的人。要不然我干吗会那么佩服他。他竟然真的为了保护你而放弃了自己所追求和持守的东西。我太明白那种想法了，以他自己的力量，未见得就不能保护你，但他不愿意你受一点苦，为此他宁可委屈自己。

"你放心，云灭一定会回来的，我从来不曾怀疑这一点。能杀死他的人，大概还没有出世。我已经可以看到云家的大门了，你就安心等着吧，等着那小子回来。老实说，我真的很想看到喝喜酒的时候他会是怎样的一种脸色。"

五天之后，云州，谷玄域。两个自以为聪明绝顶的倒霉俘虏睁圆了眼睛。

"你能想象到……谷玄域会是这个样子吗？"胡斯归的口气活像是不小心吸入了迦蓝花粉。

第二十五章
城

一座城市。

眼前赫然是一座城市。在云州这片蛮荒之地上，矗立着一座规模宏大的城市。在阳光下，城市的阴影以狰狞的姿态扑面而来，将两人笼罩其中。

云灭抬起头，仰望着这座城市。那并不属于东陆、西陆、北陆的任何一种建筑风格，所有的建筑物都由整块的巨石构筑而成，那些巨石每一块至少有三丈长、一丈高，比一头六角牦牛还要大。而由它们修建成的建筑物，云灭粗略估计高都在五十丈以上。即便是高原的巨人——夸父族，也从来没有这种规模的建筑。

更何况，这些巨石筑成的房屋和夸父用以宗教活动的石殿有着本质的区别，它们的建筑技艺十分精细，几乎每一块巨石上都雕刻有细致的花纹，石块的契合也近乎完美，令每一座建筑都呈现出巍峨的气象，毫无粗糙之感。

走近之后，可以看得更加明晰：其实每一座房屋的门窗都并不特别高大，从门槛、台阶等小细节处也能看出，这些房屋并非是为身躯异常庞大的居民所准备的，但它们却毫无疑问地汇聚成一个常人难以想象的大尺度整体。

两个外来的闯入者，或者说俘虏，一时间忘记了迈步，只是怔怔地望着这突如其来的城市，心里不约而同地闪过"神迹"两个字。胡斯归曾经不止一次亲手修建过房屋，更是深知其中的难处，单是如何搬运那些巨石，就几乎是无法解决的难题，更别提如此浑然一体地垒在一起了。然而所有的房屋就矗立在眼前，显示着它们不容置疑的存在。

云灭看着那些向着远处不断延伸、一眼望不到边际的建筑群，轻叹一声："这就是云州的真相吗？"

"老子白在云州活了这些年。"胡斯归悻悻地咕哝着，一脸的失落。

叹息也罢，失落也罢，终归不能改变两人俘虏的身份，不能改变抵在要害处的兵器。一群孔武有力的人类与兽人交接后，他们不由自主地被推搡着，沿着城中的穿城大道一路前进。这座城市虽然气势恢宏，其内却几乎没有什么居民，所有的房屋都是空空荡荡的，没有任何家具陈设。偶尔能见到一些人穿进穿出，但从衣着判断只是巡逻的武士。云灭还注意到，那些建筑物都很陈旧了，布满灰尘，许多地方出现开裂破损，显然无人打扫修补。

"这座城市很有历史了，不像是领主建造的。"云灭低声说。

"我也觉得，他还没那么有品位，"胡斯归哼了一声，"也许这是什么上古时代的遗迹？反正我不认为九州有哪个种族能修建出这种气势的城市来。"

"我对建筑学毫无研究，"云灭皱着眉头说，"但我可以肯定，这座城市从一开始就压根不是用来住人的。"

"什么意思？"胡斯归不解。

云灭随手一指："你看地面，全部由石板铺得密密实实，一丁点泥土都不露，自然更不会有花草树木了，你在东陆好歹也鬼混过一段时间，见过这样的城市吗？你再看看街旁的房屋，那分明是一座羽族用于祭祀的祭坛，理论上应该是神圣的，修在冲着大街的地方也就罢了，怎么可能旁边却摆放着一座宛州的磨坊？"

胡斯归扭过头看时，被背后的人重重踢了一脚，换成平时，他恐怕早就发难了，此时却无暇他顾，认真思考着云灭所说。云灭接着说："更何况，这是座水磨坊，可是它旁边根本连河道都没有……"

胡斯归琢磨着，脑门上慢慢渗出了汗珠。他有些明白了云灭的意思，眼前的这座城市，纵然每一个部件都无懈可击，组合在一起却显得那样怪诞而不协调。再和云州与星盘序列的暗合相互印证，他产生了一个极度恐怖的联想，这联想让他在一瞬间感觉手足僵硬，脚底软绵绵的就像踩在棉花上一样。

这座城市压根不是真正的城市，仿佛只是小孩子玩的玩具，那些远非人力可为的宏大建筑，都像是被一只看不见的手在沙滩上随意捏出，又随意放置在一起。

这究竟是谁的手、怎样的一只手？

又走了一阵，终于见到了河，但这条河更加印证了两人的猜测。那是一条东西走向、从中央横跨城市的河流，河水清澈透明，几可见底，却并不流动，里面也没有任何鱼虾乃至水草。那仅仅是一潭死水。

在这条没有生命的河流之上，是一座石桥，过桥后继续前行，眼中所见却迥然不同，视野里慢慢出现了一些低矮的临时窝棚，门口偶尔坐着一两个面目肮脏、神情呆滞的人，看来是被奴役的苦工。云灭想到胡斯归向他描述的领主如何凶狠残暴，看来所言不虚，但沿路出现的窝棚的数量越来越多，和看到的人数并不符合。胡斯归猜到他在想什么："领主那个疯子虽然占据着这样的一座城，却好像始终不大满意，多年来一直在征集民夫，却不知道到底想要做什么，反正被拉走的人从来没有回去的。"

云灭笑笑："那不活生生成了云州的土皇帝了？"

"他比皇帝的权力大，"胡斯归说，"东陆人族的皇帝和羽王都只是个摆设，反而要听诸侯领主的话，哪有这个家伙嚣张跋扈。我忍不住要猜想，这个老疯子自己住在什么地方？大概是会让古往今来的帝王们都嫉妒得半死的豪华宫殿……天！"

他的语调忽然整个变了："我想我知道这位了不起的领主在忙活些什么了……你看！"

不用他说，云灭早就看见了。疯子，这是个彻头彻尾的疯子，云灭在这一瞬间只来得及闪过这样的念头。

他看到前方不远处，大约方圆数里的广阔地界内，巨石修筑成的建筑物全都被拆毁了。无数的工人在劳作着，他们牵着身躯庞大的雷犀，在巨大的撞击声中费力地拆除着更多的房屋。那些堪称完美艺术品的、足以让东陆和北陆的建筑大师们将眼珠子都瞪出来的伟大杰作，竟然硬生生地被夷为了平地，取而代之的是……

"这个王八蛋！"除了爆粗口，云灭找不到更好的方式来表达自己那种难以形容的惊诧，"这……这他妈的是雁都！宁州的雁都！"

胡斯归大吃一惊："雁都？别开玩笑了！"

"谁有心思开玩笑！"云灭吼道，"你还能比我更了解宁州的城市？"

雁都，羽族的都城，多年来持守羽族正统的城市。当然这无疑只是赝品，但纵观九州历史，也从未出现过这样大规模的赝品。领主真的是把三百年前的雁都复制了过来，那些缥缈的云雾，那些在浓密的参天林木中若隐若现的树屋，都体现出传统羽族城市与森林融为一体的浑然天成。在一河之隔的两岸，在这片被迷雾笼罩的土地上，梦幻般的石头城市与精巧的森林之城默默对峙着，将云州的神秘、疯狂、荒谬、不可思议展现得淋漓尽致。

"要是辛言知道自己错过了什么，他一定会杀了我的，"云灭说，"这样的地方，他肯定情愿用死十次的代价来换取亲眼一观的机会。"

"如果他能抢在领主之前的话。"胡斯归说，"我们似乎是快到地方了，如果这就是雁都的赝品，领主应该就住在这里。"

说话间，两人果然被带进了这座和雁都一模一样的森林城市，云灭注意着周围的树屋、阶梯、空中甬道，无一不表现出标准的羽族特色。唯一的遗憾在于，这座城市里依然没有任何居民，众人的脚步声显得格外响亮，在空旷的林间来回碰撞。

脚步声停止时，两人已经站到了处于城市最中央的年木前，那是羽人的林中城市最神圣的所在。云灭过去也曾多次到过雁都，却很少有机会如此近距离从容地观看年木。他抬头望着年木树干中央一道醒目的雷劈伤疤，若有所思。

"胖子，我现在可以肯定一点，这个领主是个极度病态的疯子，"他凝视着那道伤疤说，"看到这棵年木我就明白了，他想要的并不是雁都，而只是他心目中无法割舍的某种寄托，我想，他大概只是希望生活在过去的回忆中。"

"为什么？"胡斯归问。

"因为他就算想要复制一个雁都，也不必如此惟妙惟肖，连树干上的伤疤都要做个一模一样的吧。这是上一次人羽战争时，人类秘术师的杰作，全宁州的羽人都知道这道疤。在羽族被人族欺压时，这道伤疤是全族的耻辱；等到羽族势力壮大和人类平起平坐时，它又被当作部族抗击侵略的骄傲。很多羽人小孩的成人礼就是被带到雁都看这道疤。"

胡斯归不禁心生好奇。他也抬起头来，细细地看着那道弯月形的伤疤，心里想象着无数羽人围在周围膜拜它并铭记羽族屈辱历史的场面。这伤疤细细长长，正好上方还有两个醒目的凸起，合在一起看，正像一张滑稽的笑脸。

他为自己这孩子气的联想而哑然失笑，但不知怎的，这样的联想越来越活跃，而那副笑脸的形状，似乎正在起着某种变化。他心中一凛，定睛看去，那伤疤与凸起仿佛正在缓缓地移动、拉伸、变形，慢慢地，鼻子、眼睛、眉毛……一点一点地浮现了出来。

一张越来越真实的人脸！胡斯归不敢相信自己的眼睛。他想要闭眼，眼皮却不听使唤；想要移开视线，眼睛却无法从伤疤上移开。树皮的颜色也渐渐变得深浅不一，令那张人脸越来越有质感。

突然之间，胡斯归感到一种难以名状的恐惧感深深地渗入了骨髓之中——那是他自己的脸！他的脸嵌在树皮上，或者说，从年木的内部浮现出来，嘴角带着诡异的微笑，注视着他自己。那并不是镜子里映出来的虚幻的影像，而是实实在在的生动的面孔。那张和自己一模一样的脸正看着自己，充满了嘲弄或者别的什么情绪，那双眼睛更是毫不掩饰恶意地瞪视着。

他恍悟到其中不对，想要赶快跑开，却发现手脚已经不听使唤，身体像被冻僵了一样。着道了！这个念头闪电般划过脑海，但已经太晚了。年木上的眼睛带着不可抗拒的磁力，正在一点点吞噬着他的心神，令他的头脑越来越混乱。各种奇怪的幻觉开始闪现，那些隐藏于心灵深处的黑暗记忆一点一滴被翻了出来。

他看到自己幼年时的家，那个黑暗的石洞终年潮湿，令他总有自己身上在缓缓长出绿毛的错觉；他看到自己五岁那年独自猎杀的山魈，自己将山魈扔在父母的坟墓前，轻蔑地说"没有你们，我一样能活下去"；他看到自己第一次被敌人打倒在地，声泪俱下地求饶，然后趁着对方放松警惕时，偷袭成功；他看到自己击败一个又一个的敌人，努力营建起叛军的势力，忍受着龙雷的白眼……然而最后，他看到的是自己的结局，年木上裂开无数的口子，一只只棘魅从中钻出，将自己死死缠住，吸吮着自己身上的鲜血。这些棘魅身体的顶端，正是自己的脸。

胡斯归努力守住神志，感觉自己离崩溃已经不远，只能指望着云灭能保持清醒，然而云灭的状况似乎并不比他好，至少他能清晰地听到云灭嘴里在念叨些什么。

"你不是我……你不是我……"云灭的嘴里嘟囔着。胡斯归猛醒过来，这是发了疯的扈微尘嘴里的胡话，莫非云灭也和他一样中招了？一时间心里连呼苦也。没想到自己长期以来通过扈微尘去欺骗龙雷，到头来却以和扈微尘完全一样的方式中招——难道真的是所谓天道轮回、报应不爽吗？

"你不是我……你不是我……"云灭的嘴里不停重复着这四个字，已经陷入谵妄的状态。这一刻胡斯归心里居然闪过了一丝得意——至少他的定力比云灭强一点，但这一点得意也许只能是临死前最后的安慰了。他的意识开始模糊，身体不受控制地倒下，眼中只见到云灭呆若木鸡，口中喃喃不休。背后押着两人的武士似乎很喜欢看到这种场面，嘴里发出得意而狰狞的笑声。

然而接下来的事情却大大出乎他的意料。半死不活的云灭摇摇欲坠，眼看也要倒下，但在弯腰的一瞬间，意外的事件发生了——云灭的背上忽然间蓝光闪烁，像是羽人凝翅的前兆。但还没等众人反应过来，随着一声爆响，蓝光爆裂开来，化为无数白色的光影，在空气中高速划过！伴随着这些激射而出的白光，身后的武士们纷纷应声而倒，胡斯归也感到腰际一痛，有什么十分锐利的东西划过去，还好没有打正。

羽爆术！胡斯归猛然间明白了，这是羽族最高深的杀人手段，将武术和秘术结合为一体的可怕招数。事情已经很清楚了：云灭这孙子并没有中招，而是一直在伪装着，并等待着机会脱困。胡斯归悲愤地想，自己终于还是技逊一筹。

云灭接下来的动作更加匪夷所思，他并没有拉起胡斯归迅速逃离，而是抽出一支箭来搭在弓弦上，稳稳地一箭射出，正射向年木上那张人脸的方位。这一箭力量奇大，箭矢整个没入了树干中，那人脸上漾起一圈水波纹，随即发出"咔"的一声脆响，消散于无形。

胡斯归浑身一震，登时恢复了对身体的控制，他毕竟经验老到，立即抢过一刀一剑，双手分搏，转眼间已经放倒三名敌人。就在此时，年木上裂开了一个大洞，一件东西从中滚了出来，轰然砸在地上。

是一尊石像，大约有两人高的一尊石像。云灭的箭正射在石像的头颅上，捣毁了它的脸，现在那张破碎的面孔扭曲狰狞，两只眼睛黑黢黢的，仿佛正在凝视着天空。

第二十六章
真 相

森林果然是羽人的领地，胡斯归一面想，一面哼哼唧唧地跟在如鱼归大海的云灭身后。云灭很不耐烦："那么点小伤你叫唤什么？"

胡斯归拂开扫到脸上的树枝，愤愤地说："好歹先通知一声，被羽爆术打着了你以为很好玩吗？"

云灭"呸"了一声："首先，以我的实力，自然能控制住，不会把你伤得太厉害；其次，老子就算通知了你，你也没本事动啊！"

胡斯归被噎得说不出话，只能闷头跟着在林中穿行。这座林中城市仿照雁都而建，规模自然十分庞大，偏偏其中又无居民，实在是捉迷藏的上佳之所，云灭很轻易地在一根高高的树枝上找到一处绝佳的隐蔽之所。但从四周传来的嘈杂声音判断，领主出动了大批人力来搜捕他们，情形不容乐观。

"你身上再没有其他乱七八糟暴露目标的东西了吧？"云灭的声调拖得很长。

胡斯归悻悻地说："放心吧，我不会在同一个地方摔两次跟头的。说起来，我差点就被那尊石像吸取了魂魄，你怎么会没中招？我还真不信你的定力比我强那么多。其实我一直都觉得除了长相，我并没有哪点比你差……"

云灭安慰地拍拍他："老实说吧，虽然我一直认为我哪一点都比你强，但这回倒真不能怪你，只是碰巧有那么一桩关于云州的事情，是我知道而你不知道的。"

他简略讲了讲关于石人的典故，接着说："所以有了龙渊阁书生们的教训，我一进入森林就开始警惕，随时提防着这种可能会突然间吸引人注意力的事物，果然不出所料，他真的布了这个陷阱，知道我一定会在意那株年木。"

"于是你发现了那道伤疤可能有问题，决定将计就计；但是你故意不告诉我，好用我的中招来掩饰你的伪装？"胡斯归的眼中分明有火花在迸射。云灭哈哈一笑，来了个默认。

胡斯归想到先前的凶险，心中恨不能把云灭当场掐死生啖其肉，但最后只是重重哼了一声，问："那你究竟用了什么方法，没有被那石像所蛊惑？我只定睛看了一两秒就开始产生幻觉，而且身体也失去控制，根本没有办法摆脱。"

"所以啊，最好的方法就是一眼都不要看。"云灭回答。

"一眼都不要看？可你明明盯着那个石像的啊！"

云灭问："你看我的眼睛现在在看哪儿？"

胡斯归回答："你在看着你左边那根树枝，上面盘着一条花蛇，兴许是对你比较感兴趣。"

云灭摇头："错，其实我是在看你脸上的肥肉，以及那只正在你肩膀上方琢磨哪个地方下口比较好的和你一样肥的蜘蛛。这是职业杀手的必备技能，隐藏自己的眼神，以免在观察形势时暴露目的，引起他人怀疑。刚才我看起来一直盯着石像，其实已经把真正的视线完全移开，一眼都没有看它，自然就不会中招了。"

胡斯归无奈："好吧，这一招我不会，算我认栽……什么，蜘蛛？！"

这是一种很奇怪的现象，很多胆大妄为杀人不眨眼之徒却往往有着不为人知的脆弱面，比方说，他们面对着血淋淋的尸体时可以胃口大开地吃午饭，却总会对一些在旁人眼里毫不起眼的事物抱有深深的恐惧。比如说胡斯归，云灭万万没料到，这个面对着张牙舞爪的棘魃都毫无惧色的死胖子，竟然会对小小的蜘蛛反应如此激烈。这个体重能顶三个云灭的胖子一边近乎轻盈地从高高的树上跳了下去，一边歇斯底里地喊叫着。这一声喊惊天动地，云灭相信全云州的人都听到了。

百密一疏，他恼火地想，只能很无奈地跟着跳下，眼看着胖子手舞足蹈了足足半分钟才停下来——他并非不想上前一拳将胖子砸晕了事，但此人发起疯来拳脚带力，虎虎生风，岂是三招两式能解决得了的？

好容易等他停下来不闹腾了，却已经口吐白沫瘫在地上，耳听得远处动静连连，追兵已经被吸引来，只怕用不了多一会儿就会找到身前来，云灭只得伸手将胡斯归扶起来。这厮身子着实蠢重，倘若不是云灭，换两个其他羽人也未必扶得动。他勉力拖着这沉重的累赘跑出两步，忽然间胸口一麻，四肢已经被人用巧妙的关节技制住，无法动弹。动手的不是别人，居然正是胡斯归！

"死胖子，你想干什么？快醒醒！"云灭低喝道，还以为胡斯归脑子仍然没有清醒。不料胡斯归手上反而加重，狞笑着说："云灭，你以为我真的怕蜘蛛吗？这点小把戏你就信了？"

云灭心里一寒，反而冷静下来："你要干什么？现在不是自相残杀的时候！"

"这不是什么自相残杀！"胡斯归恶狠狠地说，"同一条道上的人才能算自相残杀！"

云灭内心寒意更盛："你这话什么意思？"

胡斯归用令人不寒而栗的腔调说："云灭，有一件事情我一直没有对你说过，没想到以你聪明的头脑居然从来没有想到过：领主那么厉害的人，为什么不自己出面亲自去解决各种问题，为什么非要依靠那个并不算太聪明而且心也很软的风离轩？"

云灭心头一震，回想着风离轩的种种作为。此人虽然身具可怕的星辰力，心肠确实有点偏软，领主不可能看不出这一点，但领主却为什么还要用他呢？难道是因为……离了风离轩，他就无能为力了？

"你已经想到了吧？"胡斯归说，"其实我也是在云州和他对抗了很久才明白过来的，领主肯定是出于某种原因，自己根本就没办法出面，所以他不得不依靠傀儡去给他办事。离开了风离轩这样的傀儡，领主就是半个废人！"

"可是风离轩死了，领主必须要给自己找到一个新的副手，也就是新的傀儡，"云灭低声说，"你觉得，那个人就是我，对吗？"

胡斯归一声奸笑："不是我觉得，而是必须是你！你的所作所为，我相信已经给了领主足够的印象，这就是我和你合作的根本原因，领主不会舍得杀你的！他一定会让你活着来到谷玄域，以便生擒你，劝服你做他的傀儡。而这个时候，就是他暂时忽略我的存在的时候，也是我唯一有机会找到办法摧毁他的时候！"

"连我一起摧毁，是吗？"云灭的声音出奇地镇定。

胡斯归喉咙里咕哝了一声，终于说："除了领主，你就是我第二个必须干掉的最危险的敌人。我让那三千人白白送死，根本不是为了麻痹领主，而是为了让你对我笃信无疑。你的狡猾不亚于领主，不付出相当代价，你不会给我这样制伏你的机会。"

"制伏我的机会？"云灭嘲讽地说，"你真以为你制伏了我？"

"你休想讹我！"胡斯归怒吼道，"我很清楚我的关节技的威力！"

"我没有讹你，只是想告诉你一件事，锁住关节并不能保险，"云灭语气轻快地说，"刚才的羽爆术，我并没有使出全力，如果需要的话，我还可以再来一次。这么近的距离，开膛破肚只怕都算是轻的。你要试试吗？"

胡斯归额头的汗水滚滚而下，动弹不得的云灭却悠闲至极。胡斯归脸上的肌肉不断抽搐，最后恶狠狠地骂了一句什么，松开云灭，迅速闪到了一边。云灭拍拍自己被弄皱的衣服，轻笑一声："其实羽爆术很费精神力，一天用一次就是极限了。"

胡斯归鼻子都气歪了，但良机已失，没有办法再上前搏杀了。云灭看着他："你想抓住我，交给领主做傀儡，你就不怕我心情一好真的做了他的副手，或者是先骗骗他？那样的话，我保证会让你很舒服。"

胡斯归身子一震，犹豫了一下，咬着牙说："火烧眉毛，且顾眼下！

多活一天也是好的！"

云灭微微一笑，忽然转身喊道："喂！你们要抓的羽人在这儿！"

胡斯归瞠目结舌，几乎不敢相信自己的耳朵，但云灭的话仍然清晰地钻进了他的耳膜："我原本就想要和这位领主会会面，哪怕这样做会有极大的危险，但我不喜欢被人强迫。如果我要做什么事，那一定是我自己愿意去做。你赶紧逃跑吧，看你找到机会摧毁领主快，还是我杀死领主更快。"

胡斯归喃喃地说："你就是个怪物，货真价实的怪物……你不怕和领主一起送死？"

云灭毫不犹豫地回答："哪怕整个云州被翻个底朝天，我也没那么容易死。"

胡斯归听着身边杂乱的脚步声和武器发出的金属摩擦声，狠狠瞪了云灭一眼，转过头跑掉了。片刻之后，云灭毫不抵抗地陷入了重围中。

很快他被无数兵器指着要害处送到了一座规模宏大的连环树屋前，不消抬头他也知道，这是仿建的雁都风氏的宅院。回想起风离轩的种种古怪行为，他开始隐约猜到一点对方的身份。

风宅体现出和云宅截然不同的气派，在真正的风宅中，每一株树木都有至少五百年的历史，建于其上的树屋更是俨然有登临云台、俯瞰天下之势。这一点，宁南云家的仿东陆风格建筑是无论如何也赶不上的。而这座仿造的宅子居然从高度上半点也不输给真货，显然是用了某些加速树木生长的方法，而这种方法，云灭确信自己在和镇已经见识过一次了。

但这不是他所要考虑的重点，那个站在堂屋门口、背向而立的人立即吸引了他全部的注意力。此人穿着一身简朴的布衣，头发像个书生一样随意地束着，只是在那里悠闲地站立着，身上却散发出夺人的气势，仿佛一个主宰一切的君王，而他身上所蕴含的星辰力，更是骇人听闻，足以令辰月教教主的精神力变得像儿戏。

毫无疑问，他就是一直隐藏于幕后的神秘人物，那只操纵着云州的恶魔之手，也就是统治云州三百年的领主。

"云灭，你来了。"领主淡淡地说，好像是在招呼一个老朋友。

武士们迅速退下，只留下云灭和领主两人，好像丝毫也不担心领主的安危。云灭活动一下手足，慢慢走向领主。这若干个月以来的种种奇遇，实在是他生平从未经历过的惊险与怪诞。而眼下，这一切的一切都应该有一个了结了。虽然还有很多事情不明白，但他相信，自己一定能从眼前这个人身上得到答案。

云灭走到与他相隔五步左右的地方停了下来，向他很有礼貌地打着招呼。

"云清越，你好。"他说。

领主听到他喊出"云清越"三个字，突然大笑起来，转过身来。这是一张和云灭很相像的面孔，分明地彰示着某种家族血缘。

"云灭，我果然没有看错你，"领主笑着说，"你猜对了，我就是云清越。"

我就是云清越。云清越，云氏三百年前的先辈，那个在家族里始终默默无闻、几乎找不到任何记录的人。那个一直和风离轩保持着通信来往，始终劝诫他要小心谨慎、最好不要去云州的人。那个在风云两家的战役中莫名死亡，连头颅都没能找到的人。

而现在，这个早该死去的前辈却活生生地站在了自己眼前，头上笼罩着云州领主的光环。云州，这块神秘莫测的禁忌之地，竟然在长达三百年的时间里，都被一个姓云的羽人所统治着吗？

云灭仔细端详着他的脸。这张脸看上去甚至比风离轩还要年轻，只有一双眼睛深不可测，饱含着跨越三百年的睿智与阴沉。这双眼睛也在细细打量着自己，过了一会儿，云清越开口说："真是太像了，活脱脱就是我年轻时的样子啊！"

"你现在看来也不老嘛，"云灭讥讽地说，"要是被扔到云州森林里，还能迷倒一片小姑娘。"

云清越笑得越发开心："这一点就更像我了，越是在逆境的时候，越能满不在乎。可惜的是，俏皮话只能缓解气氛，却不能解除困境。"说完，他左手轻轻一挥，云灭忽然感到周围的空气有了实体，就像是一堆看不见的软泥，将自己包围其中。他越是用力挣扎，四周的阻力越大，越是不能动弹。

"你看，实力上的差距是显而易见的，说再多俏皮话也无济于事。"云清越耸耸肩。

云灭哼了一声："如果不借助星辰力，你自己的力量又能有多少呢？我可不会为此感到佩服。"

云清越神色自如："人的力量是渺小的，和天地日月相比，人根本就是一种无比脆弱的存在。但是和星辰融为一体，我就能与天地同寿，何乐而不为？"

"你都与天地同寿了，还费那么大劲抓我干什么？"云灭问，"干脆走出这个乌龟壳，离开云州，用你伟大的星辰力去征服东陆和北陆好了。我相信那些历史上的传奇帝王纵使复生，也挡不了你一根手指头。"

云清越再一挥手，云灭身上的压力骤然消失了。云清越说："你也不必试图激怒我，那样对你没有半点好处，况且一个活了三百年的人，也没有那么容易发怒。你过来触摸一下我的身体，就明白了。"

云灭走上前，碰了碰对方的胳膊，他知道两人差距太大，也并未打算偷袭。这条胳膊摸上去僵硬而冰凉，完全没有活气，反倒是有一股泥土的味道。云灭缩回手，平静地说："这副身体是假的，大概是用陶土烧制的吧，因为你原来的身体无法承受星辰力的摧残，已经死掉了。"

"不止如此，"云清越说，"现在这具身体，全靠星源维系着形态，一旦远离就会崩溃，所以我始终只能依靠一个得力的助手去替我做事。"

云灭虽然不知道所谓的"星源"是什么，却明白了他的意思："你还不如说直接点，像风离轩那样唯你马首是瞻的傀儡。但风离轩也活了三百年，他的身体也是假的吗？为什么可以代你离开云州？"

云清越摇头："我不会给他像我那么强大的力量，所以普通的肉体也能勉强承受，虽然还是无法持久地保持活力。不过，只需要每隔数年更换一副活人的身体就行了，那是一种几乎不为人知的暗黑秘术，只是我碰巧一直是个爱读书的人。"

云灭下意识地低头看看自己的双手："这样我就全明白了。难怪你能容忍我一直活到现在，活着站在你的面前，就是因为离开傀儡你就没有办法完成你的统治。只是为了独占这种力量之源，为了拥有强大的星辰力，你不惜让自己像囚犯一样一辈子困在这里，连多走出几步都不行——我是应该佩服你还是该蔑视你呢？或者是尽情地取笑你？"

云清越并不动怒："两样都可以，你会有很长的时间去考虑这个问题，当你成为我的副手之后。"

"那我就不明白了，当时在和镇与风离轩交手的时候，你只要稍微收敛一点，风离轩就不会死。你把他召回云州，接着给他换身体，不就可以供你接着使唤下去？难道是嫌他的头脑不如我聪明？"

云清越哑然："你还真是不懂得谦虚，不过说的的确是实话，但那只是次要因素。主要还在于，风离轩的精神已经一点点垮掉了，就算再聪明，也不是那种能全心全意为我尽忠的人了，相反，他正在逐渐变成我的累赘，所以我早就想扔掉他。我本来只是派人追杀胡斯归，以免他将云州的事情外泄，不料却发现了你这样的美质良材，真是好运气。"

云灭鄙夷地看他一眼："扔掉？你对自己的至交好友还真是好得很哪。"

云清越的脸上现出一种很古怪的表情，既像是愤怒，又像是惋惜："你错了，如果真的是至交好友，我怎么可能这样对待他？这个风离轩，早已不是我的好朋友风离轩了。当年我激他探索云州时，他是何等意气风发；等到我们发现星源的秘密之后，他反而变得畏首畏尾，什么都不敢做，还想阻止我，好几次差点坏我大事。我不得已，只能想法子逼迫他为我效命，但我们之间的友情，却早就完蛋了。他只是一个被迫效忠于我的奴仆，却不再是我的朋友！

"你知道我为什么要建造这座雁都城吗？"云清越双臂一张，"我始终在怀念着当年的那个风离轩，那个不顾风云两家的矛盾、邀我到风家做客的风离轩；那个并不好酒却能陪我痛饮半个月、醉得走不动路的风离轩；那个无论走到什么地方都会惦记着我、给我写信讲述游历经过的风离轩。

那是我三百年里最愉快的一段时光，我的一生只结交了这么一个朋友，他却不信任我，甚至想抛弃我，这种难过，你能理解吗？"

方才还从容温和的云清越，此时却像完全换了一个人，面孔因为愤怒而扭曲着，身上的星辰力在一瞬间暴涨，可想而知内心的波动。云灭体会着他话里的情绪，轻轻叹了口气："你这老东西活生生就是个疯子！朋友在你心目中，究竟是什么？"

云灭忽然反应过来一点别的："你说你激风离轩探索云州，是什么意思？"

"既然你很快就要为我所用，我也不妨让你先知道一些，"云清越恢复了平静，"我相信你已经查阅过史料，知道我在家族史上默默无闻，除了好酒贪杯之外，没有丝毫作为。但事实上，除了我自己，没有任何人知道，我的心中怀着怎样的理想，当我看着周围那些平庸之辈无知无趣的生活，心里又有怎样的鄙夷。"

"我可以想象，因为我的堂兄也怀有和你差不多的念头吧，"云灭思考了一会儿对方的话，回答说，"不过他采取的方式和你相反而已。我的堂兄故意显露锋芒，让所有人都怕他；你却一定是那种深藏不露，试图让所有人都轻视你的人。但是很多事情还是需要有人替你去做，所以你利用了风离轩，对不对？他就是你的替身，通过他的眼睛，你虽然终日在宁南烂醉如泥，却也能看到九州的一切，对不对？"

云清越微闭着双眼，陷入了回忆中："你这么说也不确切，我的确是想法子激他四处游历，然后将所见所闻都告诉我。但我也是真的把他当作我的好朋友，想用这种方法去磨炼他的性子，这样日后他才能成为我最大的臂助。"

他的嘴角浮现出一丝看来甚至有些温馨的笑容："我这位风老弟啊，很喜欢冒险，很喜欢体验新奇的事物，然而性子毛毛躁躁，最是沉不住气。我只需要有意无意地偶尔和他说起云州的神秘与危险，然后苦苦劝他不要去涉险，他一定会忍不住而拼命前往的。我甚至早就替他驯好了雕，知道他一定会用得上的。"

云灭冷笑一声，正想说话，云清越接下来的话却立刻令他感到一阵毛骨悚然："可惜啊，我本来是想通过挑唆风云两家内斗来找寻机会的，但那些抱残守旧的人，只知道在羽族内部争权夺利，根本就难成大器。我看出他们不堪其用，只能将目光放得更远些了。"

"你的意思是说，风云两家势成水火，是你挑拨的？"云灭有些难以置信。

"我只是想办法加了点油而已，"云清越皮笑肉不笑地说，"横竖两家都是要打的，那不如玩大一点，死一个人是死，死一百个还是死。"

云灭心中本来还存有为风离轩而生起的愤怒之情，此刻却完全冷静下来。他知道自己面对的是一个真正的大奸大恶之徒，和他比起来，胡斯归简直算得上是善人了。他强迫自己抛开一切杂念，开始全副身心地思考如何对付这个怪物。

恶魔，他想起胡斯归用来评价云清越的话，这两个字果然半点没错。

云清越接着说："云州我已经暗中调查很久了，那些稀奇古怪的传闻绝大多数人都不相信，我却深信不疑。在这样一个平静得如同一潭死水的时代，想要达成我的理想，就必须要敢为人所不能为，也只有这种表面上的蛮荒之地，才有我伸展拳脚的余地。"

"那么后来你留下的尸体又是怎么回事？"云灭问。

"他到云州后，我和他通了好几次信，也索要了一些迦蓝花的花粉，然后一直在等待时机，最后终于被我等来了，就是那次风氏的突袭。我趁人不注意，擒住了一名风氏的杀手，让他吞下了十倍分量的花粉。他很快变成干尸，我只需要把头颅割下来深埋好，把尸体摆在自己的床上，任谁见了，都会以为死者就是我。而这之后风氏找不到此人，也只会将他列入战死名单而已。这样我就可以安全地消失于人们的视线中，不为人知地去往云州了。"

云灭点点头："于是你也猜到了漩涡的秘密，来到了云州。和风离轩探险家的思维方式不同，你只对权力和力量感兴趣，因此找到了操控星辰力的方法，就是你刚才所说的'星源'，对吗？"

云清越赞许地说："我就是喜欢和聪明人说话，真是不费力气。云灭，我对你真是越来越满意了。"

他转过身，向着树屋深处走去，云灭别无选择，只能跟在他身后。穿过几条狭窄的小径后，前方出现了一间毫不起眼的树屋。但当云清越走近后，树屋在眨眼之间消失了，露出一道拱形的石门。云灭刚刚跨进去，就感到一股巨力在拉扯着自己的身体，他明白，这又是一处传送点。

眼前的黑暗消失后，他已经站在了一个平整的高台上，寒冷刺骨的气流提醒他此处的海拔甚高，四周更是云雾缭绕，一片茫茫白色，大概是一座极高的山峰，然而当他走到高台旁向外俯瞰，才知道自己错得有多厉害。这根本不是什么山峰，这座平台竟然没有任何支撑，压根就是悬浮于半空中的！

云灭不动声色，细细打量这座平台。平台大约十余丈见方，厚度无法估量，四周毫无遮拦，也没有其他饰物，除了地上的一个黑洞是两人来此的"门"之外，只在中央醒目地矗立着一尊雕像。云灭下意识地扭头，云清越笑了起来："别紧张，这东西不是用来吸取魂魄的，你尽可以放心地看。"

云灭听出此言非虚，于是将视线转过去。乍一看，这像是某种不知名的怪物，身躯臃肿而不规则，头颅大得出奇。仔细一瞧，那副臃肿的躯干竟然是由数副不同的躯体扭合而成，而且恰好对应九州的六个种族。这些躯体极度扭曲，已经完全变形，彼此之间死死地纠结在一起，看起来像是亲密无间，但从头颅的表情可以判断出，他们正陷于苦斗之中。夸父的手狠狠掐着羽人的脖子，河络的刀顶在鲛人的胸口，每一张面孔都带着栩栩如生的狰狞与痛苦，那种惨烈的杀意让云灭都感到颇不自在。在这样一个近乎与世隔绝的高台之上，摆放着一尊如此令人不寒而栗的雕像，脚下是谜一般的云州大地，令他有一种缥缈的不真实感。

"你别问我这雕像是谁雕刻的、象征着什么，因为我也不知道。"云清越说。他已经站在了雕像旁边，手抚上面的纹路，目光注视着远处的云雾，像是要看穿隐藏于其中的一切。狂风劲吹，他瘦削的身躯看起来完全弱不禁风，让人无法相信他的真面目竟会如此阴狠。

"但是我绝对相信，这不是人力可为的，那么，它就是天神给我的恩赐，是天神要赐予我这样的神器，成就我的心愿。"他说。

云灭没有讥讽他，心里想着"神器"两个字，一时间心头一片混乱。

云清越目光迷离，脸上的表情变幻不定："许多年前我来到云州时，心里其实半点底也没有，并不知道我究竟能找到什么。风离轩很难得地在云州待了很久，但那也仅仅是由于云州还有太多未曾探索的地方，仍然能激发他探险家的热情，除此之外，他并没有别的追求。而我在云州的一年中，固然通过他发现了许多新奇的事物，也能为我所用，但都不能起决定性的作用。这样下去，我充其量不过能赢下一场风云两家的内战。

"后来我就喜欢一个人在那座石头城中乱转。我不相信这座城市是无缘无故地矗立在云州这片蛮荒之地上的，它的存在必然有其理由，很有可能就是云州一切怪异之处的根源。我在城中四处寻找，几乎将它的每一个角落都印进我的头脑里，却始终未能发现什么。那只是一座死城，在时光的浸淫中一点点腐朽剥落，慢慢化为尘埃，而我的生命，比这一过程还要短得多。

"有一天，我再也无法控制自己的失落和悲伤，我牵来了一头雷犀，开始在城里疯狂地四处乱撞，拆毁挡在我眼前的一切，以此泄愤。忽然之间，一座房屋倒塌之后，从废墟中露出了一道石门。在它即将被拱倒的一刹那，我勒住了雷犀。我敏锐地察觉到，那就是我所苦苦追寻的奇迹，我称它为星源。"

"就是我们刚刚穿越的那道石门吧，"云灭说，"你现在可以告诉我了，这里究竟有什么？"

第二十七章
崩　溃

　　但这个问题似乎是多余的，云清越已经用行动给出了答案。他走到雕像前，也不知扳动了什么机关，坚硬的雕像竟突然间变得柔软起来，好像是正在勾勒修整的泥坯。然后他接连挪动了每一个种族的手，将这些或大或小的手掌叠在一起。

　　"我足足在这个平台上试验了五天五夜，差点一命呜呼，才找出开启它的方法。"云清越不知是在得意还是在感慨，"幸好最后还是找出来了，不然我一定会死在这里。"

　　六个种族的手叠放在一起后，雕像的形态开始发生剧烈的变化，所有人物全部融合在了一起，变成一团不断蠕动的泥状物，随即有光芒透出。泥状物裂开了，有什么东西从中间缓缓升起。

　　如胡斯归所料，领主的目的果然只在云灭身上，抓住云灭后，参与搜捕的大部分武士都散去了，剩下的人数不足以对他构成威胁。但他并没有跑远，天性中的亡命与贪婪令他在跑到丛林边缘后又折了回来，空手而逃无论如何不符合他的作风。

　　小心翼翼地避开追兵后，他沿着地上的足迹一路追踪过去，见到领主和云灭正在谈话。由于知道领主的厉害，他丝毫不敢靠近，因此两人说了些什么，他也完全听不到。但两人接下来消除障眼法术、走入那道石门，他可是看得清清楚楚——一踏进去就消失了，无疑是被瞬移到了某处所在。

他几乎在瞬间就判断出，这道门通往云州最大的秘密。

一个念头由此产生了——我要不要毁掉这道石门呢？他知道，并非每一个传送点都是单向的，但也有很大可能性会碰上，假如真是如此，将石门毁掉，进去的两个人保不准就再也出不来了。领主和云灭，大概是这个世界上仅有的两个能让胡斯归产生恐惧的人，若能一窝端掉，那是再好不过。

然而这样做的后果是，那令人垂涎的力量源泉将随着领主一同被葬送，可能永远不再为人所知，这未免让人有些舍不得。胡斯归犹豫了许久，始终没能拿定主意。

正在举棋不定，忽然听到遥远的天际隐隐传来一连串的响动，像是雷声，却又比雷声更为绵密。他抬起头来，举目四望，突然间整个身体凝固了一般，几乎动弹不得。

从这座林中城市向西眺望，几乎是在目力的极限处，天空的颜色起了变化。谷玄域的天本来阴沉晦暗，犹如铅灰，此刻却突然间变得明亮起来，红色、黄色、绿色……那些原本只能在夜空中见到的色彩，竟然在白昼一齐出现，耳中的轰鸣声也越来越大，渐渐清晰可闻。

胡斯归发现，当那些缤纷的色彩亮起后，天色却越来越暗，仿佛是有一道巨大的幕布被拉起，遮住了太阳。几道惊心动魄的闪电过后，天空完全暗了下来，浓云翻滚不定，让人呼吸不畅。

胡斯归冒着被人发现的危险，攀到了一棵大树的顶端。他看得更加分明，墨黑的云海之中，所有的亮色都在渐渐隐没，好像是光线被什么东西一点点吞了进去。他极力睁大眼睛，想要看清是什么东西吞走了光线，却始终只能看到一团不辨形状的混沌，这令他想起了长眠之海中席卷一切的大漩涡。

那一团混沌让他心中越来越感到不安，因为无论怎样他都无法看清它的形状，甚至颜色。他也无法分辨，那究竟是一个具备实体的东西，还是仅仅是——一个深不见底的洞？

浑身的冷汗一下子就出来了。一切的贪婪和欲望，都比不上死亡的恐惧，他的脑子里一瞬间只剩下了一个念头，加在一块三个字。

留不得。

这个可怕的东西绝不是我能掌控的，胡斯归想，我也不能让别人去掌控它。他拔出了刀，向着附近不断发出冲击巨响的地方走去。毫无疑问，在那里能找到雷犀。

云灭眼看着一团雾状的气体缓缓飘起，随即一道水样的波纹在空气中不易察觉地晃动了一下。整个雕像的底座开始上升，悬浮在半空，一块泛着金属色泽的雕版从地下冒了出来。

那是一个巨大的、雕刻着星象学家们才能看懂的星辰图案的星盘，有长短两根指针。星盘上放射出七彩的光芒，分别象征着各主星的颜色，直射苍穹。

云清越小心地扶住星盘，将上面的长针正向转了一圈，随着指针的旋转，一阵汹涌澎湃的星辰力如井喷一般从脚底涌出。如果不是长期训练有素，只怕他已经会经受不住而晕厥。

"这是个什么玩意儿？"云灭强自压住心中的震惊，尽力问得很平静。云清越手抚星盘，微微一笑："这并不是真正的星盘，只是形状如此罢了，它其实是一把钥匙。"

"钥匙？开什么的？"

"开启云州的力量之源，也就是你现在双脚所踩的地方，"云清越的手向着周围一划，"虽然我至今还不知道这个悬空的浮台究竟位于云州的哪个方位，但我可以想象它是什么、为什么有这样强的力量。你知道星流石的存在吗？"

"废话，三岁小孩都知道！"云灭没好气地回答。

"那你所见过的最大的星流石有多大呢？"云清越好似一个教书先生在对学生循循善诱。云灭一愣，仔细揣摩着这句话，突然有一种汗毛倒竖的感觉，一种难以名状的恐惧感猛地从心底生起。他所见过的最大的星流石……

这块高悬于天际的浮台，竟然是一整块星流石！自有史料记载以来，还从来没有人记录过有这样巨大的星流石存在。虽然云灭接触过的星流石寥寥无几，但对于这种星辰碎片的威力却是了解颇多。它们带着天空中星辰的力量，远远超越生物所能掌握的极限，薄薄的一小片星流石——通常被称为冰块——就能让人超越自己体能与精神的极限；拳头大小的星流石，就可能引发足以毁灭一座城市的灾难。而眼下……

"它来自谷玄，"云清越的微笑越来越不可捉摸，"与其称它为碎片，还不如干脆地说，这就是谷玄的一部分。你和我，现在都正踏在谷玄之上。而谷玄的特色，你清楚吗？"

云灭哼了一声。"别再摆出那副教小孩认字的臭架子了。我之前一直奇怪，风离轩身上怎么可能施展出那么多种不同的秘术，现在我知道了。"他的口气听上去居然像是赞美，"谷玄嘛，黑暗与终结的主宰，吞噬一切的黑洞。也许这块破石头在创世之初就已经存在了，并且贪婪地将众星的力量都吸取到自身，然后供你这样的疯子使用。"

两人说话间，谷玄造成的异动已经越来越强烈，那些仿佛是要逃命一般往外激射的星辰之光，又被一点一点全数吸了回去。这个黑暗的星体真的仿佛无底深渊，任何物体都无法逃脱它的掌控。

"承蒙夸奖，"云清越耸耸肩，"你已经在风离轩身上见识过那种力量了，难道你一点也不动心吗？寻常人修炼一辈子也绝不可能既做一个伟大的战士，又做一个伟大的秘术师，但是我能给予你这样的机会。"

"做一个陪你再活三百年的傀儡？"云灭一摊手，"亏你想得出来，你以为我是陪你醉酒的风离轩？又或者你认为，我是那种经不起诱惑的人？"

云清越摇头："其实我并不这么认为，我从来没把你当成那种可以说服的对象，我只是打算赤裸裸地威胁你一下。"

他在星盘上轻轻一点，一道绿火从他脚下燃起，将整个人都包围起来。云灭见到这道绿火，立即心头悚然，想起了些什么，但事情偏偏向着他最不愿看到的方向发展。绿焰升腾，开始熊熊燃烧，火焰中慢慢现出了一个人影。不用看他也能猜到，这个幻影所对应的人是谁。

"云灭，你并不如你外表看起来那么坚定冷酷，"云清越看来胜券在握，"你的心里始终有一道脆弱的致命伤，这就是你永远赶不上我的地方。

"你以为你凭借秘术就能保住她的命？对付别人或许会有用，但对于我来说，谷玄的力量能够帮助我唤醒任何地方的诅咒。谁叫她那么多情，一定要替你挡住那一下呢？否则我早就直接控制你了。"

他并没有做什么动作，绿焰中静止的人影却突然颤抖了一下，云灭知道，这代表在万里之外的宁州，风亦雨已经感觉到了痛苦。接着是第二下、第三下……他不假思索地开弓向云清越射去，而且一出手就是他生平箭术的最大绝学：七箭连珠。但那些连狰的皮肉都能穿透的利箭，刚刚飞到半途就像射进了棉花里，先是减速，随即无力地落在地上。羽族第一的神箭手，在可怕的星辰力面前，竟然像一个拿着玩具的小孩一样，没有半点抵抗之力。

云清越摇摇手指，示意云灭的反抗毫无用处："在所有的血咒中，威力最大的是谷玄，也就是玄阴血咒，几乎是中者立毙；但要论给人痛苦最深，则毫无疑问是太阳血咒了，因为它并不轻易夺人性命，而是能直接改变人的身体组织，让痛苦加倍。我可以连续折磨她七天七夜而不让她断气，你不信可以试试。"

云灭一生中从未如此感到恼恨和无力，再凶猛的人和野兽他都见识过，但星辰之力远非人所能抗衡。他徒劳地发起进攻，用尽他这一生所学的所有高深武艺，甚至冒着精神力枯竭的危险强行再使用了一次羽爆术。但没有用，半点用都没有，在那足以摧毁大山、崩裂大地的星辰力面前，凡人的血肉之躯根本不值一哂。云灭被轻松地击倒在地，然后被压迫得无法动弹，就像他跟随老师学艺的前三年那样。他只觉得全身的骨骼都要被那无穷无尽的恐怖力量所压断，却连一丁点反击的机会都找不到。

要不要屈服？这个念头冒出来他就觉得不可思议，但它的确是自己真实的想法。为了心爱的女子，连我云灭都会向别人低头吗？

那种一闪而逝的犹豫慢慢变得清晰，慢慢变得黏滞，再也无法压下来。也许只有到了那种两难的境地，人才能面对自己毫无虚假的内心。云灭有些悲哀，甚至有些羞愧地发现，为了风亦雨，自己大概的确愿意做出任何牺牲。

正当这位当世羽族第一高手——自诩的，未经公认——为了心中的折磨而困扰不堪时，忽然之间，脚下的平台震动了起来，随着一阵清晰可闻的轰响，将两人传来此处的黑洞周围出现了裂纹，而且裂纹还在不断扩大，渐渐有断裂之势，黑洞中间渐有微光透出。

有人在攻击石门！云清越骤然面色大变。这个石门，是从谷玄域传送到这块空中平台的唯一通道，如果石门被毁，通道也就不存在了，他和云灭将被困在这平台上无法离开，那他三百年来的辛苦就会化为泡影。然而此时用水、火、风、雷、土等任何一种具备实体的秘术方法去攻击敌人，都有可能波及石门，令结果适得其反。没有选择了，他毫不犹豫地抓住那个星盘，将长针正向连转数圈，调集所有他能控制的谷玄力，向着石门方圆数丈的范围内释放了出去。

此时如果有人站在最近的安全距离观看，就将看到一幕超乎常人想象的奇景。一个小小的黑球出现在了石门上方，飞速地旋转、扩大，化为氤氲的黑雾。黑雾所到之处，所有的树木迅速变色、枯死，地上的花草顷刻间凋谢，变成黑色的尘埃。几只昆虫还来不及逃跑，就已经腿脚朝天掉在地上，身子缩成干枯的一小团，呈现出令人战栗的黑色。

那是一种象征着死亡本身的黑色。

正在攻击石门的是一头雷犀，它正在用自己庞大的身躯一下一下地、用尽全力地撞击着石门。这种曾被用来替代攻城机械的生物，拥有着坚硬的头骨和巨大的力量，在它的猛撞之下，石门已经有些歪歪斜斜，眼看就要倾塌。但黑雾及时地裹住了它，它铜铃般的双目立即失去了神采，浑身出现黑斑，巨大的身躯软软倒下，与地面撞出巨响。

骑在雷犀身上指挥的自然是胡斯归。他的反应倒是很快，一看到那黑雾靠近，立即意识到发生了什么。比起杀死领主和云灭，恐怕还是自己保命更为重要，他从雷犀背上跳下，使出了吃奶的力气，拼命向远处奔去，黑气在他背后穷追不舍，但其扩散的速度在一点点减慢，最终停了下来，只差着半尺没有把胖子裹在其中。

胡斯归却仍然不敢停步，直到一口气跑出了好几里地，这才一屁股坐在地上，大口喘着气。除了逃得性命的欢喜外，他还有些功亏一篑的懊丧：要是能多坚持两分钟，那石门就能够被摧毁了。失去了这个机会，真不知道何年何月才能找到下一次。他并不知道，平台上的领主固然松了口气，但新的麻烦已经来了。

方才情急之下，为了尽快释放出谷玄的黑气杀灭敌人，领主把星盘转得过量了，蕴藏于星流石中的星辰力源源不断地涌出，似乎有失控的危险。云灭注意到了这一变化，心中燃起了一丝浑水摸鱼的希望。

"你别指望着会有什么机会，"云清越猜到了他的心思，"我早告诉你了，这不是真正的星盘，只是一把钥匙。现在我只需要把钥匙反向拧回去几圈就行了。神器若不能应用自如，又怎么能称得上神器呢？"

他捏住短针，反向拨去，但出乎意料的是，刚刚转了半圈，指针忽然一下失去了控制，开始疯转起来，但这种转动是空的，就像悬空的车轮一样，完全不能对机关施加控制。他心中骇然，手上加劲下按，指针还是不起作用。云灭饶有兴味地看着他低头查看、仔细翻检每一处角落、嘴里大失风度地骂骂咧咧。最后他蓦地发出一声怒吼："是谁！是谁破坏了转轴？"

星盘上缺失了一块铁片，仅仅是一块小小的铁片而已，但却是一个绝对致命的故障，因为只有当星辰力释放过度时，才需要反转那根短针，这种时候一旦转轴失效，就只有一种后果，那就是整块星流石的完全崩溃。而失去了星源，自己的身体也将不复存在。也就是说，即便自己现在通过石门回到谷玄域的地面，也没有任何意义了，那不过是早死和晚死的区别。星源崩溃，自己就必死无疑。

究竟是谁干的？

没人能回答这个问题，除了他之外，原本应当没有任何人有机会碰到这星盘，然而有一个人知道星源的存在——风离轩。他是唯一一个有机会接近石门的人，也只有他了解自己的日常行动规律，能够抓住那极短暂的时机通过石门到达平台上。

云清越手足冰凉，一时间只觉得五脏六腑空空荡荡的，脑子里一片麻木。他终于明白了，风离轩这些年在死亡的威胁下对自己表面上服服帖帖，一直尽职尽责为自己办事，内心却一点也不忠诚。这个傀儡冒着被自己处死的危险潜入这里，却并没有立刻将星盘完全破坏，而只是做了这么一个小小的手脚，目的不仅仅是葬送云清越的性命，最重要的是，要让云清越用自己的手见证自己的死亡。而且不是瞬间的死亡，而是充满了痛苦等待的慢慢地死亡。

为了这一天，风离轩等待了多久？他会在心中如何充满快意地想象着这一幕？云清越已经永远也不可能知道了。

平台开始剧烈地震颤起来，四周的空气在看不见的奇特吸力下发出刺耳的尖啸。当谷玄的碎片充分发挥作用时，不仅可以吸收周围的一切力量，就连天空中飘散的精神游丝也能被捕获并消解。虽然这块平台具备特殊的保护力量，令两个人暂时免受其害，但这样的保护不知道还能持续多久。

云灭虽不清楚其中的前因后果，但从这块谷玄碎片的逐渐崩溃和云清越的反应，隐隐可以猜到一点原委。那一定是风离轩干的好事。

"遭遇背叛的感觉不好受，是不是？"云灭一脸的同情，"你看，眼下就算我同意做你的副手，恐怕你也给不出什么好处了。对了，我差点忘了，你连自身都难保，你这副身体也维系不了多久了。你马上就可以追随你的好朋友风离轩而去。"

云清越的脸上终于现出了那种彻底绝望的苦涩："你说得对，不过既然我活不了多久了，也不会让你继续活下去。"他右手虚空击出，云灭下意识地闪开，却听见地上一声轰响，回头一看，那个用来传送的黑洞已经被他毁掉了。

"我们就一起等死吧，"云清越充满怨毒地说。话音未落，平台的边缘已经开始崩塌，一块块碎石往下掉落，却听不到触底的声音，可想而知此处的高度。清晰可闻的断裂声从脚底深处传来，平台在剧烈震颤，预示着这块来自谷玄的空中之石即将解体。

云清越呆呆地看着眼前的一切。他算准了一切，却无法算准最信任的人对自己的背叛。如今一切的雄心壮志都在转瞬间成了空谈，对他而言，即将失去的性命倒显得并不重要了。

云灭似乎也不在意这一点，双目只是死死盯着绿焰中痛苦挣扎的风亦雨的影子，那个女子的生死悬于一线，什么样的从容镇静、算计谋划都派不上用场了。他只能像个莽夫一样强行出手攻击，然后被对手轻易地弹开箭矢，再将他重重击飞。此人倒是坚韧非常，强行把已经到了喉头的血再咽下去，硬撑着又站了起来，而且站得比一支箭还要直。云清越看他一眼："你好像一点也不担心自己的命运？这里是高空中，一旦平台解体，我们就会摔下去，摔得粉身碎骨。"

云灭一声叹息："看来你是变成泥人太久了，已经忘记了自己原本是什么种族的，不如你现在赶紧和点泥捏一对翅膀出来，兴许还能管点用。"他拼命要将云清越的怒气引到自己身上，希望对方暂时忘记对风亦雨的折磨。

云清越冷笑一声："我看记性不好的是你，你还真以为羽人的翅膀是肉长的？"

云灭心头一沉，反应过来问题的严重性。羽人凝翅需要感应明月的力量，但是当谷玄爆发时，所有主星的星辰力都会被吸收，当然也包括明月的。

"放心，我们还有点时间，在你死去之前，我会让你看到你的女人先死，"云清越手按星盘，"我要让你死去都不能安心！"

绿焰中风亦雨的影像在剧烈地抽搐着，那是云清越加重了力度。云灭深吸一口气，回忆着鹤雪术中威力最大，却也最为残酷的终极杀招——羽焚术，那是用自己的身体作为武器的招数。在使用的一瞬间，所有的生命力都会化作爆发的力量，给敌人以不可阻挡的杀伤，然而这样的代价是——牺牲自己的性命。而且这一招对眼前这个怪物能否奏效，那还很难讲。毕竟星源还没有完全崩塌，强大的星辰力还在他身上。

真的到了这一步吗？云灭想，真他娘的冤枉，我这样的奇才其实更应该活下来……然后他禁止自己再做这种古怪的权衡，在死神露出笑脸的这一刻，他决定完全顺从自己的本心。那就死吧。

云灭下定了决心，不再多想那些扰乱心神的杂念，开始凝聚精力。然而正当他即将发起最后的冲击时，却听到云清越"咦"了一声，语声中充满惊诧。他硬生生收住，回头看时，绿焰里已经起了变化。风亦雨的痛楚看来居然有减缓的迹象，而云清越却显得焦灼不安。按理说，虽然随着星流石的逐渐失控，平台四周的谷玄力疯涨，但应该影响不了远在宁州的太阳血咒的效果。但事实上，太阳血咒不知何故受到了抑制。

　　不过答案很快就清楚了。风亦雨的衣袖里有什么东西开始闪烁，仿佛是受到了来自万里之外的召唤。那只是很小的一个东西，却能消解掉云清越所施加的太阳秘术。

　　云清越低下头，看着手上的星盘，猛然间心头雪亮。星盘上缺失的那一片竟然藏在风亦雨的衣袖里！毫无疑问，这又是风离轩捣的鬼，至于他是无意中这样做的，还是早有算计，由于他已经死去，永远不会有人知晓了。

　　云清越怔立在原地，沉浸在关于风离轩的复杂的思绪中，一时间连杀死云灭出气都忘记了。三百年的漫长生命即将终结的这一刻，他的脑子里只剩下了关于雁都和宁南这两座城市的遥远记忆。那个叫作风离轩的年轻人总是脸上挂着满不在乎的笑容，从云家人警惕的目光中穿过，大刺刺地走到自己跟前。

　　"我刚刚从雪山城回来，"他夸张地晃动着手里的金属瓶，"夸父的药酒别有风味，你一定要尝尝。"

　　"别装得一副很懂酒的样子，"名叫云清越的年轻人笑得也很温暖，"我才是正牌酒鬼。"

　　如果生活能照那样继续下去呢？如果不存在那些勃勃跳动的野心，不存在那些包含着阴谋的刻意煽动，他们的生活会变得平凡，却有随心所欲的自由。风离轩会继续周游九州，享受历险的乐趣，然后来到宁南讲给自己听。自己偶尔也会去往雁都，和风离轩一同躺在千年古木的枝丫上，把手里的酒瓶往地上乱扔，直到某一天，自己在美酒中醉死，风离轩被鬼知道什么地方的野人放在火上烤熟了做晚餐，分别结束自己短暂却精彩的一生。那样的话，世上少了一个云州的领主，少了一个领主的傀儡，却多了两个快乐的人。不会有什么胁迫、控制、奴役、欺骗、背叛、尔虞我诈，有的只是两个情同手足的好朋友。

云清越沉浸在往事中，不知不觉间，手中的星盘已经出现了裂痕。云灭本以为他会尽力阻止那裂痕的扩大，但没有料到，云清越抬起手掌，停顿了片刻后，重重一掌劈下。咔的一声脆响，整个星盘碎成了数块，散落到地上。

与此同时，平台崩塌了，这个来自谷玄一部分的星流石，同控制它的星盘一道化为了碎片。一声惊天动地的巨响之后，碎石四散飞出。云州的天幕在一瞬间掠过一道若有若无的黑芒，随即闪现出无数缤纷的色彩，就像是有万千礼花在绽放。但这些绮丽的光芒丝毫也不停留，如流星般四散飞远，消于天际。片刻之后，天空又恢复了往昔的样貌，没有人会注意到，在那些碎石之中，有两个渺小的身影正在飞速下坠。

真的感受不到明月的力量。云灭心里一片冰凉。现在他的身体就像一块石头一样往下掉，完全无法控制。云清越和他一同落下，用最后一点残存的力量形成升力，稍减两人的坠落之势。

在呼啸着灌入两耳的狂风中，云清越的话语却格外清晰："云灭，你猜我临死前想要对你说些什么？"

他的皮肤上已经出现了黑色的斑纹，并且开始急剧扩散，云灭心中暗暗吃惊，嘴上却绝不露怯："你是想把云州作为遗产送给我吗，领主大人？"

云清越微笑着说："不。你和我有某些相似的地方，我希望你不要走上和我一样的老路。"

云灭哼了一声："这就是所谓的人之将死，其言也善？"

云清越已经没办法回答了。他的皮肤、肌肉、骨骼都片片剥落下来，化为尘埃，被高空中的风卷走。终其一生，他都为了霸占强大的星辰力而忍受着这副毫无生气的躯体，忍受着迷云笼罩的云州，就像一个家财万贯的守财奴，一辈子都不敢迈出家门一步，而当他离开人世后，那些金光璀璨的财宝，终究还是不能随他而去。

不过云灭顾不上感慨这些，他可不愿陪着云清越一同粉身碎骨，但谷玄的力量仍然遮蔽着天空，月力无法透过。在穿越了茫茫云层后，他已经可以逐渐看清地面的状况，那好像是一座山谷。

就这样撞在山岩上，化为一摊肉泥？以自己的一身本事竟落得如此下场，云灭想想都气得不行。地面已经越来越近，连覆盖着山谷的一片绿色都能看得很清楚了。正当他很郁闷地想着"风亦雨日后会嫁给旁人""老子简直白辛苦了"之类乱七八糟的念头时，眼前出现了一道黑影。没等反应过来——当然反应过来也没用——他的肩膀就重重撞上了那黑影。一阵剧痛后，他估计自己的左臂和好几根肋骨一齐断了，然而下坠的速度却也因此降低了不少。他忍住疼痛，眼看着下方正好是一处山壁，上面挂着许多长长的藤蔓，于是奋力伸出右手，硬拽那些藤蔓。"噼噼啪啪"连响数声，也不知有多少藤蔓被他带断了，右手磨得鲜血淋漓，但是速度终于降了下来。

最后跌到地上的时候，他已经无法判断自己是死了还是依然活着。足足躺了十多分钟，当痛楚如同千万根钢针一般扎入四肢百骸时，他才敢确认：我还活着。

云灭挣扎着坐了起来，看看周围的情形，蓦然间爆发出一阵歇斯底里的狂笑。他一面笑，一面不住喘息，胸口像被刀绞一样疼，但笑声却怎么也停不下来。

他发现自己居然跌入了头颅之谷，身边藤蔓密布，无数诡异的"迦蓝花"，也就是人与动物的头颅正在妖艳地绽放。而就在自己的身边，躺着一只已经完全变形的死鸟，那是迦蓝花的花奴血翼鸟。正是这只鸟和那些被自己生生扯断的藤蔓合力救了他的命。

这世界很有幽默感，在狂笑与疼痛中上气不接下气的云灭这么想着。那些飘扬的花粉直往鼻子里钻，痒痒的，但他却并不担心。此时的云州，恰好有一个人能解决这一麻烦。

两天之后，胡斯归终于找到了一艘可用之船。失去了领主施加的秘术屏障，寻找过去存留的海船不再是不可能的事情。只是他犹豫了许久，不知道自己是应该再度冒生命危险驾船穿越云州海域呢，还是索性就此留在云州，别再去搏命了。一方面是生命的宝贵，另一方面却是云州之外的世界的巨大诱惑。正当他举棋不定时，一道白影从空中直扑下来，落到他的甲板上。

胡斯归呆呆地望着这不速之客，心中五味杂陈："他妈的，你还没死啊！"

"少废话，开船吧！"云灭疲惫得站都站不住了，一下子躺在甲板上。胡斯归一眼就能看出，此人受伤颇重，至少左臂已经完全不能用了，而他平日里从不离身的弓箭也没了。照理说，这似乎是一个除掉劲敌的好机会，但不知怎的，站在这个武艺充其量比自己略高一筹的人面前，他竟然无法抑制自己的胆怯，哪怕对方只剩下半条命，他也不敢出手进攻。脑子里一瞬间闪过无数念头后，他摇摇头，无奈地走向船边，砍断缆绳。

"好吧，死了也不吃亏，至少拉着你垫背。"他嘟囔着自言自语。

"还有，把迦蓝花粉的解药交出来，我知道你肯定有，"云灭摸着自己的脖子，"头颅之谷真是个好地方。"

"那你也得给我帮忙！"胡斯归愤愤地说，"你得知道，能活着离开云州的人寥寥无几！"

"放心吧，你我都是命大之人，哪能说死就死。"云灭支撑着站了起来。

船缓缓离开了海岸。在不断和沉重的眼皮斗争时，云灭将头转过去，看着渐渐远去的云州海岸。那里的一切就像是一场梦，在出生入死而又最终活着离去后，他仍然觉得那段古怪而惊险的历程缺乏某种真实感。也许云州本身的存在就是不真实的，他想，就如同高悬于云天的谷玄碎片，就如同笼罩于迷云之湖上的白色雾气。那些闪亮的小飞虫以生命为代价在云雾中穿梭，可它们未必知道，自己究竟在寻找着怎样的彼岸。

尾　声

辛言再次来到宁南云家时，分明感受到一种天上人间的巨大反差。上一次，云家人一听到"云灭"两个字就对他横眉冷对，仿佛有不共戴天之仇，这一回却又殷勤得让他受宠若惊。

坐在贵宾室里喝着茶时，他在心里想着：两年不见，这小子变成什么样了呢？会不会被养得白白嫩嫩，腰上一圈赘肉了呢？

但很快他就听到了云灭冷硬得仿佛全世界的人都欠他两个铜锱的声音："我不在两天就敢偷懒吗？不愧是云氏的贵族子弟，蜜糖里泡出来的……你替我盯着他们，郁时之前加罚练习五百箭，谁要敢少射一箭，就没午饭吃。"

辛言笑了。他确定云灭这厮还是老样子，不管是做一个赏金杀手还是家族骨干。云灭终归是云灭。

他的判断是对的。云灭甚至连模样都没怎么变，身处云家深深的宅院中，那张令人胆寒的弓仍然没有离身。两年间，他听说了很多关于风云两家的传闻，比如风氏族长风贺暴跳如雷，好几次派人想把风亦雨抓回去，都被云灭打得惨不忍睹，只好断了这个念头。而云灭这浑蛋还要火上浇油，居然大摇大摆一个人到风家去拜会岳父大人，据说当时他一人一弓，身边围着几十号如狼似虎的风氏高手，居然都没人敢出手。那种威仪自然令人心折，不过后来江湖上添油加醋讹讹传讹，云灭的形象俨然有点三头六臂、呼风唤雨的气势了。

当然，刨除掉荒谬不实的流言，云灭的加入还是有点好处的，那就是风家有所忌惮，出手的次数大大减少，而云家想要动手却又请不动这位大仙。

"我答应的是守护宁南，没答应过要替你去四处出击。"云灭对云栋影说，后者强压着怒火："可是当时那个龙渊阁的小子分明说过，你答应为家族效命。"

"但是效命的方式应该由我来选择。"云灭说得不假思索。于是战争进入了长期的僵持状态，总算不再是前几年那种血腥搏命的状况了。

"这一趟去云州怎么样？"云灭问辛言。辛言咕哝了一声："你怎么知道我去云州了？"

"因为你是你。"云灭答了句废话，随即挥退仆人，亲自为辛言的茶杯里添上热水。正当辛言猜测这小子其实是想把他生生灌死时，云灭开口问道："怎么样？都看到了吗？"

"非常精彩！"辛言眉飞色舞，"头颅之谷、迷云之湖、火焰森林、石原……我甚至还弄了几头沙驮回来呢。云州这个地方，我简直是去了就不想回来。"

"我想，最合你口味的一定是那座巨大的城市吧。"

"我也希望如此，"辛言的声音一下子从刚才的兴奋转为无比沮丧，"我花费了那么大力气到那里，一切却都已经被毁掉了。"

"全都毁了？"云灭有些吃惊，"那可真有点可惜。"

"确实毁了。那座石头城和谷玄碎片一定有什么特殊的关联，碎片崩裂，城市也就不存在了。当我到达那里的时候，地上只剩下了断壁残垣。至于你所说的复制的雁都城，也成了一片废墟，所有的树木都倒在地上，完全枯死了。"

辛言的脸上现出很苦恼的神色："你想象不到我当时的心情是怎样的。我历尽千辛万苦，只为了解答那个谜团，但谜团本身却已经消失了。我只能从那些残破的砖石上猜测它过去的规模。究竟是谁建造了这座城市？究竟是谁把谷玄的碎片改造成云台，并且用星盘来控制它？云州的路径和元极道星盘的契合，仅仅只是碰巧吗？每次一想到这些问题，我就止不住地自卑，觉得人真的是那样的渺小，那样的无知，也许永远也不会知道世界的真相。"

云灭笑笑："我倒是觉得，并不是任何事情都一定要找到最终的答案。也许总有一天，人们的足迹会踏遍九州的每一个角落，一个完全不存在未知事物的世界，岂不是很无聊？"说完，他把茶杯一推："小心口干。两年不见，你还是那么多话，倒是半点也没变。"

"但是你变了，"辛言不怀好意地笑笑，"我真的一直都在想，你这家伙娶妻会是怎样一种场面？"

令他意想不到的是，云灭并没有表现出丝毫的局促，依旧神色自如："我让她做菜去了，一会儿吃饭的时候，你就能看到了。她还一直想为了当年的事向你表达谢意呢。"

听到"吃饭"二字，辛言的肚子咕噜了一声。他有些不好意思，连忙讪讪地找点话题打岔："啊，对了，前些日子，我还遇到了胡斯归。"

云灭眉头一皱："胡胖子？他又在什么地方兴风作浪了？"

"目前还没有，但他已经有了兴风作浪的充足资本，"辛言的表情与其说是愤怒与沮丧，倒不如说是感到滑稽，"这小子现在居然……居然加入了天驱，而且颇得器重！"

云灭却没有感到意外："很符合他的作风，见缝就钻，唯利是图。天驱虽然屡遭绞杀，但其势力还是比常人想象中要大，他日后如果能在天驱内部爬上高位，一定很好玩。"

"好玩？"

"我和他斗了那么多场，始终都没能分出胜负来，我想他的心里也一定很放不下。这世上有各种各样的敌人，有些敌人令你尊敬，有些令你蔑视，还有一些，你总是难免憋着一口气想要和他较量到底。"云灭一面说，一面搓着手，看来真有点兴奋的意味。

辛言叹了口气："云灭，你果然还是那样的无所畏惧。我真想把你剖开研究一下，胆量和自信，这两样东西在你身上是不是天生的。你还真是不符合那句民谚哪。"

"什么民谚？"云灭莫名其妙。

辛言又坏笑起来："你也在淮安城待了那么久，没听说过那句著名的民谚吗？'男人结婚后，钱包和胆子会一块儿变小。'"

"没听说过，"云灭回答得非常干脆，"我只知道我们羽人有另一句民谚。"

"哪一句？"

"能对付老婆的男人就能对付任何敌人。"

番外篇

一、邹铭

在我的想象中，许多许多年后，陌路岛或许会成为一处旅游胜地。来自海外的游客们拥挤在叹息之石前，看着过去千百年间流放者们留在石头上的斑斑血痕，发出一些事不关己的无谓感慨。那些囚笼、水牢、刑具，都不过是历史的遗迹，早已失去了往昔的震慑与威严。

他们会听到许多似是而非、道听途说的传闻，那些传闻煞有介事地记载着陌路岛曾有过的血腥与残酷。但文字的力量终归是苍白的，一切没有亲身经历的描述都无法激起灵魂深处的痛楚与恐惧。有些事情容易理解，他们也许能够想象，在黄昏涨潮时分绝望地挣扎于水牢中的囚犯有多么惶恐；他们也许能够想象，被缚在日台上的受刑者面对正午烈焰般的日光时会有怎样的煎熬。但他们却不会知道，当最后一缕夕阳从西天消失、漫长的寒夜来临时，那种无边无际的寂寥与无助，会比死亡与刑罚本身更可怕。

其实真实的陌路岛并没有那么多令人不堪忍受的惩罚与虐待，只要不犯事，岛上有的是自由，虽然这自由被局限在二十分钟就能走完的小岛中。在这片弹丸之地上，无数的生命就像渐渐被沙化的土地，一点点失去活力与希望。

人间自此如陌路。每一个初入陌路岛的流放者，都会在被推搡着或踢

253 ·

打着赶下船的一瞬间，看到这七个刻于石碑上的大字。石碑静立在港口，冷峻地迎接着一批又一批被流放于此的受难者，用这七个血淋淋的大字向他们书写陌路岛的第一课。至于这七个字的出处何在，那就是仁者见仁，智者见智的事情了。不过根据流传最广的一种说法，四百年前，著名的河络族吟游诗人长须拜洛被发配到此。他从拥挤不堪的囚船上下来，看着怪石林立如同魔鬼头颅的流放岛，回头望着苍茫无际的浩瀚大海，叹息着吟出了这七个字，随即咬舌自尽。从此，这句话就像一道魔咒，深深刻在每一位流放者的心中。

我至今都不知道，究竟是谁天才地发掘了陌路岛的最大用途——流放地。这座小岛远离大陆，听说曾很富饶，但随着气候的剧变而变得物产贫瘠、气候恶劣，一应用品全靠补给船。平时就算有人想逃狱，也完全找不到任何途径。而即便是最强壮的羽人，由于距离太过遥远，也不可能跨越重洋飞到大陆上去。

"不试试怎么能知道，人定胜天嘛！"老莫咬着牙关说。他刚刚从日台上被放下来，皮肤上留有明显的灼伤，双目在很长一段时间内都看不到东西。不过这厮向来命硬骨头硬，然而他的嘴比上述两样东西还要硬。

我侧过头去，懒得理他。此时夜的寒气尚未升起，我们聚集在一起闲聊。陌路岛上的流放者们除了偶尔犯事受刑之外无事可做，在岛上也享有相当的自由度，研究如何逃出去就成了每日无聊的消遣之一——也只能作消遣，反正无论怎样天花乱坠的想法，在现实面前注定被打得粉碎。唯有老莫是个例外，他是最近三年中唯一一个敢于将逃狱行动付诸实践的，而且不止一次。

当然结果总是悲惨的。陌路岛四面环海，逃跑无非是泅渡、飞翔、混入补给船这三种方式。老莫是人类，飞不起来，只能用其他两种。上一回，他把一块岩石砸碎，挑其中尖锐的一片做武器，砸晕了一个守卫，试图混上船去，却最终被揪了出来。守卫们将他在水牢里关了七天，出来时全身肿胀如浮尸，我们都以为他死定了，没想到半个月后，他又挺了过来。

这一次更加绝妙。陌路岛上几乎没别的生物，除了一种羽毛中带有油脂的海鸟，他就偷偷猎杀这种肉质苦涩、令人完全无法下咽的鸟，再用平时吃饭剩下的鱼骨头做针，居然用鸟羽给自己做出了一件简陋的水靠。然而巡游在海岸附近的海兽将他逼了回来，上岸时不幸被抓住，于是被扔到日台上暴晒，刚才被放回来。

"歇会儿吧，少点胡思乱想。"凌方以过来人的口吻坏笑着对他说。这是个老迈的羽人，老到连羽翼都无法凝出来，所以既来之则安之，据说他刚来时，没事儿做就寻觅点石头来做雕刻打发时间，后来玩腻了石头，甚至开始养老鼠玩，大有破罐破摔之势。不过他年纪虽大，到这里却不过区区五年多，具体犯了什么事也不肯讲，难免让人浮想联翩。每到此时，总有人挖苦他两句，凌方便会气哼哼地辩解一番，偶尔不小心说漏了嘴，冒出点"根本就是她先勾引我"之类的话，引得众人大笑，也算是枯燥生活中的一丝趣味。

只有一个人从来不笑，那就是瞎眼木克。这个河络原来叫眼镜木克，来到这里没多久就彻底瞎了，绰号自然有所改变。凌方时常说，他不能想象，这个目不能视物的小个子是怎么在这座活地狱上安然度过四十年的。他就像一块沉默的岩石，几乎不说不笑，有空的时候就是在岛上乱走，他在岛上已经待了四十年，没有眼睛也能记住每一块石头、每一根枯草，并且能敏锐地觉察到天气变化，避免被突如其来的海潮卷走。有人打趣说，如此这般坚持锻炼，看来他打算在这里再待上四十年。事实是，现在专门负责灯塔的守卫，已经是木克刚来此地时的看塔人的孙子了。他的本职原本不是管理流放者，却经常越俎代庖找木克的碴儿，以全十木克逛遍全岛，就是不被允许靠近灯塔。

说到灯塔，这大概是陌路岛上存在时间最长的建筑物了，在流放地时代之前就早已存在。这座灯塔从修建之日起就始终亮着，从不曾熄灭，因为此岛过去雾气浓重，白天也时常看不清航路。虽然到了流放地时代，几乎不再有船需要依靠它了，且岛上的气候也变得干燥炎热，世代相传的看塔人却仍然坚持着这一传统。反正他们从来不曾开口向国家要求燃料费用，旁人也懒得管——光线亮点，还更容易掌握犯人们的行踪呢。

"你以前得罪过他老子还是他爷爷？"夸父牛角曾这么问过。这个夸父在岛上也待了好几年，却和寻常夸父大不相同，能操着较为流利的东陆语和我们这些异族人交谈、吹牛、抱怨、争吵。他的好奇心也很重，比人类还喜欢打探各种流言，而他比人类所具备的优势在于巨人的体格——没有人敢揍他。

木克失去作用的眼球白惨惨的眨也不眨，过了许久他才答了一句："大概就是单纯地看我不顺眼。"

其实顺眼不顺眼并不重要，在陌路岛上，守卫们的生活同样枯燥乏味，而他们还得随时绷紧神经，提防着犯人逃跑或是偷袭，某种程度而言比犯人们还要可怜。那么大的压力，随手找找碴儿倒也不足为怪。任何人都可以想象，木克那样一张又臭又硬的冷脸会怎样地激起旁人的怒火。至于遇到老莫这样的傻子，与其说生气，不如说是高兴又找到了发泄对象。

所以老莫现在躺在我身边，嘴里不断发出痛苦的呻吟。陌路岛虽然夜间寒冷，白昼的阳光可是毒辣得很，而日台上毫无遮蔽，温度足以烤熟鸡蛋，即便老莫皮糙肉厚，也很难吃得消。

但今晚很奇怪，要知道老莫平时一向是装硬汉到底的，就算疼得浑身颤抖，也只会轻微地哼哼两声。难道他的大限将至？想到这里，我坐了起来，想去看看他的伤情，他却忽然对我打了个手势，示意我不要发出声音。

原来他有话对我讲。我轻轻伏下身，假作查看伤口，老莫一面哼唧一面用极低的声音说："小邹，我那晚压根就没有游出去，刚刚下水就折回来了，甚至还没有来得及惊动那些海兽。我是故意回来被抓的。"

"为什么？"我皱着眉头问。

"因为我是真的想逃出去，"他的这句话说得很怪异，"在这里的人，应该每个都想离开吧，包括你在内。明天中午，我们在岛西的礁盘碰面。"

我装模作样地安慰他两声，重新躺下，心里想着他说的话。老莫原本是个军官，在战场上不服从将令，贪功冒进，虽然打了胜仗，却导致部队伤亡惨重。本来违抗军令依律当斩，考虑到他过去的军功，最后做了流放处理，他自然不甘心，满脑子想着逃跑。混到运输船上的方法已被证明不可行，因为过去曾发生过流放犯借此逃脱的事件，因此船上戒备森严，剩下的唯一一条路只能是逃往大陆方向。

而距离陌路岛最近的大陆，就是云州。但人所共知，云州大陆几千年来都处于完全封闭的状态，绝少有人能踏上那片谜一样的土地。从海路而行，即便是最坚固的海船也无法抵受那滔天的风浪。老莫想要靠一件粗制滥造的水靠去登陆，其难度几乎相当于赤手空拳光着身子深入殇州的冰雪禁地蛮古山脉。在旁人看来，老莫愚不可及，但从他刚才的话可以判断出，此人虽然固执，却绝不是不动脑筋的莽汉，他敢于那样做，其中必有缘故，多半是他知道了一些不为人知的秘密。

但为什么老莫会把秘密告诉我？这倒是很奇怪。我们俩平日里交情虽然不坏，却也算不得什么至交好友，如果他要告诉我什么，其目的必然是利用我。而我这样一个矮小瘦弱的侏儒，能对他有什么帮助？

快到天明时我才睡去，并险些睡过了头。幸好正午的阳光毒辣，很快将我晒醒。岛西的礁盘据说过去曾是捕鱼捉虾的好地方，自从陌路岛改为流放地，四周的海兽已经令鱼虾绝迹，人们到这里来，多半也只是无聊地闲逛。因为陌路岛就那么大，总得找个地方待着，虽然中午的时候坐在毫无遮拦的礁盘里并不是什么明智的事。

我把半个身子浸在海水里降温，老莫身上有伤，不能这么做，于他而言仿佛是遭受第二次炙刑。但他忍住了不适，确定左右无人后，对我说："你真觉得我那么傻，就像个白痴一样去运输船上送死，然后穿着一身破衣服去跳海？"

"你不是，"我看了他一会儿，慢吞吞地回答，"至少现在我能这么确定。"

二、老莫

别把我当傻子，真的。我这辈子大大小小的仗打了几十场，没点头脑早就玩完了。想当年我们五百人被三四百个夸父……

算了，打仗的事也不和你多提了。我要告诉你一个大秘密，关于云州的秘密。那是我即将被押上海船的前一天夜里，我一个忠心耿耿的部下来探望我最后一面时告诉我的。我喝着他送来的酒，对他说："你不用太担心，若是岛上太难熬了，老子就跳海自尽，图个痛快。"

我的部下含泪望着我，忽然间压低了声音说："莫爷，其实陌路岛上还是有机会逃跑的，你可以去云州。"

"屁话，老子还能去鲛人的城市做姑爷呢！"我不客气地骂道。谁不知道云州那破地方压根没人能靠近？就算给我一艘大船，我也未必敢去。

我的部下摇摇头："莫爷，不是那么回事，你听我说。我家几百年前有一位祖先，曾经是一名船长，主要航行于滌潦海域，当时陌路岛还没有被改成流放地呢……"

我的部下告诉我，根据流传并保存至今的航海日志，那位船长曾经载过两名十分古怪的客人。他们先是劫持了船只，驶入了最危险的海域，随后面对着云州海域令人望而生畏的大漩涡，不但不害怕，反而要求深入其间。船长在他们的逼迫下，不得不将他们送了进去，并且眼睁睁看着两人消失在暴风雨中。在他的想象中，这两个人必然会命丧海中。

数日之后，云州海岸方向隐隐传来巨大的声响，虽然相隔数十里也能听得到。那一天所有的海船都不敢出海，我这位先祖也不例外，但他并没有往那两个人身上去联想。

此事过去大约三年后，他竟然偶然地在宛州见到了其中的一个人。那是他在酒楼喝酒时，无意中看到了一个大胖子，此人形貌十分醒目，所以被他认了出来。那正是当时劫船的两人中的一个。他这才明白，原来那两个人并非疯子，竟然真的活了下来。而发生在云州的变故，多半就是他们造成的。

这位船长经过苦思，得出了一个令人难以置信的结论：也许那可怕的、吞噬一切的大漩涡，竟是进入云州的通道。当然了，尽管这样推断，他毕竟没有勇气拿生命开玩笑去尝试一下，但还是把这一事件记录下来，留给了自己的子孙，说不定什么时候就能有用呢。

我的部下说，也许那只是巧合，也许风暴中另有玄机，但无论怎样，那是唯一的一条路了。他反复向我强调：陌路岛上生不如死，生不如死啊！

所以现在你知道了吧，我前两次逃跑都只是幌子，就是要让人把我当成傻子。我的真正目的不是在海里瞎跑，而是去往最近的云州。

我为什么告诉你这些？问得好，我有一个计划，需要你的帮助才能成事……好吧，我知道这种事情仓促之间难以决断，你好好考虑吧，这可是我们唯一的机会了。不过我也警告你，不许把此事泄露出去，否则我们玉石俱焚。

还有，那天晚上下水的时候，我无意中看到了瞎子。那么晚了他还在海边游荡，我不相信就是单纯地散步，一定有什么目的，说不定也在策划着逃跑。你有空不妨注意着他点。

三、邹铭

"你不会也发疯了想要逃跑吧？"凌方问我。虽然凌方犯下的罪行为人所不齿，但总体而言，这还是个热心的家伙。我只是淡淡一笑："这个岛果然很小，我们不过是聊了聊天，就闹得每个人都知道了。"

凌方认真地说："矮子，你可千万别动歪脑子，我告诉你，从来没有人可以从陌路岛活着逃出去。既来之，则安之，这就是命运。"

来到这里的时候，我也听到过类似的话。那是在我下船前，押解我的军官拍拍我的肩膀："年轻人倒还算沉稳，忍忍吧，人生就是这样。也许过几年遇到大赦，你就能离开了。抢劫贡品虽然是大罪，但仅仅是抢劫未遂，还是有机会遇赦的。"按他的说法，被押到陌路岛的流放者要么怨天尤人，要么哭哭啼啼，要么大吵大嚷，像我这样始终沉静地坐在一旁望着大海的，还真是很少见。

我一面回想着当时的情景，一面对凌方说："放心好了，我不会去自寻死路的。"但凌方看来并不相信，嘟嘟囔囔地走开了。我侧过头，留意着瞎子。瞎子仍然对外界的一切都没有什么反应，也并不知道，已经有人开始留心他的奇怪举动了。

老莫的伤势慢慢养好了，嘴里却依然咋咋呼呼的，当着守卫们的面也敢谈论越狱，丝毫不顾别人的嘲弄。我倒是开始对瞎子产生了兴趣。有几次我躲在暗处观察他，发现他的确有点怪毛病，在周围无人的时候便喜欢在地上翻捡寻找。

凌方摇头："你们俩来的时间太短，他从来都是这样，还一直以为没人能看到他呢。我在海滩上捡石头的时候，老看到他慌慌张张地拍打裤子上的沙粒。"

老莫撇撇嘴："这个白痴，难道还指望着在这破地方能捡到黄金不成？"

"捡到黄金他也没处花啊！"我说。所有人都哄堂大笑，凌方笑得都咳嗽了起来。牛角那颗巨大的头颅颇有气势地摇晃着："四十年时间，就算真有黄金，也早就被挖出来了吧！"

我不知道瞎子是否听到了我们的嘲笑，即便听到了，他大概也不会做出什么反应。相处日久，瞎子给我最大的印象就是阴沉，谁也不知道他心里究竟在想些什么。有些时候，在深夜时分，看着他矮小的身影如鬼魅一般在岛上各处自如行走，让人难免有脊背发凉的感觉。

运输船到来前二十天的夜里，老莫又找到了我，要我第二天中午老地方见。我叹口气，答应了他，某些事情必须要做出决断。

"怎么样，想好了吗？"老莫坐在礁盘里问，"半个月时间了，足够你想明白了吧？"

"再给我几天时间，我好考虑清楚……"我话还没说完，就被他硬生生打断。老莫左手揪住我的衣服，把我整个拎了起来，右手握成拳头，充满威胁地在我眼前晃着："我警告你，矮子，别跟我耍花招，还有大半个月运输船就要来了，我可不想在这鬼地方多等半年。"

"四个月。"我纠正他，他看来更加恼火："没什么区别！老子一天都不想多等！我要你现在就给我答复。"

"我没有拒绝的余地，对吗？"我平静地问。老莫坚决地摇摇头。我一摊手："那我就只好同意了。你不会半途甩掉我吧？"

老莫面露喜色："我可不是忘恩负义的人！那就说定了！"他和我再次强调了行动细节，又问："你这段时间注意到瞎子有什么异常举动吗？"

"凌方不是说了吗，他到处寻找已经是老习惯了，有必要在意吗？"我反问。

"可是今天早上，我看到他一个人站在海滩上，整个人像僵住了一样，不知道发现了什么。我走近了他才觉察到，双脚赶紧在沙地上一阵乱擦，然后匆忙走开了。我还是觉得他身上有文章。"

"我们还是管好自己的事情吧。"我建议说道。

瞎子并不是真的瞎子，他能够看见沙滩上的那几个字，说明他一直都在装瞎；而他看到那几个字如此反应异常，说明他就是我想要找的人。那几个字是我写的，我想要挖出他心里想的究竟是什么。眼下虽然有老莫这个大麻烦，但还是不能耽搁我的正事。

我在沙滩上其实只写了四个字，那是用东陆语拼写的一个河络名字："烟斗迪胡"。

四、烟斗迪胡

你再逼我又有什么意义呢？我已经老成这样了，拜你父亲邹天蓝所赐，腿也断了四十年了，现下不过是一个躺在床上等死的老废物。

好吧，看在你花了五年时间来寻找我的辛苦份儿上，这中间的恩恩怨怨我倒是不妨说给你听一听。想来你父亲也已经告诉你了，四十年前，我们兄弟俩和你父亲一道，都在争夺一封遗书。那封遗书关系到一枚来自云州的谷玄星流石碎片。那枚碎片是几百年前无意间从云州流传出来的，其中含有至上的强大星辰力，后来还曾惹起过很大的麻烦。没错，就是被称为"星钥"的那一片。任何人听到它都会动心，当时我们两兄弟是江湖有名的神偷，最擅长易容改扮；你父亲是著名的大盗，武功高强，双方互不相让，就这样争了起来。

我们兄弟俩武功不及你父亲，但小偷做事情并不一定要靠武功，后来我们还是抢先一步得到了遗书。你父亲穷追不舍，终于在雷州的赤燎谷追上了我们。我们兄弟不能力敌，就先设了埋伏，伤了你父亲的右腿，他带伤作战，最后拼了个两败俱伤。如你所见，我的双腿就是那时候断的，而我的义弟滚下山崖，就此送命。

遗书的内容我当然看过，不过我不会告诉你的，你还是死了心吧。我的义弟为此付出了生命，我怎么能……你说什么？他两个月之后就偷袭了你父亲？胡说！他从那么高的山崖上滚下去，怎么可能活命？

天罗丝？你说他用天罗丝缠住树干在崖下躲藏，然后故意留我和你父亲拼命，好独吞宝物？不可能的，我是他的大哥，他怎么能出卖我？……

这……这的确是他的独门暗器索魂锥！这个畜生！枉我一片兄弟情谊待他，他竟然敢出卖我！我一直把他当成自己的亲兄弟啊！

也罢，我来告诉你真相，那份遗书上说明了，星流石碎片被埋藏在西滁潦海上的陌路岛，那里现在是皇朝的流放地，进去容易出来难。而且遗书上虽然给出了一些线索，却并没标明具体方位，偌大一座岛屿，要避开看守和犯人们找到它，绝非易事！咳咳……咳……

我快要不行了，你去，找到他，顺道替我报仇！你……你放心，这家伙只擅长和人打交道，对机关之类从不擅长，我没猜错的话，他一定还被困在岛上！

还有，我告诉你，他其实不是……他并不是……并不是……

五、邹铭

当年的那两名无人知其真面目的神偷，被称为"飞影双盗"。影盗就是我寻觅了许久才找到的烟斗迪胡，而飞盗是谁、现在何处，我想我早已经有答案了。

显然，瞎子并没有找到碎片的下落，否则他不会仍旧锲而不舍地留在这里。烟斗迪胡对他兄弟的能力还是蛮了解的，虽然判断错了品性。看瞎子那副苍老的模样，如果不是他当日偷袭时重伤了我父亲，迫得他最终归隐，我几乎都要心生同情了。四十年的光阴啊，以影盗的能耐，如果继续以盗窃为生，应该能过得相当不错吧。现在距离所谓的至宝仅一步之遥，却又有什么用呢？也许青春才是最宝贵的财富。

我会不会也像瞎子这样，在这里空耗几十年呢？这么一想，我有些不寒而栗，但既然来了，也没有回头之路了。就算最终无法找到那枚碎片，至少也要把瞎子干掉。仇恨就像是云州海域的漩涡，一旦被卷了进去，就身不由己，再也无法回头了。

不过眼下首先要摆平老莫。这家伙不时冲着我暧昧地抛一下秋波，意思很明显：别忘了我们的计划。偶尔又冲我捏一下拳头，意思是说：别耍花招。

但我必须耍花招。眼看着运输船到来的日子已经临近了，不管老莫的逃跑计划是否成功，都有可能牵连我。倘若只是单纯的个人出逃倒也罢了，守卫们会怀着残忍的施虐感不予上报，就像老莫所经历的那两次一样。但如果依照老莫的新计划行事，那就未免太过火了，一旦被抓住恐怕难逃一死。

对于老莫而言，一定要选择在这一次动手其实还有重要的理由，那就是风向。此刻正值春末，正是东风盛行的季节，若是再等四个月，可就没有东风了。也难怪他那么着急。

我一面留意着瞎子的举动，一面思考对付老莫的策略。他的武功都是战场上大砍大杀的套路，要打发他倒是不难，但在这样小的一个岛上，要做到掩人耳目那可不容易。原则上，陌路岛从来不会禁止打架斗殴，但有一条不成文的规矩是不许弄出人命，否则你的下场会生不如死。

"我们现在还算好了，至少人多热闹，"牛角说，"几年以前，这里的人还曾为了老鼠打架呢。"

"老鼠？为了吃肉吗？"我问。这岛上老鼠不少，看起来肥硕，但肉质很差，和老莫拔毛做水靠的海鸟一样。这大概也是陌路岛的特色吧——

就是不能让人舒服。

"为了拿来做玩物，"牛角说，"那时候人没有现在这么多，彼此隔阂又深，发现老鼠的时候，那叫一个带劲！老扁毛抢得最凶，差点被人揍死。"

所谓老扁毛，指的乃是凌方，他倒是一直在养老鼠取乐。凌方老脸一红："唉，这岛上时光漫长，总得找点事儿做吧。"说话间，一只老鼠正在他的身上爬上爬下，嘴里发出吱吱声。岛上虽然食物匮乏，但凌方进食本来就少，倒是能省下点口粮养耗子。

凌方逗弄着老鼠，但不知怎的，似乎是把老鼠惹急了，被一口咬在了手指上。众人都在一旁幸灾乐祸地嘲笑，只有瞎子仍旧漠然置之，似乎是不明白发生了什么。但只有我知道，他并不是真瞎，多半在看着凌方无聊的嗜好，然后心里嗤之以鼻吧。

这可是个有野心的老河络。

还剩下十天了，我认为我应当有所行动。杀死他当然一劳永逸，但风险太大，如果能撺掇别人和他打架弄伤他的话，那也可行。但一来我是个无人尊重的矮小侏儒，二来以这厮的脾气，哪怕受伤了只怕也要强努着硬干。

也许还有一个办法，我想，索性算准了时间先陷害他，让看守们把他关起来。错过了这次机会，他就得再等四个月乃至更长的时间，到那时候或许我已经找到需要找的东西了。于是我开始谋划，但想了一些办法，都不够稳妥。

我万万没有料到，事情以一种令人意外的方式解决了。还剩七天的时候，我受了风寒，躺在囚室的角落里玩命咳嗽。旁人怕被我传染，都躲得远远的，直到晚饭时间，凌方才给我捎来两个硬邦邦的窝头和一碗混浊的淡水。我勉强啃了几口窝头，凌方跟我说了句话，把我噎着了。

凌方说："老莫死了。"

老莫死的事情是这样的。清早有人去海边瞎溜达，发现一块礁石下面似乎卡着什么东西。此君的第一反应是那是一条从海兽嘴里逃掉的漏网大鱼，大喜过望之下便试图打捞。然而犯人们手中根本没有可以进行打捞的工具，大鱼没捞上来，倒惹得旁观者层层叠叠，都想分一杯羹。最后他们把守卫招来了，守卫憋在岛上其实也饿得够呛，于是驱散闲人，想办法把那东西捞了上来。

结果那东西居然是一具尸体，老莫的尸体。他肚子里吸饱了水，整个身体胀得老大，就像发起的海参。此事甚好推断，老莫这厮已有两次前科，想必是他忍不住又想第三次逃狱，结果下水的地点没选好，枉自送了性命。

守卫们很遗憾，要是老莫不死多好，他们还能拿来消遣一番；其他人则无所谓，对于陌路岛而言，多一个老莫不多，少一个就更加无所谓了。只有我额头上不断冒汗，让人以为我病情加重，连凌方都不敢再靠近了。

老莫一定是被杀死的。他已经订好了计划，绝不会那么蠢地在这时候下水，除非有人把他推下去。鉴于老莫有一身战阵上练出来的过硬功夫，想要把他推下海去可不是件容易事。那么是谁干的呢？

整个晚上我都在思索着这个问题，后来问题的答案自己走到了我面前。一副山一般的躯体靠近我，挡住了月光，我知道那是夸父牛角。他扔给我一块煮得烂糟糟的也不知是什么植物的块茎，我也无心进食，随手放在一边。牛角冲我龇牙咧嘴地一笑，忽然悄声说："计划照旧，不过你的搭档由老莫换成我了。"

我侧过头，看着他，这个夸父还是笑得那么天真无邪，一副人畜无害的模样。

六、牛角

你知道做夸父最大的好处是什么吗？不是力气，力气大顶什么用，牦牛力气还大呢……做夸父最大的好处在于，别人都会以为你天然地没心眼，并因此对你放松警惕。但是任何种族里都会有异类出现的嘛，你看，我就是异类。

你大概不知道，老莫以前打仗的时候，对手就是我们夸父啊，当然他

265 ·

是将官我是小卒，他不可能对我有印象。大约六七年前，他率领的部队和我们有过几次交锋。你知道，夸父也在慢慢学习其他种族的长项，军事上也不例外，但我们还是没办法和人类在战术上抗衡。老莫这家伙，冲动是冲动，战略眼光几乎为零，但是战术上极为出色，很懂得扬长避短。我们那会儿虽然体力上绝对占优，却总被老莫打得灰头土脸。

所以别人会觉得老莫是个傻瓜，我绝不会相信这一点。如果老莫是傻瓜，我们被老莫打败的人岂不成了……嗯……没救的傻瓜？他之所以那么做，一定是想掩人耳目，背地里必然有真正的意图。

没错，我一直在观察着他。反正我是一个多嘴的夸父嘛，四处乱窜也不足为奇。而且一个夸父能事先挖好坑偷听你们的谈话，这一点你更是想不到吧？其实我们夸父在雪山上狩猎时，经常在冰雪中一蹲伏就是一整天，但你们总觉得我们头脑简单……

这个计划我听到了，并且觉得可行。但我想要加入，他却不让，说是夸父块头太大，行动起来肯定碍事。我没有办法，只好杀掉了他，然后把他的尸体扔到海里去。我想了想，决定继续执行计划，还是得你来帮助我。咱们按照方案行事就行了。不，我这样的块头，当然坐不进去，但完全可以用它作为浮板。以我的体魄，在海里坚持一天一夜也不是什么难事。

矮子，我们俩平日里关系不错，我一向是很信任你的，不过丑话还是要说在前头：你可别跟我耍花招，我的力气你也知道，两个指头就足够捏死你了。要么我们一起逃出去，要么我会把你垫在我的墓穴里。

云州啊，真是个好地方，嘿嘿。老子一定要到云州看看去，就算在海里淹死了，也胜过在这鬼地方变成烂肉。

七、邹铭

要对付一个夸父，的确相当棘手。他的身躯庞大，力量惊人，光那一身皮肉就跟盔甲似的，无论正面对打还是偷袭，我都没有胜算。若说下毒之类，手边又没有材料，海边倒是有些生物带毒，但毒性太弱，毒死凌方的老鼠还有可能，毒杀一个夸父……灌进去一桶也未必有效。

也许我可以向守卫汇报？这个念头一冒出来就被我自己否定了。且不说我老爹听到我干出这样丢脸的举动定会气得从坟墓里坐起来，单说陌路岛的规矩，流放犯若是敢于同守卫串通，一旦被发现了，日后就不要想再混下去了。官兵与罪犯，历来就是水火不容的对立面，而在这个不安宁的岛上，这样的对立被无限放大了。守卫们想方设法找我们的麻烦，抓住一切机会动刑取乐；我们也在暗中不断给他们添堵。我若是求助于守卫，那就是公然背叛。

这是一条很奇妙的法则：囚犯们可以在明争暗斗、尔虞我诈中拼个你死我活，但必须把一切都收束在"内部斗争"的范畴中。

我现在面对的内部斗争可不止这一点，更重要的目标是瞎子。究竟是直接杀死他，还是先逼问他一番，这是个问题。杀他并不像看上去那么简单，瞎子固然已经老到了腿脚都在打战，但当年能作为神偷混迹江湖那么多年，必然有相当的能耐。何况我心里还希望能把碎片找出来，那才是我父亲真正的遗愿。父亲没有见到过那封遗书，烟斗迪胡倒是读过，但死得太仓促，这世上还能完整记得遗书上的线索的人，就只有瞎子了。

清晨的时候，我又跑到岛西的礁盘去，想让晨风把脑子吹得清醒一点。走到半道就看到了凌方，他正在挑拣着石头，大概又有什么作品要完成了。凌方听到我的脚步声，并没有抬头，只是随手将抓在掌中的几块石头都扔掉，嘴里抱怨着："材质不好。"

我忍不住笑了："你又不会把这些玩意儿拿出去卖钱，挑什么材质呢？"

凌方这才抬起头，认真地说："反正闲着也是闲着，即便是挑拣材质，也能多消磨一点时间。"

这话听得我一阵莫名悲哀，看着四周的茫茫大海，忽然想到一个问题：就算我最终拿到了星流石碎片，难道真的能逃离陌路岛吗？难道我也会像瞎子那样，被困个四十年？

那一瞬间我有点动摇，一面后悔着自己不顾死活地前来此地，一面在想，要不然索性与牛角一同逃离？但我很快抛掉了这些动摇的念头。事已至此，没有退路可寻了。最后我想，只能冒险真的帮助牛角按计划行事，把这个瘟神送走，我自己留下来，再想办法对付瞎子。这样一来的唯一变化在于，原计划中我不需要杀人，这次却不杀不行。

但杀掉这个人，怎么也比杀一个夸父容易多了。

终于到了行动当天的夜里。按照惯例，来自大陆的补给船会在半夜到来，悄悄卸下物资，再悄悄离开。之所以选在夜里也是迫不得已，夜间航行风险颇大，但白昼到来的话，很容易激起囚犯们的复杂情绪——那些一辈子都不得不困在岛上的流放者，一旦激动起来，很难说会不会出大乱子。而夜航的船要靠岸，最需要的是什么？

"是灯塔！"老莫那时候咬牙切齿地说，"那就是我们的机会！"

"记住你要做的事，"牛角对我说，"别浪费机会！"

我当然记得。这一夜东风劲吹，犯人们都很早躲回囚室，而瞎子依然不知其踪影。我很容易就偷到了他的一身衣服，穿戴起来，然后趁人不注意溜了出去。

这就是我最大的作用。因为我是个侏儒，乔装起河络来正好合适，在黑夜里不容易辨别得出来，正好可以冒充瞎子。我父亲原本是个身材高大的人，没想到生下我却是这样的畸形。他嘴上不说，心里一定很不痛快，直到死时都郁郁寡欢。也许这也是我为什么那么执着的原因吧，我想要证明，自己并不是一个没有用的儿子。

八、父亲

我邹天蓝纵横前半生，老来却只能在这穷乡僻壤等死，究其原因，都是因为当年那一场争夺。现在我已经快要死了，却仍然不能甘心哪！

不必你问，我也会说给你听的，再不说，就要把这个秘密带到坟墓里去了。你虽……你是我的儿子啊，不说给你听，又能告诉谁呢？

三十多年前，我和江湖上有名的飞影双盗有过一次交手，那是为了争夺一封遗书。遗书的主人是一个人族的没落贵族，其祖上是已经消亡的宛州公国衍国的重臣席真。在遗书中，这个人给他的儿子留下了一则惊人的信息。

当年的衍国公主石秋瞳，曾经从一个叫作云湛的羽族游侠手中接受委托，替他保管一件重宝——一块来自云州的谷玄星流石碎片。碎片为何会从云州流出，又为何会落到云湛手中，已然不可考证。但那块碎片带有可怕的强大力量，却是毋庸置疑。

石秋瞳找来一只河络打造来闭锁魂印兵器的幽盒，请秘术师加上三道禁咒，将碎片放置其中。那幽盒一直藏于衍国大内深处，无人得以触碰。后来衍国国破，国库被劫掠一空，大量珍宝被蛮族人抢走。那位席真却抢在蛮子们之前，将那只幽盒带走，保藏起来，并叮嘱子孙，此物非同小可，非人力所能控制，任何人都不能开启。

然而碎片的力量是一种难以抗拒的诱惑，终于他的一位孙子忍不住打开了幽盒，由此引发了一场巨大的灾难，将宛西南一座小镇及其附近的生态悉数破坏，"星钥"的名声就是那时候传开的。席家的后人不敢再造次，将它重新封入幽盒，并送回到距离云州最近的陌路岛埋藏起来，以免有人再起贪念。当时陌路岛还不是流放地呢。这一秘密，原本都是席家的历代子孙在临死前才告诉下一代人的。但这一次，由于当时死者的后人在外地未曾归来，遗书被人偷走了，这个消息悄悄流传了出来。

不，儿子，你并不懂得人类的贪欲。无论是惊人的财富还是骇人的力量，不管有多么危险，都能够激发起人掠夺的天性，以及"兴许我的运气比他们好"的侥幸。我和飞影双盗都是存着这种念头的人，遗书就辗转落到了他们手中。可笑的是我们谁都没能见到这块星钥的影子，就先拼得你死我活，最后谁都没能捡到便宜。

我们在雷州的赤燎谷大战一场，将双盗中的义弟打下山崖，另一个义兄也被我重伤，但我自己也受了伤，于是退回去休养。我却没有想到，跌下山崖的那个只是诈死，他不过是想借我的手先除掉自己的兄弟。一个月后，他跟踪到我家中，偷袭了我，险些让我丧了命。后来我虽然养好了伤，一身的武功却废了大半，想着自己出道以来，结下了无数仇家，他们若是听说我不复往日之勇，必然会倾巢而出寻我复仇。无奈之下，我只能移居到这偏僻之所，终生不敢在江湖上露面。

不过他也没占到什么便宜，他中了我全力一掌，虽然仓皇逃出，不死也绝对重伤。至于后来他有没有拿到那碎片，我就不得而知了。

我不知道他躲在哪里，当年的飞影双盗，一向都是擅长隐匿行踪的，如果存心躲藏，谁也难以找到。但是那个被我打断腿的义兄，我却知道他大致在哪里……

不，你千万别去找他，已经是没有意义的事情了。我的一生既然已经如此，你杀死谁也不能改变分毫。我知道你的内心总有某种渴望，但我对你……原本也没有任何过分的要求。只要你能好好地活下去，我就很满足了。

九、邹铭

陌路岛的夜晚寒冷而多风，幸好囚室里历来和外间温度差不多，我还能勉强适应，就是那么大的风实在吹得人难受。来到灯塔下的时候，我已经快要睁不开眼睛了。

老莫当初拟定的计划是这样的：找一个人偷袭看塔人，将他制伏，然后爬到灯塔上去，等到船队即将靠岸的时候，将灯火熄灭。这样一来，船会触礁搁浅，守卫们必然会出去救援。

此时另一个人就有机会出手了，趁着这千载难逢的时机去岛上的仓库里盗取一副舢板。那是给守卫们应急用的，任何人都不能靠着这脆弱的工具向东逃往大陆方向，但是谁也不会想到，这一次的逃亡路线是向西去往近在咫尺的云州禁航区，从距离上而言，完全可以到达。

老莫是铁了心把赌注押在虚无缥缈的云州通道上了，牛角无疑也和他抱有同样的想法，而两人都认为，我是袭击看塔人的最佳人选。因为我是个侏儒，可以装扮成瞎子在灯塔下晃悠，一直对瞎子深恶痛绝的看塔人必然会下来找碴，那时候我就借机偷袭他，把他弄昏过去。

不过眼下既然我不打算离开，就必须要把看塔人杀死，否则必然会暴露。我这一生中还从来没杀过人，这次却不得不动手。

然而我并没有得到动手的机会。我看到看塔人从灯塔上下来，大步流星地向我走来，但不知怎的，我从他身上并没有感受到一丝暴戾的意味。当然，这也可能是我的错觉。

但他说的话就不会是错觉了。他径直走向我，当我正准备出手袭击时，却在离我几步远的地方停了下来。他用略带惊讶的口气对我说："你下午不是刚来过吗，怎么又来了，出什么事了？"

我骤然收住招式，从这短短的几句问话中，我发现了一个真相：看塔人和瞎子之间，压根就不是仇敌的关系，那只是他们平时伪装出来麻痹旁人的。事实上，这两个人的交情似乎非比寻常。

在诧异之中，我一时间几乎忘记了出手，正在举棋不定的时候，我忽然感到脚底一软，低头看去，脚下踩着的沙地不知何时竟变成了一团水银状的物体，我的身体迅速陷了下去，直至没腰才停住，而那些流动的物质随即固化，把我卡在了里面。一个和我同样矮小的身影从背后绕到了我身前，那是瞎子木克。

这个一直深藏不露的老瞎子，没想到还精通秘术。当然，他并不是真的瞎子，此刻他正目光灼灼地注视着我。

"你是什么人？为什么要假扮我？"瞎子问我。我听了这话倒是一愣，不知道该怎么分说。看塔人已经拿出一根绳子，将我牢牢捆住，瞎子消去了秘术，看塔人费力地把我从沙子里拽出来，推搡着押进了灯塔。这是我第一次走进灯塔内部，在此之前，我都只是远远地望着它高耸的姿态。这座灯塔的修建年代已不可考，是陌路岛改为流放地后唯一一座没有被拆除的建筑物，虽然历经整葺，仍然顽强地屹立着，与西面的云州遥遥相对。

灯塔比我想的要高，被推到塔顶时，我已经有些气喘吁吁了。燃烧的灯油散发出一股动物油脂的气味，我猜想应该是就地取材用的附近海域的鲸油。现在巨大的火炬正在熊熊燃烧着，借助反射铜镜将耀眼的光芒远远传播出去，为即将抵达的物资船指引着方向。算算时间，船应该已经快要到了，但我却没有办法将灯火熄灭了。

不是瞎子的木克端详了我一阵子，开口再问："我们不妨开门见山。你也一定是为了那枚碎片而来的吧？"

我心中一凛，这仍然是个难以回答的问题，真没想到这老河络如此目光如炬，难怪要装瞎子来掩盖锋芒。我差点脱口而出承认下来，但话到嘴边却变成了："什么碎片？我只是想要逃离而已。"

"逃离？"老河络微微一笑，这是我到陌路岛之后第一次见到他笑。他站到灯塔边缘，朝下看了一眼："你是想熄灭灯塔上的火炬，让船触礁，然后趁乱抢小船出海？"

这个老家伙！我不出声，表示默认。木克摇摇头："驾着小船横跨大洋？要么是脑子坏掉了，要么是另有打算。其实你们是打算去云州那片鬼地方吧？"

我瞪着他："为什么你要说'你们'？"

"这种事情，显然需要两人配合才行，你到这里来灭掉灯火，另一人盗船。"木克悠然说。我认识他这么久，听他说过的话加在一起还不如这一会儿工夫多。

我索性扭过头去，回想着父亲教给过我的那些功夫，有没有哪一样能够帮我解开绳索。我窥破了木克和看塔人的交情，他们必然不肯放过我，我得自救。幸好我父亲虽为武艺高强的大盗，也懂得未雨绸缪，练得一手用指尖解开绳头的绝技以应付被捉拿的局面。不过刚刚解到一半，楼梯上传来沉重的脚步声，一副庞大的身躯勉强挤了上来，脑袋几乎能撞到塔顶。

那是牛角。这个夸父大概是一直在等着我熄灭灯火，但是一直到物资船平安靠岸仍然没有等到，所以情急之下冲了过来。我没必要解释什么，如今粽子一般的形态已经可以说明问题了。我看着他扭曲变形的脸和血红的眼睛，心里隐隐生起一丝同情：大好的机会，就这么被错过了。

年轻的看塔人大概是第一次和一个如此有敌意的夸父正面相对，身子禁不住瑟瑟发抖。木克倒是处变不惊，从他手指的屈伸，我猜想他已经迅速地催动了秘术。夸父的身躯强壮人所共知，木克估计用的是直接攻击对方内脏或者精神的秘术，但牛角并没有任何反应，仍然直冲冲地大步走上前来。

木克这才显出了一丝慌乱，他换了一种秘术，正是刚才擒住我的液化术，但用得太晚了，夸父的双腿虽然陷了进去，身子已经向前倒下，粗长的双臂正好够得上攻击到木克的身体。木克赶忙往旁边躲闪，"砰"的一声，夸父的拳头连同身体一齐砸到了地上。

我正在心里暗自惋惜，接下来的一幕却令我瞠目结舌。一个敏捷的身影从夸父背后猛然蹿出，直扑木克，后者猝不及防，胸口挨了重重一下，当即被制住。看塔人想要救援，刚刚跨出一步，喉咙已经被一枚飞过去的暗器击穿。

那枚暗器，是一把雕得非常精细的小石刀，谁也想不到，那石头打磨出来的粗粝的锋刃竟然也能取人性命。在此之前，我们都以为这把小石刀，以及其他许许多多的石雕都只是普通的艺术品呢。

年迈的羽人凌方用一根细丝——好像是钓鱼线——勒住木克的脖子，令他不能轻举妄动，然后转过头，仔细打量了我一番。

"你虽然个子很矮，但从眉目之中，还是能看出你父亲的影子啊！"凌方叹息着，追忆着往事，手上却毫不放松，用一根尖锐的石锥从木克的右胸钉了进去。据我所知，这样能抑制秘术师使用秘术，却又令他一时半会儿不至于丧命。

"我想你已经见过我的兄弟了，不然不可能追到这里来，"老羽人说，"可惜他一定没有来得及告诉你，河络的兄弟不一定非要是河络——他完全可以是个羽人。"

十、凌方

这么多年不动，我的操偶之术还没有落下啊！否则还没法用牛角的尸体来做掩护呢。可惜这几根偷来的鱼线柔韧度不够好，不然我就是要让这个死夸父跳舞，也不是什么难事。

你也真傻，对于盗贼而言，对形象的识别和记忆能力是极其重要的，我第一眼就发现你的脸形轮廓很像邹天蓝，自然就会时刻留意你的举动。而我却不用担心你认出我来，即便是你的父亲，也从来没有见到我的真面目，所以从一开始，就是你在明我在暗。别忘了，我们兄弟俩当年就是以擅长易容改装而著称的，没有任何人知道我们的真实相貌。

　　不错，我来到这里的确只有短短五六年，因为我被你父亲重伤后，伤势一直未能恢复。陌路岛上究竟埋藏着怎样的玄机，在上岛之前还不得而知，在恢复完全的功力之前，来这里无异于送死。

　　当年的事情？没什么值得惭愧的，这么珍贵的宝物，谁愿意和他人分享？多简单的道理。但我还是低估了你父亲，并为此付出那么沉重的代价，也算是我接受了报应了。

　　我现在可以告诉你遗书上的提示。其实除了明确陌路岛这个地点之外，遗书上只有一条信息与之相关："碎片所藏之地，非常人所能触及。"这短短几个字，我想了四十年也没有答案，只能猜测：既然常人无法触及，那么多半是深埋在地底。

　　但是后来，这种猜测变成了肯定，因为我想到了豢养老鼠的方法，那是当年我的义兄烟斗迪胡教会我的。我驯服了老鼠，命令它们钻入地下，想试试能否寻找出些什么。然而隔了一段时间，我发现了问题，我所驯服的前三只老鼠，两只失踪了，再也没有回到我身边；剩下一只则在我的囚室里死去。我知道其中有问题，把老鼠的尸体解剖了，结果发现它是中毒而死的。

　　我不动声色，再次驯养了几只老鼠，一个月之后，它们再次失踪的失踪，被毒死的被毒死。我明白了，有人在暗中和我对着干，他这么做的目的，当然是担心我发现地下的秘密，这说明我的思路是正确的。但究竟是谁在和我作对呢？

　　在仔细观察了岛上的所有人后，我认为瞎子的嫌疑最大，因为只有他成天在岛上乱走，又经常掘土，最有可能下毒。不过他也机警，始终没有被我抓住把柄。我早就想收拾他，但由于对他的实力毫不了解，不能轻举妄动。不过今天拜你所赐，我总算是可以和他有个了结了。牛角偷听了你和老莫的谈话，我却偷听了你和牛角的谈话，知道你们全部的行动步骤。既然你要对瞎子下手，我为什么不能坐收渔利呢？我付出了四十年的代价，从一个年轻人变成了现在的糟老头子，应该得到补偿了。

十一、邹铭

凌方不再是平时那副和蔼可亲、婆婆妈妈的神情了。他挥着手，唾沫横飞、侃侃而谈，仿佛是憋了四十年后终于可以说出真话了。他乱草一般的白须白发随着高处的风四下飘散，周围布满皱纹的双眼却闪动着灼热的光芒。木克已经被他捆绑起来，但看起来并不紧张，反倒是始终带着微笑。老实说，见惯了他死人一样的表情，再看他咧开嘴笑，实在有点让人毛骨悚然。

"你还有什么好笑的？"凌方看着木克，"你不过能毒杀我的老鼠，但只要被我抓住机会，我就能干掉你的人。你究竟是什么人，难道也是抢夺这枚碎片的？"

这也是我想要知道的问题。一直以来，我都以为这个伪装的瞎子是当年消失的飞盗，为此我还专门在沙滩上写了字，观察他的反应。当他看到烟斗迪胡的名字时，分明表现得很奇怪，说明他知道烟斗迪胡是谁。要知道当年飞影双盗的名气虽然大，其真实姓名可是很少有人曾听说过的。然而凌方才是货真价实的飞盗，那么瞎子究竟是什么人？

但是木克并不理睬他，双目只是凝视着那耀眼的火炬，若有所思。凌方手腕微微动了动，一根鱼线立即勒紧了木克的脖子，松手后，那里的皮肤上慢慢出现血痕，可见这一下力量之重。木克却好似完全没有痛觉，甚至都没有因为呼吸不畅而喘口气："你是不会杀我的。杀了我，你在这个岛上再待五年、五十年，也不可能把那枚碎片找出来。"

凌方听到"碎片"两个字，身子一震。他走到木克跟前，恶狠狠地盯着对方的眼睛："你果然对此事很了解。难道四十年前，你也和我们一样听到了关于那封遗书的信息，并且打定主意要把它弄到手？"

木克轻叹一声，并没有直接回答这个问题："我很好奇，你已经那么大年纪了，也吃了那么多苦头了，为什么不能安享晚年呢？以你年轻时积累的财富，已经可以舒舒服服活下去了吧，带着一把老骨头来到陌路岛这样的鬼地方，图的是什么呢？那枚碎片再值钱，也不值一条命吧？"

我也有这样的疑问。如果他真是四十年前就来到这里，那也就罢了，风烛残年之际还要来争这碎片，代价未免太大。凌方哼了一声："钱？财富？你们别看我已经老了，只要需要，我还是能轻易地把一座皇宫搬空。可总有一天我会死去的，堆满一坟墓的金钱有什么用？"

我琢磨着他的话："你的意思难道是说，找到了这块星流石，你就不会死了？"

凌方得意地笑了："不愧是邹天蓝的儿子，反应够快。你说得不错，这块星流石，历史上的确曾经造就过长生不死的人。"

我悚然抬头，看着凌方写满狰狞的脸。凌方由于兴奋而呼呼喘着气："一切都是天意。我曾经潜入过大内的藏书库，希望能找到一些值钱的古书，却无意中发现了关于星钥来源的记载。这段记录原本保存在当年衍国的国库中，但蛮子们对书本纸张不感兴趣，居然稀里糊涂就被忽略了，后来辗转被收入我朝大内，也并没有人读到过。"

"按照这个记录，星钥是由云湛的叔叔传给他的，而他叔叔当年曾经遇到过一个活了三百多年的怪人，并因此有过深入云州的奇遇。据说，在当年的云州，曾经存在着一块巨大无比的星流石，可惜后来碎裂了。然而正是那块星流石的神奇力量，才造就了那个跨越三百年的不死之身。"

"所以你想找到星钥，也就是这枚碎片，来延长自己的生命？"我一面问，一面在心里感到无比可笑。衍国的时代已经过去了那么多年，说书人口中的羽族游侠云湛和公主石秋瞳，也未必真有其人，古人一些夸大其词的记录，如何能够轻信？在这个乏味无聊的时代里，那些历史的遗迹总喜欢披上鲜艳的彩衣跳出来作怪，在街头巷陌传播着，欺骗着人心。

凌方看出了我的心思，怒气明显地涌上了他的面颊。我猛然醒悟过来，这枚所谓的能让人长生不死的碎片，已经是这个离死不远的老家伙心中沉重的寄托。我不能在这方面去怀疑他、刺激他，那样完全是自讨苦吃。幸好他并没有理睬我，而是转向了木克："明白了吗？我一定要从你身上挖出星钥的下落，无论用什么方法。"

木克淡淡地一笑："我建议你还是不要。星钥带来的长生，并不是什么好东西，当你真正获得它的时候，你大概才能体会到什么叫作生不如死。生命的轮回是创造这个世界的真神早就拟定好的，违反它只会给自己带来无尽的痛苦。"

凌方挖苦地看着对方："听你这话的口气，就好像你亲自尝试过一样。"

木克的笑容更浓："我们河络有一句谚语：'入口之前，无人知黑菰酒是酸是甜。'"随着这句话，他的身体忽然间起了匪夷所思的变化——被凌方的石锥所钉着的右胸，忽然间整个凹陷下去，仿佛那个部位的血肉和骨头都一下子化为了灰烬。凌方面色大变，但还没等他来得及做出动作，木克已经念出了一句咒语。

凌方的动作僵住了，皮肤的颜色变得灰暗而怪异。他挣扎着、扭动着，还想扑上前去，身体却完全不听使唤，反而是肤色越来越暗，呈现出沙石的质地。终于，随着一声不甘心的低吼，凌方的整个身躯全部化为了沙土。木克轻轻吹了一口气，这具沙人便顷刻土崩瓦解，只剩下一地的黄沙。

木克用秘术解开了鱼线，再将我放开。我怔怔地站起来，想着父亲的仇竟然就这样诡异地了结了，心里反而一阵空虚，不知道接下来该做点什么。木克抚摸着胸口的洞，喃喃地说："这就是所谓的不死之身了，人们真的想要这样的长生吗？"

"你到底是什么人？"我终于忍不住了，再次提出这个问题。

"正如凌方所说，河络的兄弟并不一定是河络，"木克缓缓地说，"同样，人类国家的重臣也不一定非要是人类。当河络受到国君宠信时，完全可以被赐名为'席真'。

"是的，眼镜木克就是席真的后人，当年留下这封被夺走的遗书的人，就是木克的父亲。"

这番话很奇怪，他为什么不说"我"，而一定要说"木克"？他自己难道不就是木克吗？我正想发问，木克却已经用行动解答了这个疑问。他把看塔人的尸体拖了过来，将裤腿撩起来，我惊讶地发现那上面装的是假腿，再一看，双臂双手也是假的，只是其中藏有机械，所以看来很灵活罢了。

木克已经手脚麻利地将这些东西都卸了下来，并且从看塔人的脸上扯下了一张人皮面具。一个老年河络就这样呈现在我的眼前。

"这才是真正的眼镜木克，而我，其实是看塔人。"看塔人望着地上这具小小的尸身，眼中渐渐有泪花渗了出来。

十二、看塔人

飞影双盗得到的那封遗书，也是从别人手里偷到的，他们并没有直接和木克的父亲打过照面，自然不会知道他其实是个河络。否则以凌方的智慧，他应该能猜到木克的身份。

是的，木克的父亲去世时，他正在北陆游历，而遗书原本到他去世才能拆开。按理而言，他应该完全不知道遗书的内容，但他从小修习秘术，好奇心又重，其实早就已经透过信封读到过其中的内容了。当知道遗书落入了飞影双盗手中时，他的第一反应是去夺回来，但那时他秘术未成，去和两个老手过招，无异于自寻死路。木克没有办法，只能提前来到陌路岛上，做好防范。

有关这枚星流石的一些历史，我想你已经大致清楚了，但还有些细节你未必知道。木克那位好奇心过重的先祖，在使用了星钥并造成灾祸后，自己却并没有死。但他的内心愧疚不已，一直委托兄弟宣称自己已死，然后远离大陆来到陌路岛，从此守护着那枚碎片。他一心赎罪，既打算用自己的生命去守护星钥，同时也想要通过惩罚自己来略微减轻负罪感，于是利用了星流石的能量，从此获得了长生。

这是怎样的一种长生呢？简而言之，不过是用星辰力强行维持身体形态，时间一长，普通的肉体根本不能承受，只能完全抛掉肉身，用陶土之类的东西制作假身体。这样的身体，无痛无伤、无爱无欲，而且终生不能离开星流石的力量范围，否则就是一具行尸走肉。

你猜得不错，那人就是我，在木克到来之前的数百年，我一直都是陌路岛上的看塔人。我亲手修建了灯塔，然后深居简出，从不和人来往，制作简单的傀儡人，偶尔让他们露面，冒充我的妻儿，并且每隔数年就换一个样貌年轻一些的身体。这样在旁人眼中造成的效果是：看塔人一家代代相传下去，世代守护着灯塔。这也是席家一直流传的秘密，但他们只是知道家族有一个分支一直待在陌路岛上而已。

没有人比我更熟悉灯塔的操作与维护。所以在陌路岛被改成流放地后，我仍然被委托管理灯塔，直到木克这个傻孩子来找我。一切由这枚星流石造成的罪孽，追根溯源都应该怪我，我不能让我家族的后人为了我而在囚牢里受苦。于是我让他装扮成我的模样去看守灯塔，我则做了一具和他差不多的身体，成了流放犯。

我一直等了三十多年，才等来了凌方。我看他养老鼠就知道他并没有猜到碎片藏在何处，但为了让他延续这个错误的思路，我故意下毒毒杀他的老鼠。他对我早有所怀疑，却没有机会下手。如果不是遇到了越狱这回事，大概状况还会继续维持下去。

你问我碎片是不是就在灯塔里？这不是废话吗？不是为了碎片，我为什么要一直守在这里？

十三、邹铭

那么星流石碎片到底在哪里呢？

我左顾右盼，想要寻找到一个答案。其实我并没有占有碎片的野心，父亲的仇报了，我的心愿也已经了了。但是这枚碎片改变了那么多人的命运，包括夺走他们的生命，我实在很想亲眼见到它，哪怕只是一眼。

"你恐怕见不到它，"看塔人抱歉地说，"还记得遗书上说了些什么吗？"

我记得。"碎片所藏之地，非常人所能触及。"凌方以为所谓"非常人所能触及"是指深埋于地下，他错了。那么灯塔之中，有什么东西是不能触及的呢？

最后我的视线转向了火炬，正在熊熊燃烧的火炬。据说，从这座灯塔修建之日起，这跳动的火焰就从来未曾熄灭过，通过铜镜远远地反射出去。它曾经为无数的船只指引过方向，让焦急的水手们在风浪与海雾中看到家的方向。它几乎已经成为陌路岛的象征。

我笑了起来。火焰的温度让我感到很温暖，有那么一瞬间，我差点就以为自己还在东陆的家中，还坐在小火炉旁，看着父亲喝茶的姿态。我不知道自己还有没有机会回去，尽管父亲已经不在，我还是很想回去。陌路岛上的一切，都和我无关。

正如河络诗人所说，从你踏上陌路岛的那一刻起，人间自此如陌路。